ro
ro
ro

«Man möchte Rammstedt ständig zitieren.» *Frankfurter Rundschau* «Ein gescheiter Roman, der die richtigen Fragen stellt.» *Elke Heidenreich* «Eine stilsicher erzählte Geschichte mit melancholischem Witz und lakonischem Humor.» *Die Zeit*

Tilman Rammstedt wurde 1975 in Bielefeld geboren und studierte Philosophie und Literaturwissenschaft in Edinburgh, Tübingen und Berlin. Er ist Texter und Musiker bei der Gruppe Fön (www.euerfoen.de) sowie Mitglied der Lesebühne «Visch & Ferse». Ausgezeichnet wurde er u.a. mit dem Preis des Open Mike, mit dem Rheinischen Kulturförderpreis, dem New-York-Stipendium der Kulturstiftung der Länder und mit dem Kasseler Literaturförderpreis für grotesken Humor. Tilman Rammstedt lebt in Berlin. Ebenfalls als Taschenbuch erhältlich ist auch sein erster Roman, «Erledigungen vor der Feier» (rororo 23648).

Tilman Rammstedt Wir bleiben in der Nähe

Roman Rowohlt Taschenbuch Verlag

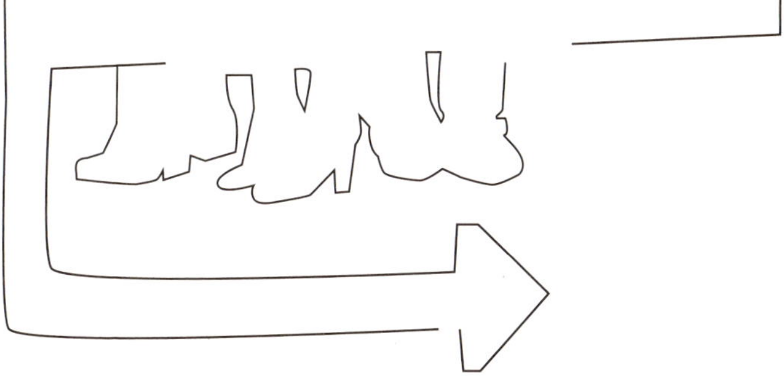

Der Autor dankt der Stiftung Niedersachsen für die Unterstützung der Arbeit an diesem Buch.

2. Auflage September 2008

Veröffentlicht im Rowohlt Taschenbuch Verlag, Reinbek bei Hamburg, März 2007 Umschlaggestaltung any.way, Hamburg, unter Verwendung des Originalumschlags von DuMont Literatur und Kunst Verlag GmbH & Co KG (Umschlagfoto: N. Dolding/Getty Images) Satz aus der Minion PostScript (InDesign) Gesamtherstellung CPI – Clausen & Bosse, Leck Printed in Germany ISBN 978 3 499 24402 5

Statt Postkarten

Auch das Meer ist nicht gut in Entscheidungen. Ständig ändert es seine Grenzen, fließt vor und zurück, lässt Dinge liegen und nimmt sie beim nächsten Mal dann doch wieder mit, das macht es ganz und gar unmöglich, beim Meer einen klaren Anfang auszumachen. Das Ende hingegen ist deutlich, das Ende ist eine gerade Linie, der Horizont, und auch wenn man natürlich weiß, dass der Horizont nichts beendet, höchstens die eigene Wahrnehmung, auch wenn man weiß, dass sich das Meer vom Horizont nicht so leicht aufhalten lässt, dass es den Horizont nicht einmal wahrnimmt, so ist das letztlich gleichgültig, denn wie bei allen großen Dingen bedeutet Ende auch beim Meer: so weit das Auge reicht.

Das Meer muss aber auch gar nichts entscheiden, ich muss etwas entscheiden, und dabei ist das Meer keine große Hilfe. Es ist zu laut, es lässt zu viel Platz für den Wind, und dennoch bleibe ich, dennoch glaube ich, wenn überhaupt, dann hier auf die Antwort zu stoßen, plötzlich vor ihr zu stehen, beinah über sie zu stolpern, weil es sich jetzt nur noch um einen Geistesblitz handeln kann, einen Glückstreffer, eine Flaschenpost, denn in vier Stunden muss ich etwas entschieden haben, in vier Stunden muss ich die Antwort gefunden haben, und eine überzeugende Antwort muss es sein, eine Antwort, die keine weiteren Fragen erfordert, bei der man nur kurz nickt und sich alles andere erübrigt, doch leider habe ich keine Ahnung, wie diese Antwort aussehen könnte, leider wurde in den letzten Tagen schon so vieles ausgeschlossen, dass das Ausschließen zur Gewohnheit wurde, dass jeder Vorschlag, schon vor dem ersten Nebensatz, manchmal schon vor dem ersten Luftholen seine Ablehnung fand, mein Kopf schmerzt vom kalten Wind, entwirft unablässig Einfälle und gleich danach die dazugehörigen Einwände, und ich weiß nicht, wie ich ihn in den nächsten vier Stunden davon abhalten soll. Wir könnten doch ein aussterbendes Handwerk erlernen. Wir könnten doch ein Hotel eröffnen. Wir könnten Ratgeberliteratur verfassen.

Konrad und Katharina sind vor etwa einer Stunde zum Haus zurückgegangen, wahrscheinlich putzen sie sich jetzt die Zähne oder spülen die Gläser, halten sich noch auf, und ich bin geblieben. Ob ich nicht müde sei, hat Konrad gefragt, und ich habe mit dem Kopf geschüttelt, auch wenn das gelogen war. Ich bin müde, ich bin sehr müde, nur wenig an meinem Körper gehorcht mir noch, nicht die Beine, nicht der Nacken, geschweige denn der Kopf, doch an Schlaf ist nicht zu denken, an anderes ist zu denken, an all das, was mit der Antwort zu tun haben könnte, doch wenn man keine Ahnung hat, wie die Antwort aussehen könnte, dann hat leicht alles mit ihr zu tun, und alles ist zu viel für vier Stunden. Wir könnten Schwerresozialisierbare betreuen. Wir könnten ein Landhaus renovieren. Wir könnten doch wirklich eine Zeitschrift herausgeben.

Vier Stunden, dann klingeln oben im Haus schon wieder die Wecker, und ich werde wohl einen Kaffee gekocht haben, vielleicht sogar den Frühstückstisch gedeckt, das braucht nicht lange. Das Taxi ist bereits bestellt, das wurde schon am frühen Abend erledigt, es wird uns, wie es aussieht, rechtzeitig zum Bahnhof bringen. Das ist der Plan für den kommenden Morgen, der in vier Stunden schon anbricht, das ist die Abmachung, so wird es sich verhalten, wenn diese vier Stunden nicht reichen, hinten und vorne nicht, wenn ich nichts finde, mit nichts beim Frühstück aufwarten kann, wenn alles nun einmal so ist.

Und dann wird es vorbei sein, dann knüpft man wieder irgendwo an, findet sich wieder ein, dann war das hier wohl doch nur ein Urlaub, acht Tage, Haus am Meer, außerhalb der Saison, leider etwas verregnet. Und vielleicht muss man morgen in Paris noch schnell Postkarten kaufen, und eine Einwegkamera, Bilder am Bahnhof, Katharina, wie sie in den Zug steigt, der Eiffelturm von fern, «Frankreich im November». Aber noch ist es kein Urlaub, noch vier Stunden lang nicht, noch ist es das, was es sein sollte, eine Ausnahmesituation. Es ist nämlich so: Konrad und ich haben Katharina entführt.

Und deshalb sind wir doch schließlich jetzt hier, an diesem Meer, in diesem Land, deshalb muss ich jetzt dringend eine Antwort finden, dringend die verselbständigten Einwände stoppen, dringend Ruhe bewahren, was natürlich gar nicht gelingen kann, denn dringend kann Ruhe nun einmal keinesfalls bewahrt werden, bestenfalls kann man sie dringend vortäuschen, indem man zum Beispiel tief und langsam atmet, ein und aus, indem man die Schultern fallen lässt, indem man, zumindest ansatzweise, versucht, in den Gedanken aufzuräumen, erst einmal alles, was mit der Antwort zu tun hat, irgendwo zu verstauen, um so mit ruhigem Atem und entspannten Schultern wieder allein die Frage vor sich zu haben.

Einatmen. «Wie geht es jetzt weiter?» Ausatmen.

«Wie geht es jetzt weiter», hat Katharina gefragt, und es war mehr als eine Frage, es war eine Bedingung, eine Drohung, ein Ultimatum, das in vier Stunden ausläuft, und dann geht gar nichts weiter, dann geht es nur noch zurück. Wir könnten Rosen züchten.

Einatmen. «Wie geht es jetzt weiter?» Wie geht es morgen weiter, wie geht es übermorgen immer noch weiter, und nächste Woche, an Weihnachten, im Sommer, nächstes Jahr und auch im Jahr danach? Ausatmen. Wir könnten uns auch an Regenwaldbäume ketten. Wir könnten uns mit einer Touristenfalle eine goldene Nase verdienen. Wir könnten von der Hand in den Mund leben.

«Wie geht es weiter?» Wie geht es mit uns weiter, mit Katharina, Konrad und mir? Wie geht es weiter, nachdem es schon nicht mehr ging? Und warum sollte es dann eigentlich weitergehen, warum ging es überhaupt wieder los? Einatmen.

Katharinas zweiter Brief

Es ging mit Katharinas zweitem Brief wieder los. Es ging wieder los, weil sich Katharina nicht an die Reihenfolge gehalten hat, denn eigentlich sollte ich zuerst, so war das eigentlich ausgemacht, so wurde das beschlossen, vor acht Jahren auf einer Wiese in der Nacht nach Konrads sechsundzwanzigstem Geburtstag. Das weiß ich noch genau, ich weiß immer alles noch genau, ich bin immer der, der sich erinnert. Wer was gesagt hat und wie und manchmal auch, warum. Und selbst, wenn ich mich an manches gar nicht erinnern will, weil es einen nur zusammenzucken lässt oder einfach nicht wert ist, erinnert zu werden, bleibt doch das meiste zurück, ungebeten und rechthaberisch, und deshalb bin ich ganz sicher, dass ich als Erster sollte, dass Katharina als Zweite sollte und Konrad als Letzter, mit einigem Abstand, genauer gesagt so etwa vierzig Jahre nach Katharina und mir.

«Warum denn ich zuerst?», hatte ich damals gefragt. «Ich weiß gar nicht, ob ich überhaupt heiraten möchte», und Konrad hatte geantwortet, genau das sei ein untrügliches Zeichen dafür, dass ich als Erster dran sei, erst lange herumzögern, und dann plötzlich, für alle überraschend, aus dem Nichts. Und Katharina stimmte ihm auch noch zu, wahrscheinlich würde ich die Braut erst eine Woche kennen, vermutete sie, höchstens zwei, und Konrad sagte: «Und ihr heiratet so schnell, dass es natürlich keine richtige Feier geben kann.» Fertigkuchen statt Torte, zehn, fünfzehn Gäste, in einer eilig gemieteten Kneipe. Das waren die Aussichten.

Und ich müsse mir auch keine Sorgen machen, meinte Konrad, sie würden sich gut mit Ulrike verstehen, und Katharina sagte: «Was denn für eine Ulrike?», ich sollte doch mindestens eine Ann-Sophie heiraten, und Konrad fragte, was sie mir denn zutrauen würde, Ann-Sophie, «Ich bitte dich», sagte er, und sie einigten sich schließlich auf Antonia, mit Antonia konnten beide leben, auch wenn ich es doch war, der mit ihr leben sollte, aber ich kam nicht zu Wort. Was die Liebe angehe, wisse man selbst immer am wenigsten, belehrte mich Katharina, als ich zaghaft versuchte, auch mal etwas vorzuschlagen, und deshalb fragte ich lieber schnell, wer denn eigentlich als Zweites an der Reihe sei.

Wir überlegten eine Zeit lang, im Kreis auf der Wiese liegend, alle drei den Kopf auf den rechten Arm gestützt. «Wahrscheinlich wohl ich», sagte Katharina schließlich, und Konrad und ich nickten, aber wir konnten uns beim besten Willen weder auf die Umstände der Hochzeit noch auf irgendwelche Details des Bräutigams einigen. Klar war nur, dass Katharina sehr bald ein Kind bekommen würde, wahrscheinlich schon vor der Hochzeit, einen Sohn, und dass der Vater und Ehemann, über den sonst nichts weiter bekannt wäre, sechs Monate nach der Hochzeit auf tragische Weise umkäme, wahrscheinlich raffte ihn eine Krankheit dahin, und dass deshalb Konrad und ich die Vaterrollen für den armen Kleinen übernehmen würden. «Das ist doch selbstverständlich», sagte Konrad.

Katharina verschränkte die Arme vor der Brust, vielen

Dank, da könne sie ja wirklich beruhigt in die Zukunft schauen.

«Wie heißt der vaterlose Kleine denn?», fragte ich.

«Ole natürlich», sagte Konrad.

«Natürlich», sagte Katharina, noch immer mit den Armen vor der Brust, doch ich konnte sehen, dass ihr irgendetwas an dieser Vorstellung gefiel. Wahrscheinlich sah sie uns gerade Fußball spielen, der Ball geht Ole fast bis zum Knie, Konrad und ich laufen mit Trippelschritten hinter ihm her, keuchen absichtlich laut und rufen: «Nicht so schnell», und «Gleich hab ich dich», und so etwas.

Was Konrad betraf, waren wir uns erst sehr unschlüssig darüber, ob er überhaupt heiraten würde, und wenn ja, wie oft. Konrad selbst schlug dreimal vor, einmal zum Üben, einmal betrunken und einmal so richtig, doch Katharina und ich waren uns schließlich fast sicher, dass es nur einmal sein würde, Konrad würde um die siebzig Jahre alt sein, seine Braut achtzig.

«Eine äußerst attraktive Achtzigjährige», versicherte Katharina, «mit jeder Menge eigenen Zähnen und einem reizend schief zusammengewachsenen Hüftgelenk, sodass du immer einen Schritt neben ihr stehen musst, um sie zu küssen.» Und sie würden natürlich viel reisen, Tunesien, wegen des Klimas, Kreta, Südfrankreich, wunderbar.

Konrad war zufrieden, als Einziger von uns dreien, und noch Monate später schwärmte er uns von seiner zukünftigen Frau vor, von den Falten an ihrem Hals, von seinen Lieblingsaltersflecken und den ausgelassenen Fahrten auf dem Treppenlift, die Zukünftige auf seinem Schoß sitzend, die Arme um seinen Hals verschränkt, «Aber nur auf Stufe zwei, Konrad», riefe sie. Er stieß uns in diesen Monaten immer wieder an, wenn er Frauen Mitte dreißig sah, «Glaubt ihr, die ist es?», und auch wenn Katharina und ich nur noch müde «Kann sein» sagten oder «Wahrscheinlich nicht», rief er ihnen zu: «Ich werde dich bald heiraten. Dauert noch ein paar Jahrzehnte, aber ich freue mich schon.» Anfangs lachten Katharina und ich darüber, nach einer Zeit schämten wir uns. Irgendwann stieß Konrad uns dann nicht mehr an und rief niemandem mehr hinterher, das erleichterte uns, aber die festgelegte Reihenfolge wurde dennoch immer mal wieder erwähnt, als ob es eine Abmachung wäre oder sogar eine allgemein bekannte Tatsache.

Und vor zwei Wochen dann lag der Umschlag im Briefkasten, weiß und gestärkt und mit einer schwarzen Schönschrift beschrieben, die ich nicht gleich erkannte. Es war ein Umschlag, dem man ansah, dass er keinen gewöhnlichen Brief enthielt, und ich starrte lange auf meinen Namen und meine Adresse, als ob es da noch mehr zu sehen gäbe als diese mir bekannten Daten, und wohl erst nach einer knappen Minute drehte ich das Kuvert um, und dort stand Katharinas Name, auch der war mir bekannt, und eine Hamburger Adresse, und das immerhin war mir neu. Ich schloss die Wohnungstür auf, kochte einen Kaffee, obwohl mir ganz und gar nicht nach Kaffee zumute war, legte mich aufs Bett und riss den Umschlag auf.

Er enthielt eine gefaltete Karte aus blassrosa Karton. Vorne stand «Wir heiraten», innen stand «Katharina Falter & Tobias Ottensen», hinten standen Ort und Termin der Hochzeitsfeier und daneben handschriftlich «Bitte komm!».

Wer bitte schön war Tobias Ottensen? Ich hatte noch nie etwas von einem Tobias Ottensen gehört, wo kam denn jetzt auf einmal ein Tobias Ottensen her? Und ich stand sofort wieder auf, ging in die Küche, schaute aus dem Fenster, in den Kühlschrank, auf eine Stromrechnung, und dann tat ich das, was ich fast drei Jahre lang nicht getan hatte, ich rief Konrad an. Die Nummer war schnell gewählt, die kannte ich noch auswendig, es klingelte nur einmal, zu kurz, um mir darüber klar zu werden, dass es schließlich Gründe dafür gab, es fast drei Jahre lang überhaupt nicht klingeln zu lassen.

«Wer bitte schön ist Tobias Ottensen?»

«Felix?»

«Ja. Wer ist dieser Tobias Ottensen?»

«Katharinas Freund.»

«Das weiß ich.»

«Warum fragst du dann, wer er ist?»

«Ich meine, hast du von ihm gewusst? Warum heiratet sie den? Kennst du ihn?»

Konrad atmete laut durch die Nase ein. An dieses Geräusch erinnerte ich mich gut. Ich habe ihn schon so atmen gehört bei Telefonaten mit seinen Eltern, bei aufgebrachten Polizisten und Nachbarn, die sich bei ihm über den Zustand des Hinterhofes beklagten, manchmal auch bei mir. Ich mag dieses Atmen nicht. Er sollte jetzt nicht so atmen.

«Nein, ich kenne ihn nicht», sagte er, und er sagte es sehr ruhig, und erst jetzt fiel mir ein, dass ich gerade Konrads Nummer gewählt hatte, dass Konrad abgehoben hatte, dass ich gerade mit Konrad sprach und dass es nicht so war, wie ich mir das fast drei Jahre lang vorgestellt hatte. Ich wusste nichts mehr zu sagen.

«Sie hat es dir also erzählt?», fragte er, und ich berichtete ihm von der Einladung und dem «Bitte komm!» und fragte ihn, wann er es denn erfahren habe.

«Erfahren», wiederholte Konrad, es handele sich doch nicht um eine Beerdigung. «Vor ein paar Wochen», sagte er dann. «Katharina hat mir einen Brief geschrieben.»

Einen Brief. Mir schrieb sie ein «Bitte komm!», und Konrad schrieb sie einen Brief, einen langen Brief wahrscheinlich, komplett mit Nacherzählung des Heiratsantrags, einer beiläufigen Frage beim Frühstück, und ihren anfänglichen Zweifeln und ihrer Aufregung, ihrer Vorfreude, ihrer Rührung, und das alles schrieb sie schon vor ein paar Wochen, wie viel sind ein paar Wochen, zwei, drei, acht? Konrad hatte es acht Wochen vor mir erfahren, acht Wochen sind eine Aussage.

«Warum hast du mir nichts davon erzählt?», fragte ich.

«Wann sollte ich dir denn davon erzählen?»

Er hatte recht. Denn in den fast drei Jahren hatte auch Konrad nicht meine Nummer gewählt, das war auch nicht zu erwarten gewesen, fast drei Jahre lang hatten wir uns nicht gesprochen, nicht gesehen, nur einmal, wie es dann doch manchmal geschieht, in einer U-Bahn-Tür vor ungefähr einem Jahr, als wir aneinander vorbeidrängten, und weil es immer seltsam ist, wenn die Distanz ohne Vorwarnung auf wenige Zentimeter schrumpft, weil sich Augen und Gehirn dann erst einmal neu fokussieren müssen, drängten wir weiter und starrten uns dabei nur an, bis ich schließlich «Konrad» sagte, und Konrad sagte: «Felix», und dann kam das «Zurückbleiben bitte», und Konrad stieg nicht wieder ein, und ich stieg nicht wieder aus, und durch die sich schließende Tür machte ich noch diese Telefongeste, den Daumen am Ohr, den kleinen Finger am Mund, und Konrad nickte noch nicht einmal, sah mich nur weiter an, und das war alles schrecklich.

Und an jenem Abend hatte ich den Hörer sogar bereits in der Hand, fand aber doch noch eine Ausrede, den Anruf auf den nächsten Tag zu verschieben, das wäre ja auch albern, jetzt gleich am selben Abend anzurufen, und am nächsten Tag fand ich eine neue Ausrede, und dann noch eine, und dann war es schon zu spät, dann hatte man schließlich schon zu lange gewartet, um das zufällige Treffen zum Anlass zu nehmen.

«Ich habe dich doch jetzt auch gleich angerufen», sagte ich und wusste, dass der Vergleich nicht galt, aber weil Konrad nichts erwiderte, sagte ich es, wenn auch leiser, noch einmal.

Da war wieder das Atmen. «Felix, mach dich nicht lächerlich. Du weißt es ja jetzt. – Und ich finde auch, du könntest dich ruhig für Katharina freuen.»

Ja, das könnte ich. Ja, das sollte ich sogar. Ja, Konrad hatte recht, ich machte mich lächerlich, vollkommen lächerlich, und er tat das nicht, was alles noch viel unpassender machte, meine Sätze, die Höhe meiner Stimme, meinen ganzen Anruf.

«Tut mir leid», sagte ich deshalb, und Konrad sagte: «Schon gut», und dann schwiegen wir, Konrad an seinem Hörer, ich an meinem, in einem Film würde der Bildschirm jetzt in der Mitte geteilt, sodass wir beide zu sehen wären, und diese Vorstellung gefiel mir.

«Kommst du?», fragte Konrad dann.

«Wohin?»

«Zur Hochzeit.»

Mir fiel auf, dass ich vor lauter Tobias Ottensen gar nicht auf das Datum geachtet hatte. «Wann ist die denn?»

«Am vierten.»

«Am vierten was?»

«Dezember.»

«Dezember? Das sind nicht mal drei Wochen.»

«Ich weiß.»

Katharina schickte mir eine Einladung drei Wochen vor der Hochzeit, das bedeutete, dass ich nicht auf der ersten Liste stand, dass ich nur nachgerückt war, vielleicht weil irgendein Onkel ins Krankenhaus musste. Mein Name hatte in Klammern gestanden, oder sogar in einer eigenen Spalte gemeinsam mit Grundschulfreundinnen und dem neuen Kollegen, mit dem sie dreimal zusammen Mittag gegessen hatte.

«Ich glaube nicht», sagte ich, und es klang wahrscheinlich nicht sehr überzeugend, denn Konrad sagte nur, dass ich es mir ja nochmal überlegen könne, und dabei hörte ich das Speichersignal seines Computers. «Ich muss Schluss machen», sagte er.

«Gut. – Konrad?»

«Ja?»

«Wollen wir uns mal sehen?»

«Ja.»

«Ich ruf dich morgen an, okay?»

«Okay. – Ich muss jetzt auflegen. Bis morgen.»

«Bis morgen. – Und Konrad?»

«Ja.»

«Ich war an der Reihe.»

Konrad lachte kurz. «Ich weiß», sagte er.

Ich hatte mir Katharinas Hochzeit oft genug vorgestellt, und seltsamerweise nie mit mir als Bräutigam und nur einmal mit Konrad, und diese Vorstellung endete mit viel Tränen und sogar einer Ohrfeige von Katharina. In allen anderen Vorstellungen blieb die Rolle des Bräutigams sehr vage, ein undankbarer Part, meistens namenlos, mit wenig Text und ohne Lacher. Die bessere Rolle hatte natürlich ich, unwahrscheinlich gut aussehend in Smoking und leger gebundener Krawatte, mit einer gründlich ausgearbeiteten Rede voller Witz und dezenten Anspielungen, und am Ende der Rede würde ich alle dazu auffordern, ein Lied zu singen, das es noch zu bestimmen galt, ein bedeutsames Lied, und alle würden singen, und Katharina würde natürlich etwas weinen müssen, und wir umarmen uns lange, und erst sehr spät tanzen wir, wenn die meisten anderen, all die Nebenrollen, all diejenigen, die auf dem Plakat nicht genannt werden, schon gegangen sind, und es ist natürlich ein Walzer, und wir tanzen sehr gut, wir fliegen nur so dahin und reden nicht, wozu denn auch, und dann, ganz spät, sind nur noch Konrad, Katharina und ich übrig, selbst der Bräutigam ist schon gegangen, ja, in der Vorstellung ist das so, das muss nicht erklärt werden, und Katharina sitzt dort im Brautkleid und Konrad links von ihr und ich rechts von ihr, und wir trinken Champagner aus der Flasche, und Katharina sagt: «Jetzt bin ich verheiratet», und wir müssen lachen, so sehr, dass uns der Champagner aus der Nase läuft, und dann hören wir ein weiteres noch zu bestimmendes Lied, irgendeinen Hit, und wir singen aus vollem Hals mit, und Katharina küsst Konrad und mich auf den Mund und sagt: «Gute Nacht, ihr zwei», und wir tragen sie auf unseren überkreuzten Armen zum Taxi, und Katharina wirft ihren Kopf zurück und ruft: «Schaut mal, sieht schon alles anders aus», und Konrad und ich versuchen, auch unseren Kopf zurückzuwerfen, kommen dabei ins Wanken, und beinah wären wir gefallen. Und dann fährt das Taxi weg, Katharinas Oberkörper ragt weit aus dem Fenster, sie winkt mit beiden Armen, und Konrad und ich schauen ihr lange nach, winken noch wild, als das Taxi schon längst nicht mehr zu sehen ist, und wir sind randvoll mit Melancholie und Glück und Champagner, und

Konrad sagt: «Katharina ist jetzt verheiratet», und ich sage: «Katharina ist jetzt verheiratet», und Konrad sagt: «Irre», und ich sage: «Aber hallo», und wir haken uns beieinander ein, gehen langsam in die Richtung, in die das Taxi verschwunden ist. Wir summen zwei verschiedene Lieder, und es ist schon sehr hell.

Nachdem Konrad aufgelegt hatte, trank ich doch den Kaffee und schaute mir noch einmal die Einladung an, las immer wieder die beiden Wörter mit dem Ausrufungszeichen, das Einzige, was wirklich an mich gerichtet war. Ich wollte mich ärgern über die beiden Wörter, ich wollte mich ärgern, dass sie nur zu zweit waren, ich wollte Hunderte von ihnen, mit Dutzenden von Ausrufungszeichen, einigen Fragezeichen und wenig Raum dazwischen, doch ich musste zugeben, dass zwei eine angemessene Zahl war, zwei sind schon viel mehr als gar nichts, und ich musste auch zugeben, dass ich mich über die beiden Wörter freute und froh war, dass auf dem Umschlag nur Katharina als Absender stand, und nicht, wie es sich wohl gehört hätte, beide Namen, Katharina Falter & Tobias Ottensen.

Tobias, wie er Katharina von hinten umarmt, Tobias, wie er Katharina eine versehentlich gelöschte Datei wiederherstellt, Tobias und Katharina mit gleichfarbigen Helmen auf zwei blitzenden Fahrrädern, beim Einkaufen, in einer angeregten Unterhaltung beim Abendessen. Tobias, wie er mich auf der Hochzeit anstrahlt, mich umarmt, als ob wir gemeinsam schon ganze Nächte durchgetanzt hätten, wie er sagt: «Endlich lernen wir uns mal kennen. Katharina hat schon so viel von dir erzählt.» Und was hat Katharina ihm von mir erzählt? Hat sie ihm überhaupt schon von mir erzählt? Vielleicht stellt sie uns auch erst auf der Hochzeit vor. «Felix, das ist Tobias. Tobias, das ist Felix. Ein alter Freund.» Und warum sollte sie das auch nicht tun? Ich bin ein alter Freund, ich bin eintausend Jahre alt, mein Bart ist lang, meine Augen sind wässrig, ich habe viel zu viel Haut für einen verschwindenden Körper, ich komme mit neuen Währungen nicht zurecht, ich brauche lange für alles. Nichts davon stimmt. Ich bin mir noch nicht einmal sicher, ob ich überhaupt ein Freund bin. Und ich war doch an der Reihe, aber bis zum vierten Dezember würde ich das wohl nicht mehr schaffen, das waren nicht einmal drei Wochen, wie sollte das denn möglich sein? Kannst du mir das mal erklären, Katharina, in nicht einmal drei Wochen, wie stellst du dir das denn vor, du hältst dich nicht an die Reihenfolge, es war doch alles abgemacht, nicht einmal drei Wochen, und vieles musste geklärt werden bis dahin.

Katharinas erster Brief

Ausatmen. Und einatmen. Und lieber noch einmal, denn noch hat sich leider nichts geklärt, oder nur wenig, und das wurde gleich ersetzt mit Dingen, die noch schwerer zu klären sind, und jetzt sind es nicht einmal vier Stunden, und mir ist kalt. Wir könnten uns gerne auf eine Pilgerfahrt begeben. Wir könnten Handy-Klingeltöne komponieren, die Charts damit stürmen. Wir könnten ein leer stehendes Bürogebäude besetzen.

Der Wind findet spielend die Eingänge der Kleidung, das Hosenbein, den Nacken, die unbedeckte Stelle zwischen Pullover und Schal. Ich muss in Bewegung bleiben, immer bis zum Felsen und zurück, und ich muss eine Antwort finden, das ist die Abmachung, auf die ich mich einzulassen hatte, und eine klare Antwort soll es sein, auch das gehörte zur Abmachung, weil es ja angeblich auch eine klare Frage war, und Katharina behauptete, dass eine klare Frage eine klare Antwort verdiene, eine konkrete Antwort, «Bitte kein Wischiwaschi», hat sie gefordert, es durfte kein «Vielleicht» vorkommen, kein «Erst einmal», kein «Oder so etwas», noch nicht einmal ein «Oder?», alles klar und deutlich und uneingeschränkt, so wie Bedingungen auszusehen haben, denn, da hatte Katharina recht, als Entführer benötigt man nun einmal Bedingungen, zumindest eine davon, und wenn wir die nicht nennen könnten, dann sehe sie damit die Entführung als beendet an.

«Moment», rief ich, «das sind meine Bedingungen: dass nichts weiter verschwendet wird, dass wir die Kindereien lassen, dass wir nicht einfach so drauflosheiraten, dass wir uns verdammt nochmal benehmen.»

Und Katharina fragte, wie man sich denn meiner Ansicht nach benehme, ob dafür Entführungen ein gutes Beispiel seien, und ich sagte, ja, das seien sie, denn immerhin sei das doch ein Kontakt.

«Und ein Brief hätte es nicht getan?»

«Nein. Ein Brief wäre nur ein vorsichtiges Anklopfen gewesen, und das gehört sich nicht, nicht für uns.»

Katharina nahm sich eine Möhre und biss krachend den Blattansatz ab. «Was gehört sich denn? Wie soll es denn weitergehen?», fragte sie, und zum ersten Mal wirkte es so, als ob sie das wirklich gern wissen wollte, und deshalb konnte ich nur die Wahrheit sagen, dass ich keine Ahnung hatte, noch nicht, aber auf jeden Fall anders sollte es sein.

Katharina versuchte, das abgebissene Möhrenende in den Mülleimer zu werfen, es traf den Rand und fiel auf den Boden. «Anders ist eine Menge, anders ist alles andere, das ist zu viel», sagte sie.

Konrad hatte bis jetzt die ganze Zeit geschwiegen. «Sag du doch mal was», forderte ich ihn auf. «Wie soll es denn deiner Meinung nach weitergehen?»

«Wenn ich das mal wüsste», sagte er und schüttelte dabei langsam den Kopf. «Es tut mir leid.»

Ausatmen. Wir könnten einen Piratensender betreiben. Wir könnten eine Eisdiele eröffnen. Und sofort fallen die Einwände darüber her, Eisdiele, schön und gut, aber der Gewerbeschein, das Gesundheitsamt, die Russenmafia, die Vietnamesenmafia und die sizilianische sowieso, und Konrad wäre anfangs ganz begeistert, stände nach ein paar Wochen aber mehr vor als hinter der Theke, und Katharina würde die ganze Zeit Sorten erfinden, die niemand essen möchte, und dann der erste verregnete Sommer, und dann der zweite, und dann streichen wir die Wände wieder weiß, «Wer hatte denn die bescheuerte Idee mit dem Blau?», fragt Konrad von der Leiter hinab, obwohl es seine eigene Idee gewesen war, aber das sagt man ihm dann besser nicht.

Und wieder einatmen, denn ich muss die Einwände aufhalten, in vier Stunden darf nichts mehr von ihnen zu sehen sein, sonst werden die vorgesehenen Züge erreicht, sonst wird in Großraumabteilen geschwiegen, und in Paris dann, bei einem Kaffee, wenn die Zeit noch reicht, wird sich verabschiedet. «Bis bald» wird womöglich gesagt und gelächelt, und alles ist dann nun einmal so, und so soll es nicht sein. Es soll nicht weiterplätschern, es soll nicht im Hintergrund lauern, es soll nicht auf Abruf bereitstehen, für den Fall, dass wieder einmal nichts zusammenstimmt. Wenn schon, dann soll es jetzt richtig zu Ende gehen.

Und vor fast drei Jahren, mit Katharinas erstem Brief, war es schon einmal zu Ende gegangen, richtig zu Ende gegangen, dachte ich, denn nichts hatte sich verlaufen, nichts hatte sich langsam ausgedünnt, es gab keine stillschweigende Abmachung, ab nun nur noch wenig als selbstverständlich anzusehen, diese Sterbebegleitung von Freundschaften, wie man sie kennt, blieb uns erspart. Es endete beinah so, wie sich das für ein Ende gehört, zu einem genau benennbaren Zeitpunkt, mit einem letzten Satz, mit einem Entschluss, dem man sich zu fügen hatte. Nur war es kein deutlicher letzter Satz, und jetzt, fast drei Jahre später, fügt sich nur noch wenig, und rückblickend ist das Ende dann doch nur der Beginn einer Unterbrechung gewesen. Kaum etwas ist endgültig, das vergisst man leicht.

Vor fast drei Jahren schien es sich jedoch um ein Ende zu handeln, ein klares Ende, aber ein klares Ende hat nicht immer einen klaren Anfang, den sucht man meist vergeblich, der rutscht immer weiter nach hinten, und deshalb empfiehlt es sich, mit den Symptomen anzufangen. Ein Symptom ist schließlich leicht zu erkennen, auch wenn man nur selten weiß, wofür es eigentlich ein Symptom sein soll, da kann man nur Vermutungen anstellen und hoffen, das spätestens dann herauszufinden, wenn das Symptom beseitigt ist, wenn man neu Bestand aufnimmt und sieht, was mit dem Symptom noch alles verschwunden ist.

Schlaflosigkeit ist ein Symptom, Schlaflosigkeit ist besonders leicht zu erkennen, Schlaflosigkeit bietet sich an, dieser vollkommen unangemessene Wachzustand, die Nächte am Tisch, im Sessel, mit aufgerissenen Augen im Bett, das Trommeln der Finger, die unruhigen Zehen und der kurze Atem und das Umherlaufen von einem Zimmer ins andere, um zu schauen, ob es da irgendetwas zu tun gibt, ob da nicht das wartet, was noch schnell erledigt sein muss, und natürlich findet man nichts, und dann das wahllose Ausräumen von Schubladen, das Ordnen von Büchern, alphabetisch, chronologisch, farblich, die geliehenen auf einen eigenen Stapel, um sie endlich einmal zurückzugeben. Und die plötzlichen Ideen zur Umgestaltung der Wohnung, das Regal vielleicht doch in den Flur oder seitlich ins Zimmer ragend, um eine Nische zu schaffen, all das will ausprobiert sein, das Bett unters Fenster, um mit den viel zu offenen Augen wenigstens etwas anderes anzustarren, auch mal was in die Mitte des Zimmers stellen, man braucht den Platz doch ohnehin nie. Dinge werden beschriftet in diesen Nächten, Dinge werden in die passenden Hüllen getan, Dinge werden abgeheftet und ausgefüllt und gereinigt und in den Keller gebracht und weggeschmissen und repariert und gestapelt, und Fenster werden geöffnet und geschlossen und sogar geputzt, während langsam die Sonne aufgeht und in den Wohnungen gegenüber Radiowecker ausgeschaltet werden und man Menschen vor Spiegeln sieht.

Dann kann man aufatmen, dann hat es ein Ende, und ich wartete mit älteren Frauen, die es zu anderen Uhrzeiten nicht zu geben schien, vor dem Supermarkt, bis er endlich aufmachte, vorsichtig lächelten sie mir schon zu. Ich konnte endlich ein Frühstück einkaufen, Obst und Joghurt und Säfte mit zweistelliger Vitaminanzahl, weil es ja vielleicht doch an der Ernährung lag und ein Tag mit gutem Vorsatz begonnen werden sollte, und dann sprang ich doch wieder waghalsig zwischen den Launen, und alles brauchte lange, schon das Zähneputzen, das Wechseln der Kleidung, die U-Bahn-Fahrt ins Krankenhaus waren Tätigkeiten, deren Ende schwer abzusehen war, und am Tag kam sie dann, die Müdigkeit, und sie kam schnell und energisch, dauernd schlief ich kurz ein, fünf Minuten, drei Minuten, eine Minute, zehn Sekunden, beim Mittagessen, im Aufzug, selbst bei längeren Gesprächen, und immer schreckte ich hoch, und dann war es auf einmal wieder Abend, wieder Nacht, und die Augen schlossen nicht richtig, und all das konnte doch nicht so bleiben.

Also mit den Symptomen anfangen, weil die Ursachen immer nur zu benennen sind, weil mit einem Benennen aber noch nichts ausgerichtet ist, und man sich auch nie sicher sein kann, ob diese Ursachen nicht doch auch nur Symptome sind für dritte Symptome und vierte und womöglich fünfte und gar sechste, siebte, und selbst wenn es ein Ende dieser Reihe gibt, dann erkennt man es nicht mehr, und vielleicht kann die Reihe auch gar kein Ende haben, weil sie eher ein Kreis ist oder ein gewagteres geometrisches Gebilde, das man mühsam skizzieren muss, um es zu begreifen, am besten mit verschiedenen Farben, Rot für selbstverursacht zum Beispiel, ein helles Blau für rein körperlich und zum Beispiel Grün für sich wechselseitig bedingend, und allein beim Skizzieren vergehen schon wieder ganze Nächte, selbst wenn man schnell die verschiedenfarbigen Stifte beieinanderhat, und das Ausmachen der Symptome wird dann selbst zur Ursache, und das geometrische Gebilde muss schnell neu skizziert werden, bis der Supermarkt wieder öffnet.

Also schleunigst mit den Symptomen anfangen, denn auch das braucht seine Zeit, auch das braucht immer neue Ansätze und überraschende Einfälle, Maßnahmen, mit denen das Symptom nicht rechnet, nicht rechnen kann, weil man selbst nicht mit ihnen rechnet, und so kam es auch zu meinem Springseil, zu meinen Patience-Karten, so kam es schließlich auch zu meinem Pyjama.

Eines Morgens beim Frühstück war der Wunsch da, trat aus dem übermüdeten Gefühl des Mangels als klarer Vorsatz heraus, war endlich formulierbar, und ihm konnte nachgegangen werden. Ich ging ihm an einem Donnerstag nach, entschied mich für einen schlicht-blauen aus Flanell. Ob ich eine Happy-Digits-Karte hätte, fragte die Kassiererin, und ich musste lachen, weil Launen sich bei Müdigkeit verselbständigen und man noch erleichtert sein konnte, dass es ein Lachen war, so laut, dass die Kassiererin nach anfänglichem Zögern mitlachte und die Frau, die hinter mir in der Schlange stand, schließlich auch, und ich lachte noch, als ich das Kaufhaus verließ, weil ich überrascht darüber war, wie leicht einem Vorsatz nachgegangen werden kann, weil ich hoffte, dass es damit getan war, dass ich den entscheidenden Schritt hinter mir hatte, dass es jetzt nur noch abzuwarten galt, bis die Wirkung einsetzte, bis sich ein schlicht-blauer Flanellschlaf einstellen würde, mich übermannen würde, und am Abend fragte Katharina dann: «Was bitte ist denn das?», «Ein Pyjama», sagte ich, «ein Pyjama», und Katharina sagte: «Aha», drehte sich zur Seite und schlug ihr Buch auf. Ich legte mich zu ihr, schaute erst ihren Nacken und dann die Decke an und versuchte an Flanell zu denken, versuchte an das Wort «flauschig» zu denken, das ich auf der Packung gelesen hatte, und machte einige Laute, die wohlig, fast schnurrend klingen sollten, bis Katharina fragte: «Hast du was?», und ich mich wieder still verhielt. Ich schlief noch nicht in dieser Nacht.

Katharina übernachtete damals meistens donnerstags bei mir, weil Konrad pendelte. Mittwochs bis freitags war er in Frankfurt, seit fast zwei Jahren schon, und gab dort Seminare zu «Spontanen Hierarchien» und «Projektökologie» und «Colleagueism» und anderen Wörtern. «Die glauben mir ja alles», sagte Konrad, wenn ich die Wörter ungläubig wiederholte, und ich konnte nie ausmachen, ob er das stolz oder verzweifelt sagte.

Zu der Zeit der Donnerstage kannte ich Konrad bereits zwölf Jahre und schon ewig. Katharina kannte ich bereits zehn Jahre, und auch das war ja ewig, an die Zeit vor Katharina und Konrad konnte ich mich schon damals nicht erinnern, da waren nur Fetzen, kurze Szenen, Sätze, in denen es um Dinge ging, die mir nichts sagten, und da waren Menschen, die nach und nach nicht mehr in neue Adressbücher übernommen wurden.

Konrad und Katharina wurden immer übernommen, auch wenn ich die Telefonnummern und Postleitzahlen längst auswendig konnte, sie standen immer auf derselben Seite untereinander, Katharina vor Konrad, was hauptsächlich alphabetische Gründe hatte, bis sie irgendwann auf einmal nebeneinanderrückten.

Konrad und Katharina waren damals seit zwei Jahren ein Paar, Katharina und ich seit anderthalb. Konrad und Katharina wohnten fünf Tage die Woche zusammen, Katharina und ich einen. Mittwochs hatte sie frei, wie sie einmal lachend sagte, auch wenn es nicht lustig klang. So funktionierte das, so hatte sich das eingespielt, und die gemeinsamen Wochenendfrühstücke oder selten gewordenen Abende mit Konrad waren kaum noch unangenehm, auch die funktionierten, und ich freute mich meistens darauf. Konrad sprach seit zwei Jahren nur noch wenig mit mir über Katharina, und seit anderthalb Jahren erleichterte mich das, so wie es mich erleichterte, dass Katharina sich bei Konrad einhakte, wenn wir uns zu dritt trafen, wie sie im Vorbeigehen kurz seine Schulter berührte, wie sie ihn anblickte, wenn er etwas erzählte, wie sie «Wir» sagte, denn auch das musste funktionieren, damit alles funktionierte.

Und das konnte doch nicht so bleiben, hatte ich anderthalb Jahre zuvor noch gedacht, aber es blieb, und in den unangemessenen Nächten dachte ich selten daran, weil ich wusste, wie ich mich zu fühlen hatte, ein Dreieck ist schließlich kein sehr gewagtes geometrisches Gebilde, aber fast jeden Donnerstag kam Katharina, und nach einiger Zeit auch, ohne vorher anzurufen, und fast jeden Donnerstag räumte ich vorher verstreute Hemden und Hosen in den Schrank und machte das Bett und lüftete, und wenn es klingelte, wartete ich an der Tür, hörte auf ihre Schritte, fuhr mir noch einmal durch die Haare.

Und auch wenn all das doch nicht so bleiben konnte, auch wenn es schon oft letzte Donnerstage, letzte Freitagmorgen gegeben hatte und unzählige Abmachungen und Fristen und übertrieben fröhliche Verabschiedungen mit Handschlag oder plötzlich unbeholfenen Umarmungen, war ich meistens froh, dass es blieb, weil es ja funktionierte und man nicht wissen konnte, was mit den Donnerstagen noch alles verschwinden würde.

Ich schlief also trotz allem noch nicht in der ersten Pyjama-Nacht. Ich lag auf dem Bett neben Katharina und versuchte mich ihrem gleichmäßigen Atmen anzupassen, und als das nicht gelang, als ich immer wieder aus dem Rhythmus kam, als ich anfing, eifersüchtig auf ihr Atmen zu werden, als ich ihr Atmen auf einmal egoistisch fand und zu laut, zu übertrieben gleichmäßig und unbekümmert, ging ich in die Küche und las einen Zeitungsartikel über eine bevorstehende Landtagswahl, daran erinnere ich mich genau, die Buchstaben fanden keinen Halt, nichts setzte sich, und ich ging zurück ins Schlafzimmer. Katharina hatte sich mittlerweile über die ganze Breite des Bettes ausgestreckt, ich legte mich vorsichtig zu ihr und schob sie ein wenig zur Seite. Sie murmelte irgendetwas, grub ihr Gesicht in meinen Nacken, und ich überlegte, ob sie wohl wusste, wessen Nacken das war.

Am Freitag dachte ich so oft wie möglich an den Pyjama. Ich wollte geduldig sein, nahm ihn mit ins Krankenhaus und befühlte ihn in den Pausen. Ich übte mich in Vorfreude auf eine flauschige Nacht, und dann wurden bis zum Morgen doch wieder Dinge ausgefüllt und in die Zimmermitte gerückt, und noch nicht einmal ein Frühstück konnte gekauft werden, weil ich mit Konrad verabredet war.

Erst seit Konrad und Katharina nebeneinander im Adressbuch standen, erst seit diesem viel zu gut erzogenen Abendessen, bei dem sie mir ihre Entscheidung mitgeteilt hatten, «Wir wollen das jetzt einfach mal ausprobieren», hatten sie gesagt, und ich hatte gesagt: «Na dann, viel Glück», und als Einziger gelacht, erst seitdem aus Katharina und Konrad Katharinaundkonrad geworden war, verabredeten Konrad und ich uns manchmal ohne Katharina. Natürlich hatten wir uns auch früher hin und wieder zu zweit getroffen, aber das hatte sich immer nur so ergeben, nie war es ein Entschluss gewesen, nie hatte Katharina beim Verabreden im Nebenzimmer gesessen, nie am Küchentisch, wenn Konrad wieder nach Hause kam. «Wie war's?», fragte sie jetzt wahrscheinlich, und Konrad antwortete wahrscheinlich: «Schön», oder «Wie immer» oder «Leider ein bisschen langweilig».

«Was war es diesmal?», fragte ich im viel zu betriebsamen Café, und schon das Fragen fiel schwer, denn Stimmen und Geschirr und Schritte auf dem Weg zum Buffet und zurück verschwammen nicht, alles blieb einzelnes Geräusch, auf das ich mich zu konzentrieren hatte. «Leistungserotik», sagte Konrad und lachte. Konrad erfand seine Seminarthemen alle selbst und gab sie vor seinen Auftraggebern als neueste Entwicklungen aus Übersee aus. Manchmal veröffentlichte er auch Artikel dazu und freute sich dann, dass seine Quellen wieder einmal nicht kontrolliert wurden. «Klingt doch gut, oder?», fragte er mich, und ich nickte spät, weil die

Sätze lange brauchten von Konrads Mund zu meinem Ohr und auch, weil ich es immer noch nicht geschafft hatte, mir eine Meinung über Konrads Tätigkeit zu bilden. Er sagte: «Keine meiner Methoden dürfte funktionieren.» Er sagte: «Je mehr Unsinn ich hineinschmuggeln kann, desto besser.» Und wenn ich fragte: «Besser für wen?», sagte er: «Für alle natürlich», und lächelte, als hätte er einen Plan.

Ich holte mir eine neue Schüssel Obstsalat, weil es ja vielleicht doch an der Ernährung lag, und dann schwiegen wir, und ich kaute langsam, bemühte mich, immer etwas im Mund zu haben, weil ich beim Schweigen mit Konrad ständig Angst hatte, doch auf einmal etwas zu sagen, mit etwas herauszuplatzen über das, was funktionierte, über das doch so einfache geometrische Gebilde mit ihm und Katharina und mir. Ich hatte Angst, es gar nicht zu merken oder erst dann, wenn es schon ausgesprochen war, so wie man erst im Wasser merkt, dass man tatsächlich vom 5-Meter-Brett gesprungen ist, so wie mir damals erst an Katharinas überraschtem Gesichtsausdruck klar geworden war, dass wir uns gerade geküsst hatten. «Jetzt haben wir ein Problem», hatte sie damals gesagt und mich dabei angeschaut, als hätten wir irgendwo in Brandenburg den letzten Zug verpasst. Und jetzt bei diesem Frühstück hatte ich besonders große Angst vor dem Herausplatzen, wegen der verselbständigten Launen, und ich versuchte, mir beim Kauen schnell eine Frage, ein Thema, ein erzählenswertes Erlebnis einfallen zu lassen, aber bei Schlaflosigkeit ist immer nur Platz für einen einzelnen Gedanken, und der war schon besetzt, und dann fragte Konrad: «Und im Krankenhaus?», und ich lächelte ihn dankbar an, während er sich bemühte, Rührei auf seinem Käsebrötchen zum Mund zu balancieren.

«Okay», sagte ich, und weil Konrad anscheinend genug

mit dem Rührei zu tun hatte und ich mir «Okay» als Antwort abgewöhnen wollte, weil auch «Okay» ein Symptom ist oder eine Ursache, irgendein Teil einer geometrischen Figur, sagte ich: «Kinder sind zäh. Auf der Intensivstation wäre ich eine größere Gefahr.»

Konrad sah mich jetzt an und brachte das Brötchen dabei in eine Schieflage, sodass fast das komplette Rührei herunterfiel, auf den Teller, den Tisch, in den Kaffee. Sein Blick ging von meinen Augen zu meinen Händen. «Du arbeitest zu viel», sagte er, wahrscheinlich, weil man das Ärzten immer unterstellt, obwohl es auf mich nicht zutrifft.

Ich arbeite in einem Reformkrankenhaus, mit fast übertrieben geregelten Schichten und regelmäßigen Pause neben der Lava-Lampe im Ruheraum und wenig Bereitschaftsdienst und freundlichen Farben und sieben Teesorten im Ärztezimmer, und alle fragen einander, wie es geht, und ein Supervisor kontrolliert den ausgeglichenen Arbeitsplan, und es gibt einen gemischten Chor und jeden Montag eine Dienstbesprechung, auf der man seine Wünsche äußern soll, und sogar ein Tischfußballspiel, obwohl das nie jemand benutzt.

«Ich schlafe nur zu wenig», sagte ich. Ich versuchte das sachlich zu sagen und fragte mich dabei, warum ich es dann überhaupt sagte, weil es ja trotzdem eine Klage war und sachliche Klagen nicht funktionieren, sie gehören sich nicht, und man bekommt leicht Ratschläge, und die wollte ich nicht hören, auf die kann man nur mit «Ja» antworten, mit «Ja, ich weiß», denn die Ratschläge, die man nach sachlichen Klagen hört, sind immer schon Teil des Symptoms, immer schon im Symptom mitgedacht. Ja, ich weiß, dass man Sport treiben soll. Ja, ich habe von autogenem Training gehört. Ja, ich kenne alle Atemübungen. Ich kenne Ximovan, Tranxilium, Lexotanil, all diese Dinge mit X, die einen schon beim Buchstabieren müde machen sollen. Ich kenne Baldrian und heiße Milch und Hörspiele und Dinkelkissen und Rotwein und Abendspaziergänge und Fußbäder und CDs, die «Gentle Rainbow» und «Pacific Moods» heißen. Und all das war doch wirkungslos, weil ich es schon wusste und weil es dann gleich vom Symptom aufgesogen wurde und man wieder ratlos zurückblieb.

«Aber ich habe mir jetzt einen Pyjama gekauft», sagte ich deshalb schnell, bevor ein Ratschlag folgen konnte, und Konrad schaute mich lächelnd an. «Und, hilft er?»

«Noch nicht», sagte ich, «aber das kommt noch. Er ist blau.»

Konrad wandte sich wieder seinem Rührei zu, «Na dann, viel Glück», sagte er, und ich erzählte ihm von den Symptomen und dem Skizzieren und den nötigen Überraschungsangriffen, ich erzählte das sehr lange, weil etwas viel zu Schweres auf meinen Augenlidern war und ich mir selbst beim Reden zuhören konnte und deshalb immer wieder steckenblieb, mich in Nebensätzen verirrte, Verben vergaß oder falsch gebrauchte, und Konrad sah mich dabei an wie eine Schultheateraufführung, und dann gab er mir, wahrscheinlich um mein Reden zu beenden, doch noch einen Ratschlag, den schlimmsten von allen, er sagte: «Du musst mal raus hier, ein, zwei Tage reichen da schon, nur schnell ins Umland. Das ist wirklich schön», und ich sagte: «Ja, ich weiß», und ich sagte es sehr langsam, das viel zu Schwere auf meinen Lidern rutschte immer weiter nach vorne, und kurz darauf gingen wir nach Hause.

Das Gute an Schlaflosigkeit ist, dass man immer schon alles erledigt hat. Alles ist abgespült und ausgefüllt und eingeworfen, und so wollte ich nach dem Frühstück mit Konrad wieder meinen Pyjama anziehen. Ich wollte mich ins Bett legen und das ganze Wochenende auf den Schlaf lauern, ihn mit einem Drei- oder Fünfminutenschlummer anlocken und dann so lange wie möglich nicht mehr loslassen, und das immer wieder bis zum Montagmorgen, dann würde man weitersehen. Und ich war mir sicher, dass es gelingen würde, weil das viel zu Schwere längst auf meinen Wimpern angekommen war, und ich brauchte lange mit den Pyjamaknöpfen, und ich brauchte lange, um in beide Hosenbeine hineinzugelangen, und ich schlug die Bettdecke auf, und ich fand Katharinas Brief. Er lag auf dem Kopfkissen. Er lag dort wohl schon seit gestern Morgen, und ich musste erst die Unterschrift lesen, um sicher zu sein, dass er von Katharina war, denn wie mir erst jetzt auffiel, hatte ich ihre Handschrift nie zuvor gesehen. Zehn Jahre lang nicht, keine Briefe, keine kleinen Notizen, keine Einkaufsliste. Ihre Schrift war rundlicher, als ich gedacht hätte, mit kleinen Strichen über dem «u», um es vom «n» zu unterscheiden. «Lieber Felix», schrieb sie, und schon das klang wie «Liebe Frau Gronke» oder wie «Liebe Mitglieder und Freunde des SSV Iserlohn» oder bestenfalls wie «Liebe Omi». «Ich weiß nicht, warum ich dir jetzt einen Brief schreibe», schrieb sie, und wo hatte sie das wohl geschrieben, an meinem Schreibtisch, im Bett oder schon bei sich zu Hause, hatte sie den Brief vielleicht schon dabeigehabt, als sie am Donnerstag zu mir kam? Und es war mir auf einmal sehr wichtig, das zu wissen, und ich entschied mich für das Bett, für Katharina bäuchlings auf dem Bett, mit dem linken Arm aufgestützt, mit dem Stift meistens im Mund. «Ich weiß auch nicht, was ich dir jetzt genau schreiben will», schrieb sie, «und wie ich es schreiben will», schrieb sie, und ich hörte meinen Puls im Hals, weil das keine guten Sätze waren. Das solltest du aber wissen,

Katharina. Warum schreibst du dann überhaupt, Katharina? Werd dir doch erst einmal klar darüber, bevor du es mir auftischst, Katharina, und ich versuchte, diese Gedanken, vergeblich, zu beschwichtigen, um weiterlesen zu können, «Vielleicht muss auch alles ein wenig pausieren», schrieb sie, «alles ein wenig durchatmen», schrieb sie, «weil das ja nicht so gedacht war, weil es doch nur provisorisch sein kann und längst nicht mehr provisorisch ist», schrieb sie. Provisorisch, dachte ich, Provision, dachte ich, Proviant, pro forma. «Und ich wollte das schreiben, um nicht stottern zu müssen, und jetzt stottere ich doch», schrieb sie, «bis bald», schrieb sie, und «Katharina», schrieb sie. Provitamin, Pro Familia, dachte ich, und ich las alles noch einmal, und lieber noch einmal, pro Quadratmeter, dachte ich, und ich schaute unters Kopfkissen, Prokurist, im ganzen Bett, neben dem Bett, Prophylaxe, ob da nicht ein weiteres Blatt lag, ich ging noch einmal zum Briefkasten, Parodontitis, ich zog mir Strümpfe an, ich schaute auf dem Schreibtisch, im Papierkorb, Zahnsteinneubildung, im Altpapiercontainer auf dem Hof, ob da nicht erste Versuche, Skizzen, andere Versionen entsorgt waren, provisorische Füllung, ich zog mir Schuhe an, ich kontrollierte meine E-Mails, Bonn, hörte den Anrufbeantworter ab, die Mailbox, «Bonn – Ein Provisorium lacht», der Titel eines Buches im Regal meiner Eltern, ich rief auf Katharinas Handy an, gleich neben einem Bildband über den Sudan, aber es war abgestellt, das war am Samstag auch zu erwarten, Bericht aus Bonn, am Samstag hatte sie es immer abgestellt, Bericht aus Berlin, weil Konrad das sonst unhöflich fand, Bericht aus Benin, und ich wusste das natürlich, sonst hätte ich nicht angerufen, Bericht aus Sudan, und ich saß in der U-Bahn, ich stieg aus und war am Krankenhaus.

Im Flur traf ich Monika. «Mein Gott, Felix. Ist was passiert?», fragte sie. «Nein», sagte ich. «Ja», sagte ich. «Brauchst du vielleicht Hilfe?», fragte ich, und Monika hob die Augenbrauen und sagte: «Ich nicht, aber du anscheinend», und ich schüttelte etwas zu lang mit dem Kopf. «Alles im Griff», sagte ich.

Monika schaute mich ernst an. «Du trägst einen Pyjama», sagte sie, und ich sah an mir herunter. Sie hatte recht. Ich trug einen Pyjama. Er war blau. Ich war im Krankenhaus, ich fragte mich, warum ich hierhergefahren war, was ich hier bitte schön wollte, und das viel zu Schwere war auf einmal nicht nur auf den Augen, sondern auch in den Armen, auf den Schultern, im Rücken. Vielleicht wollte ich ja die Lava-Lampe anschauen. Vielleicht wollte ich irgendwen entlassen und mich in das frei gewordene Bett legen. Vielleicht wollte ich auch eines der Kinder besuchen, das wäre nett von mir, aber ich merkte, dass es mich im Mund juckte, wenn ich an Davids kahlen Kopf dachte, dass es mich im Mund juckte, wenn ich an Jennys verbrannten Rücken dachte, an Yilmaz' flockende Neurodermitis, an die Sonde im Bauch des ausgemergelten Mädchens, dessen Namen ich immer vergaß, Tabea oder Tamina oder Tamara, es juckte beim Denken an Elias, an seinen nicht enden wollenden Jubel darüber, dass er am Montag nach Hause durfte, Herzlichen Glückwunsch, Elias, das Heimweh hat ein Ende, es juckte bei Fieberschweiß, bei Gips, bei schlafenden Babys, bei den Stofftieren und den Schmusedecken und den selbstgemalten Bildern, auf denen die Arme auf der Mitte des Oberkörpers angesetzt sind und rechts oben Sonnen lachen und Roboter sich gegenseitig erschießen. Das Jucken war bestimmt nur provisorisch. Es war normal, dass es juckte. Es war nur ein Symptom. Es wäre doch ganz und gar grauenhaft, wenn es nicht hin und wieder jucken würde. Und Monika sagte: «Leg dich sofort hin», und ich sagte: «Ja, ich kann nicht schlafen», und ich sagte: «Aber das ist nur provisorisch», und ich sagte: «Ein Provisorium lacht», und ich fragte, ob wir eine Partie Tischfußball spielen wollten, und Monika erklärte mir, dass sie mit mir jetzt in den Ruheraum gehen und mir eine Spritze geben würde, und ich nickte und hörte nicht mehr auf zu nicken, weil das viel zu Schwere in meinem Kopf hin und her rollte, und sie fasste mich an der Schulter und schob mich voran, und ich sagte: «In Ordnung», und «Alles im Griff», und «Ich will in den Sudan», und Monika lachte trocken und sagte, dafür sei das Wochenende vielleicht etwas knapp, aber Urlaub eine sehr gute Idee, ein paar Tage, ins Umland, und ich nickte weiter und sagte: «Ja, ich weiß.»

Nach den Schlafsäcken

Und jetzt bin ich wohl tatsächlich im Umland, im Ausland sogar, und atme ein. Fast drei Jahre später habe ich den Rat endlich befolgt, und alles ist da, all das, was mir fürs Umland versprochen wurde, die frische Luft, das Wasser, die langen Nachmittage, die Spezialitäten der Region, Crevetten, Muscheln, abends *Fang den Hut*, das einzige Spiel im Haus, bei dem keine Steine fehlten. Wir könnten einen Schulbauernhof eröffnen. Wir könnten exotische Sprachen lernen, am besten vor Ort. Nur das mit dem Schlafen gelingt wieder nicht, trotz der Seeluft.

Heute war unser siebter Tag hier. Vor genau einer Woche haben Konrad und ich Katharina entführt, und dass man bei Entführungen nicht genügend Schlaf bekommt, darf nicht überraschen.

Nach Katharinas erstem Brief habe ich aber geschlafen, zehn Tage lang fast ohne Unterbrechungen, ohne weitere Spritzen, nach ein paar Tagen sogar ohne Tabletten. Ich schlief tief und traumlos und wachte dennoch immer müde auf, die Augen verquollen, und ich erinnere mich kaum an diese Zeit. Ich nahm wohl Mahlzeiten zu mir, sah mit Sicherheit fern, ein paarmal muss ich telefoniert haben, mit Monika, die öfters besorgt anrief, daran erinnere ich mich noch, mit meiner Mutter, der ich etwas von einer Grippe erzählte, vielleicht auch noch mit anderen. Katharina rief nicht an. Auch Konrad tat das nicht. Das war zu erwarten gewesen und hieß nichts Gutes.

Nach zehn Tagen ging ich zurück ins Krankenhaus, auch das weiß ich noch, die vorsichtigen Blicke, «Grippe», sagte ich, und es wurde genickt, «Ja, da geht gerade was um», und ich traute mich nicht, Monika zu fragen, was sie den anderen erzählt hatte. Man sprach meist leise und ernst mit mir, als ob das angemessen wäre, und erst am Abend fiel mir auf, dass es Donnerstag war und Konrad wohl in Frankfurt und Katharina wer weiß wo, dass sich alles verwandelt hatte, auch das war zu erwarten gewesen, und dass ich aber nicht wusste, in was.

Ich würde gern sagen, dass ich mich auch an die folgenden Monate nicht erinnere, die folgenden Jahre, an die ganze Zeit zwischen Katharinas Briefen, aber so etwas sagt man schnell, und nur nach kurzem Überlegen erinnert man sich dennoch an vieles, und ich erinnere mich natürlich an besonders vieles, da kann ich nichts machen, und ich weiß noch, dass ich gearbeitet habe, ich weiß noch Namen und Krankheitsgeschichten, ich weiß noch manche Gerüchte aus dem Aufenthaltsraum und das Sommerfest und den Auftritt des gemischten Chors, Beatles-Lieder, mehrstimmig, auch das weiß ich noch. Ich erinnere mich an einen Geburtstag mit Menschen im Restaurant und an einen Geburtstag alleine. Ich erinnere mich an Weihnachten mit meinem Bruder und seiner Familie, das war schön, ich erinnere mich an Weihnachten auf der Station, ich erinnere mich an einen Wasserschaden in der Küche, an eine schmerzhafte Ohrenentzündung, ein Klassentreffen, an einen Krieg in Afghanistan und einen im Irak, an eine Bundestagswahl, ich erinnere mich an Bomben in Madrid und eine Flut und einen viel zu heißen Sommer, ich erinnere mich an Casting-Shows, an Studentenstreiks und den ersten Euro. Ich erinnere mich an eine Einweihungsparty, bei der ich nachts betrunken jemanden küsste, und auch das war schön, an den Tod meiner Großmutter erinnere ich mich und an etliche Kinofilme, manche Bücher, Werbespots, und wenn ich mich hinsetze, mit Zettel und Stift, wenn ich alte Kalender zu Hilfe nehme, erinnere ich mich auch noch an mehr, an einen Samba-Schnupperkurs zum Beispiel, einen Zoobesuch, ein Gewitter.

Das ist deutlich mehr als nichts, und während dieser Zeit hatte ich auch nicht das Gefühl, dass es nichts war, dass nichts hängenblieb, sich nichts festsetzte, auch daran erinnere ich mich, aber jetzt wirken diese Jahre auf einmal abgeschlossen, es sind jetzt die Jahre zwischen Katharinas Briefen, auf einmal sind sie nur eine Lücke. Und natürlich habe ich häufig an Katharina und Konrad gedacht, natürlich sind Dinge und Orte von ihnen besetzt, das ist nicht zu vermeiden, und anfangs zuckt man kurz zusammen, aber das Zucken hört auf, weil man sich gewöhnt, weil ja alles andere weitergeht und eine Lücke nur von außen gut zu sehen ist.

Das Befremden setzt später ein, darüber, wie schnell man sich dann doch mit Zuständen abfindet, die nie Zustand werden sollten, höchstens Phasen, Episoden, Auszeiten, und jetzt am Strand, nach diesen Tagen hier, erscheint nichts befremdlicher, als so lange gewartet zu haben, weil von außen jede Lücke überflüssig wirkt.

Nur ein einziges Mal, wenige Wochen nach Katharinas erstem Brief, hatte ich es versucht, hatte ich die Nummer ganz oben unter K gewählt, der Anrufbeantworter sprang an, und ich schämte mich dafür, dass mich das erleichterte. «Das ist der Anschluss von Konrad Rosenbach», mein Adressbuch war schon wieder veraltet. Natürlich hinterließ ich keine Nachricht, lauschte nur ein paar Sekunden dem leeren Band, das mit meiner Stimme gefüllt werden sollte, wartete vielleicht darauf, dass irgendwann doch noch Katharinas Name fiel, dann legte ich auf, das Band wurde mit nichts gefüllt, höchstens, wenn Konrad genau hinhörte, mit einem leisen Atmen, ein und aus, und dann wohl ein Piepsen, eine neue Nachricht, und Konrad wird sich nur kurz gefragt haben, wer dort wohl geatmet hatte.

Am Tag nach Katharinas zweitem Brief ging Konrad selbst ans Telefon. Natürlich war ich aufgeregt, natürlich hatte ich zuvor schon zweimal angefangen, seine Nummer zu wählen, um nach drei oder vier Ziffern wieder aufzulegen, war auf und ab gelaufen, aber es ging diesmal nicht darum, dass ich es versprochen hatte, ich wollte ihn anrufen, ich wollte ihn sehen, ich wollte, dass es gelingt, ich wollte, dass ein Wort das andere gibt, dass es spät wird, ohne dass jemand sagt, man müsse doch morgen früh raus, ohne verstohlene Blicke auf die Armbanduhr, ohne diese unbeabsichtigte Halbherzigkeit. Ich wollte, dass wir von Katharina reden, von uns reden, von Tobias reden, dass es auf einmal keine Frage mehr ist, ob wir zur Hochzeit kommen, dass wir ein Geschenk planen, am besten das größte Geschenk aller Zeiten, und ich wollte, dass wir uns am Ende maßlos ärgern über die ohne einander verschwendeten Monate, dass wir uns bittere Vorwürfe machen, dass wir untröstlich sind.

Also wählte ich die vollständige Nummer, und Konrad nahm ab, und wir sprachen ein wenig zögerlich, und er schlug schließlich vor, sich am kommenden Samstag zu treffen, «In Ordnung», sagte ich, obwohl es ganz und gar nicht in Ordnung war, es war zu spät, es bedeutete schon wieder ein paar verschwendete Tage mehr, aber ich traute mich nicht zu fragen, ob er auch jetzt gleich Zeit habe, so etwas gehörte sich doch nicht nach fast drei Jahren, obwohl ich nicht wusste, warum es sich nicht gehörte. Und wenn es schon wieder losging, dann sollte es doch sofort wieder losgehen, meinetwegen auch ungehörig, und ich drückte die Wahlwiederholung.

«Ich bin es nochmal.»

«Ja, was ist?»

«Ich dachte nur gerade, dass ich eigentlich auch schon heute könnte.»

«Ich eigentlich auch.»

«Wollen wir?», fragte ich, wir wollten.

Wir trafen uns in einem Restaurant, in dem wir beide noch nie gewesen waren. Das hatte ich vorgeschlagen, und Konrad war einverstanden gewesen, denn man kann sich nur sicher sein, dass es tatsächlich losgeht, wenn man sich nirgendwo festhalten kann, nicht einmal mit einer Hand, denn sonst geht es entweder nirgendwohin oder im Kreis.

Ich war zu früh im Restaurant, und als mir Konrad schließlich von der Tür aus zuwinkte, war mein Glas schon fast zu drei Vierteln leer. «Wartest du schon lange?», fragte er, und ich sagte: «Nein.»

Da war also Konrad, und ich kannte den Gang, ich kannte die Stimme, ich kannte sogar das Hemd, das er trug. Aber das half alles wenig. Wir umarmten uns nicht, gaben uns auch nicht die Hand, das wäre ja albern gewesen, Konrad setzte sich, und wir lächelten uns über das Tischtuch hinweg an. Wir sagten, dass es schön sei, sich zu sehen. Wir sagten, dass wir viel Gutes über das Restaurant gehört hätten. Wir sagten: «Ich nehme die Rigatoni», und «Für mich den Zander». Wir nippten viel zu häufig an unseren Getränken, und es war alles nicht gut, nicht wie vorgenommen, es wurde maßlos weiter verschwendet. «Du wohnst also immer noch in deiner alten Wohnung?», fragte Konrad tatsächlich, und ich sagte tatsächlich: «Ja», und Konrad fragte tatsächlich: «Und bist immer noch am Krankenhaus?», und ich sagte schon wieder: «Ja», und fragte sogar auch noch: «Und was machst du zurzeit?», und Konrad sagte: «Ach, dies und das.»

«Aha», sagte ich, und auch das war verschwendet, der ganze Auftakt vertan, das durfte nicht sein, denn wenn es wieder losging, sollte es auch von Anfang an losgehen, das Losgehen gehört nun einmal an den Anfang, der Kellner brachte Besteck und Brot, und wir schauten ihm dabei aufmerksam zu, und ich war gelähmt.

«Ich bin gelähmt», sagte ich, und ich sagte es, glaube ich, sehr laut.

«Weswegen?», fragte Konrad. «Katharina?»

«Nein. Ja. Auch. Wegen Katharina, wegen dir, wegen allem.»

Konrad nickte, und dann nickte er noch einmal, ja, natürlich sei das jetzt alles seltsam, was ich denn erwartet hätte.

Ein Feuerwerk hatte ich erwartet, Anschuldigungen von beiden Seiten hatte ich erwartet, Beteuerungen, Geständnisse und Entschuldigungen, heftiges Kopfschütteln hatte ich erwartet, einsichtiges Nicken, gerne auch Tränen, aus Wut oder Rührung oder Scham, das wäre mir egal, das könnte man sich aussuchen, in kleine Stücke gerissene

Bierdeckel hatte ich erwartet, ausschweifendes Gestikulieren und Sätze, die man lieber leise und etwas zu holprig spricht.

«Keine Ahnung», sagte ich, und Konrad meinte, man könne ja jetzt wohl kaum alles vergessen, was geschehen sei, und sich einfach wieder in die Arme fallen, und es klang so, als ob er sich diesen Satz schon zu Hause überlegt hatte, denn auch ich hatte mir schon zu Hause überlegt, was ich auf diesen Satz erwidern sollte, hatte aber nichts Passendes gefunden und sagte stattdessen: «Aber Katharina heiratet», als ob das ein Einwand wäre.

«Und?», fragte Konrad.

«Tu doch nicht so. In drei Wochen ist sie verheiratet, und dann hat es keinen Sinn mehr, geduldig zu sein, dann gibt es bald, wenn wir Glück haben, noch höfliche Treffen mit Kinderfotos und vielleicht nächtliche Anrufe, wenn sie sich mit Thomas gestritten hat oder wenn er auf Geschäftsreise ist und Katharina nach ein paar Gläsern Wein in alten Briefen liest.»

Tobias, dass er Tobias heiße, sagte Konrad, und ich sagte, dass ich das wisse.

Konrad kaute an einem Stück Brot herum. «Du übertreibst», sagte er. «Und außerdem: In den letzten Jahren gab es doch nicht einmal höfliche Treffen, da gab es gar nichts. Das hat doch etwas zu bedeuten.»

«Und was bitte schön?»

Konrad legte das Stück Brot zurück in den Korb. «Keine Ahnung», sagte er. «Aber bestimmt nichts Gutes.»

«Heißt das, dass wir jetzt dankbar sein sollen, uns wenigstens noch einmal auf der Hochzeit zu sehen?»

Konrad zuckte mit den Schultern. «Vor allem heißt das, dass man halt abwarten muss», sagte er.

Das Essen wurde gebracht. Ich starrte auf meine dampfenden Rigatoni, auf den halbgeschmolzenen Käse, auf das Basilikumblatt in der Mitte des Tellers.

«Etwas Pfeffer?»

«Wie bitte?»

«Wollen Sie etwas schwarzen Pfeffer?», fragte der Kellner und hielt eine viel zu große Mühle über meinen Teller. Ich nickte. Die Mühle fauchte dreimal kurz. «Guten Appetit», sagte der Kellner.

«Guten Appetit», sagte Konrad.

«Lass uns wegfahren», sagte ich.

Konrad ließ seine Gabel sinken. «Wie bitte?», fragte er.

«Lass uns irgendwo hinfahren, Katharina, du und ich. Nur für ein paar Tage.»

«Glaubst du, das ist eine so gute Idee?»

Ich hatte keine Ahnung, ob das eine gute Idee war, wahrscheinlich war es sogar eine ausgesprochen dumme Idee, aber immerhin eine Idee, und wenn man gelähmt ist, dann ist das schon sehr viel, da sollte man nicht übertrieben kritisch sein.

«Ja», sagte ich, «das glaube ich.»

Konrad sah auf seinen Zander. «Katharina hat sicherlich gerade viel zu tun.»

«Dann fahren wir sie halt besuchen und helfen mit allem. Wir schreiben Tischkärtchen und falten Servietten und suchen das Brautkleid aus, solche Sachen.»

Konrad lächelte kurz. «Dann würden wir auch Tobias sehen», sagte er.

«Ja, dann sehen wir auch Tobias. Was meinst du?»

Konrad nahm einen Bissen, vielleicht um Zeit zu gewinnen. Noch bevor er mit dem Kauen fertig war, trank er einen Schluck, tupfte sich dann mit der Serviette den Mund ab und nahm einen neuen Bissen. Ich ließ ihn nicht aus den Augen. Jetzt durfte er nicht abschweifen, sich nicht in ein anderes Thema retten, nichts mit einem Lachen abtun. Wenn man nur eine Idee zur Verfügung hat, dann muss man gut auf sie aufpassen.

«Ich kann hier gerade nicht weg», sagte er.

«Nicht mal zwei Tage?»

Er biss sich auf die Lippe und schüttelte langsam den Kopf, als gehe er einen Terminkalender durch. «Nein», sagte er, aber es klang nicht überzeugend, und das merkte Konrad anscheinend auch, denn bevor ich weiter auf ihn einreden konnte, fragte er das, was ich befürchtet hatte, das, worauf ich zu Hause ebenfalls vergeblich eine Erwiderung gesucht hatte, er fragte: «Und wie kommst du eigentlich darauf, dass ich irgendwas mit euch beiden unternehmen möchte?», und sah mich dabei nicht an.

Er wollte das wahrscheinlich nicht fragen müssen. Er hatte sich wahrscheinlich vorgenommen, das ganze einfache geometrische Gebilde von damals nicht zu erwähnen, weil es ja ohnehin im Raum stand, ohnehin in jedem Satz mitgedacht wurde, aber das funktionierte nur so lange, wie ich dankbar dafür war, dass es nicht erwähnt wurde, solange er sich für nichts rechtfertigen musste. Doch jetzt war es angesprochen, jetzt war alles aufgescheucht und machte einen heillosen Lärm, die Lähmung kam wieder, und ich musste schnell mit dem Bein wippen und mit dem Messer Rillen in die Tischdecke ziehen, um sie aufzuhalten, ich musste schnell etwas sagen, bevor die Pause zu groß wurde, bevor der nächste Satz auf jeden Fall ein bedeutender Satz werden würde, so bedeutend, dass er einem nicht über die Lippen kommt.

«Willst du nicht oder kannst du nicht?», fragte ich deshalb, und Konrad sagte: «Ich weiß nicht», und ich sagte, dass ich es aber wisse, obwohl nichts weniger stimmte als das, «Glaub mir, das ist genau das Richtige», sagte ich, und Konrad nahm einen Schluck Wein. «Wir können sie ja mal anrufen und fragen, ob es ihr überhaupt recht ist», sagte er schließlich.

Ich nahm mein Telefon aus der Tasche. «Möchtest du?», fragte ich, und Konrad sah mich entsetzt an. «Jetzt gleich?»

«Ja, jetzt gleich, viel Zeit ist nicht mehr, wir könnten doch am Wochenende fahren.»

Konrad schaute auf seine Uhr. Es war noch nicht spät, das konnte nicht als Ausrede gelten, und ich sah, wie er nach einer anderen suchte, wie ihm zum Glück aber keine einfiel. Er fühlte sich sichtlich unwohl in der Rolle des Zweiflers. Darauf konnte ich keine Rücksicht nehmen, die zweifelsfreie Rolle hatte schließlich ich übernommen, die war besetzt, damit musste er sich abfinden.

Er sah mich prüfend an. «In Ordnung, ruf an», sagte er und lehnte sich zurück.

Damit hatte ich nicht gerechnet, in der zweifelsfreien Rolle muss man sich auf den Zweifler verlassen können, darauf, dass er auf das richtige Stichwort hin einschreitet und seinen Zweiflertext vorträgt, denn wenn er das nicht tut, kommt alles durcheinander, dann stimmen die Abläufe nicht mehr, und man fällt leicht aus der Rolle. Deshalb nahm ich mein Telefon, suchte den Eintrag «Katharina Mobil», auf dem Display erschien die Nummer, und mit einem Knopfdruck würde dreihundert Kilometer entfernt etwas klingeln oder vibrieren, irgendwo in einem Wohnzimmer, das ich nicht kannte, in einer Handtasche neben Kaugummis und Münzen und einem entwerteten Einzelfahrschein, in einem Café, mitten im Satz, «Ich glaub, das ist meins». Es war einfach, es waren nur ein paar Handbewegungen, ich dachte an all die Proben, die verworfenen ersten Sätze, die abgewogenen Wörter, die alle falsch waren, und ich kam mir albern vor.

Die Nummer im Display war mir nicht vertraut, soweit ich mich erinnere, hatte ich sie erst drei- oder viermal gewählt, seit Katharina sie mir mitgeteilt hatte. Ich musste sie nie dringend erreichen.

«Vielleicht ist es doch besser, wenn du anrufst», sagte ich.

«Wieso?»

«Ich habe schon jahrelang nicht mehr mit ihr gesprochen.»

«Ich auch nicht.»

«Aber dir hat sie wenigstens einen Brief geschrieben.» Konrad lächelte.

«Hast du Angst?»

«Ja, natürlich habe ich Angst.»

«Ich auch», sagte er. «Und es war deine Idee.»

Ja, es war meine Idee, und ich fand, dass Konrad dann doch eigentlich auch mal was machen könnte, jetzt, da schon alles wieder durcheinandergebracht worden war, man aus Rollen fiel, doch nun war es Konrad, der mich nicht aus den Augen ließ, und ich versuchte, das Spöttische in seinem Blick nicht zu beachten.

«Wir essen erst einmal auf», sagte ich.

Konrad lachte kurz auf. «Finde ich auch», sagte er.

Die Rigatoni dampften nur noch leicht. Ich spießte ein paar von ihnen mit der Gabel auf, sie verklebten im Mund und schienen beim Kauen an Masse zuzunehmen. Das Telefon lag neben dem Teller auf dem Tisch, mit einer ungeschickt erscheinenden Handbewegung könnte ich mein

Wasserglas umstoßen, und mit etwas Glück würde ausreichend Flüssigkeit ihren Weg in die Elektronik finden. Ich könnte einen leeren Akku vortäuschen, eine plötzliche Heiserkeit, einen Termin für das Wochenende, der mir dummerweise entfallen war, dabei war es doch einfach, dabei ging es doch darum, sich das Einfache einzugestehen. Hallo, Katharina, ich bin es, Felix. Hallo, Katharina, Konrad und ich wollten dich was fragen. Hallo, Katharina, also der Plan ist so. Hallo, Frau Ottensen in spe. Alles Gute, Katharina. Herzlichen Glückwunsch. Das ist ja mal eine Überraschung. Katharina Falter kann Ihren Anruf zurzeit leider nicht persönlich entgegennehmen. Hallo, Katharina, hier ist Felix, ruf mich bitte zurück.

«Wir werden sie einfach überraschen», sagte ich, und Konrad sagte, dass wir das auf keinen Fall tun würden, und ich sagte, dass das aber die einzige Möglichkeit sei, dass jetzt nur noch ein Überfall helfe, nur so könne man die Lähmung beseitigen, nur so habe all das überhaupt einen Sinn.

Der Kellner fragte, ob er abräumen dürfe. Ich sagte ja, Konrad sagte nein, der Kellner zögerte einen Augenblick, schenkte uns dann, um überhaupt etwas zu tun, Wein nach und verschwand wieder.

«So ein Überfall gehört sich nicht», sagte Konrad.

«Sich überhaupt nicht zu sehen, das gehört sich nicht.»

«Aber lass uns doch wenigstens fragen, ob es ihr recht ist.»

«Dann ruf sie doch an.»

«Ruf du doch an.»

«Ich will nicht anrufen, ich will sie überraschen.»

Konrad schaute auf die Kerze, deren Docht kurz vorm Ertrinken war, und schüttelte den Kopf.

«Vielleicht ist es nicht besonders höflich», sagte ich, «aber ich will ja auch nicht, dass es höflich wird, ich will Katharina nicht zur Begrüßung auf die Wange küssen, ich will nicht ihre Wohnungseinrichtung loben und mich dann in ihrer Küche darüber unterhalten, was wir alle gerade so machen. Das können wir uns sparen.»

Konrad schaute immer noch auf die Kerze, als ob er den Docht mit seinen Blicken retten könnte. «Ich fahre da nicht einfach hin», sagte er, «vergiss es.»

Aber ich wollte es nicht vergessen, und vor allem konnte ich es nicht vergessen, es schien so einleuchtend, wenn man fast drei Jahre nichts gewagt hatte, zumindest das jetzt zu wagen.

«Wir können ja einen Kompromiss machen», sagte ich, obwohl mir gar kein Kompromiss einfiel, aber mit einem Kompromiss überzeugt man immer, einen Kompromiss kann niemand ablehnen. «Wir fahren hin und rufen von dort aus an, und wenn sie Zeit hat, sagen wir, dass wir schon vor der Tür stehen.»

Das war, zugegeben, kein sehr ausgewogener Kompromiss, aber darauf kommt es bei Kompromissen auch selten an. Konrad biss sich wieder auf die Lippe und versuchte jetzt, mit der Gabel den halbversunkenen Docht wieder aufzurichten. «Und wenn sie keine Zeit hat, dann fahren wir sofort wieder zurück?»

«Selbstverständlich.»

«Auch, wenn sie nur ein kleines bisschen zögerlich klingt.»

«Abgemacht.»

Konrad sah mich an, und ich versuchte, möglichst bestätigend zu lächeln.

«Also, am Freitag?», fragte ich.

«Mal sehen.»

«Mal sehen?»

«Meinetwegen Freitag», sagte Konrad. «Sollen wir wohl vorsichtshalber einen Schlafsack mitnehmen?»

«Ich habe gar keinen Schlafsack mehr.»

«Ich auch nicht.»

Im Halbprofil

Wenn man so will, dann war es also ursprünglich meine Idee. Wenn man so will, habe ich mit allem angefangen, mich trifft, wenn man unbedingt so will, die Hauptschuld, und deshalb darf ich mich, wenn es morgen dann vorbei ist, auch nicht beschweren. Aber Konrad hat sich überreden lassen, Konrad war von Anfang an mit dabei, er hat eingewilligt, zumindest er wurde nicht entführt, das kann er mir nicht erzählen. Wir waren erst zu zweit und dann zu dritt, aber jetzt laufe ich allein hier auf und ab, atme allein ein und aus, und Katharina und Konrad schlafen oder versuchen es zumindest, und ich bin der Einzige, der noch nach der Antwort sucht, und das sind zwei zu wenig, das ist leicht auszurechnen. Wir könnten ein Zweitstudium beginnen. Wir könnten uns einem bewaffneten Befreiungskampf anschließen.

Anfangs war zumindest Konrad noch mit dabei. Er hat heftig widersprochen, als Katharina uns am zweiten Tag hier fragte, ob das ein Zwangsnostalgieausflug oder so etwas werden sollte. «Überhaupt nicht», hat er gesagt, hier gehe es nicht um Wiederholung, sondern um einen Anfang.

«Anfang von was?», fragte Katharina, und ich sagte, dass wir doch hier seien, um das zu klären.

Katharina schaute mich verwundert an. «Ich habe nichts zu klären», sagte sie, und ich sagte, doch, das habe sie, Promotion, Heiraten, diese ewigen Möhren, mir solle sie doch nichts erzählen, das seien doch alles Anzeichen.

«Lass das mal meine Sorge sein.»

«Nein, ich will das nicht deine Sorge sein lassen, immer werden alle Sorgen ihren Eigentümern gelassen, das ist doch kein Zustand.»

«Ich misch mich doch auch nicht einfach in dein Leben ein.»

«Das solltest du aber, darum bitte ich sogar, inständig. – Und dich natürlich auch», sagte ich, zu Konrad gewandt.

Er lächelte. «Ich werde mir Mühe geben.»

«Wie rührend», sagte Katharina, «das bedeutet also, dass man von jetzt an keine Rücksicht mehr aufeinander nehmen sollte und einfach entscheidet, was das Beste für die anderen ist.»

«Natürlich nicht», sagte Konrad. «Das war ein Notfall.»

«Weil ich übernächste Woche heirate?»

«Nein, das war nur der Anlass. Der Notfall ist etwas anderes.» Konrad sah mich hilfesuchend an.

«Der Notfall ist, dass wir uns nie entschieden haben, dass wir in alles immer nur hineingestolpert sind», sagte ich.

«Genau», sagte Konrad, «und wir sind hier, um uns für etwas zu entscheiden.»

Katharina runzelte die Stirn. «Und wofür zum Beispiel?»

«Das wissen wir noch nicht», sagte ich. «Wir sind doch gerade erst angekommen.»

Und morgen fahren wir also wieder, und dazwischen lagen ein paar verregnete Tage, an denen die einzigen Entscheidungen die Farben bei *Fang den Hut* betrafen und sonst kaum etwas. Einatmen zählt nicht als Entscheidung. Wir könnten ein Museum eröffnen. Wir könnten als Jazz-Trio durch Kellerbars tingeln, Katharina am Schlagzeug, Konrad am Bass und ich am Klavier. Wir könnten Furore machen. Wir könnten unter Gorillas oder Wölfen leben.

Heute hörte es dann auf zu regnen, die Fenster blieben still, bis auf die vereinzelten Tropfen, die der Wind aus den Bäumen gegen die Scheibe warf. Auch der Sand ist noch feucht und löchrig, meine Schritte sinken tief, die Schuhe sind längst durchgeweicht, klamm zieht es mir die Beine herauf.

Wir haben kaum geredet, heute. Nach dem Frühstück wurde Staub gesaugt und ausgiebig das Bad geputzt, zu packen war nicht viel, und am Abend gab es wieder Muscheln und mehr Wein als sonst, und weil es schließlich nicht regnete, gingen wir, statt *Fang den Hut* zu spielen, ans Meer. Wein und Wind waren Vorwand, um hin und wieder ineinanderzulaufen, sich kurz an einem Arm, an einer Hüfte festzuhalten, und manchmal blieb man ein paar Sekunden in dieser Position, bis sie nicht mehr haltbar war. Wir könnten eine Talkshow moderieren. Wir könnten uns als Trickbetrüger durchschlagen. Wir könnten für einen Posten in der Kommunalpolitik kandidieren.

Und heute schauten wir endlich einmal lange aufs Wasser und atmeten tief ein und aus, die gute Seeluft, versuchten noch etwas Sand in die Schuhe zu bekommen, weil es doch die letzte Gelegenheit dazu war, der letzte Abend. Und weil man bei Entführungen das Zeitgefühl verliert, das ist dann doch so ähnlich wie im Urlaub, muss ich nachrechnen. Acht Tage ist es her, dass Konrad und ich losgefahren sind, und weil das Zeitgefühl nun einmal fehlt, weiß ich nicht, ob das viel oder wenig ist.

Vor acht Tagen hatte ich Dienste getauscht, sodass wir einen Mittagszug nehmen konnten, am Nachmittag wären wir da, am Abend könnten wir noch einen Zug zurück nehmen, so oder so, da hatten wir uns erkundigt.

Die Tage bis dahin hatte ich auf einen Anruf von Konrad gewartet, auf eine E-Mail, eine Postkarte, irgendeine einsilbige Absage, und als die ausblieb, rechnete ich beinah fest damit, dass er einfach nicht erscheinen würde.

Er wartete aber schon am Bahnsteig, vor sich einen kleinen schwarzen Rollkoffer, nicht dasselbe Modell wie meiner, aber dennoch kaum zu unterscheiden, er las die Titelseite einer doppeltgefalteten Zeitung und sah erst auf, als ich vor ihm stand.

«Los geht's», sagte ich, weil es das endlich tun sollte, und Konrad sagte, dass er das nach wie vor alles für eine dumme Idee halte. Ich erwiderte nichts, unser Zug wurde angesagt, und ich beschloss, das als endgültiges Argument für meine Position zu deuten, nahm meinen Rollkoffer und stieg ein.

Der Zug war überfüllt mit Wochenendfahrern, und trotzdem war ich froh, hier zu sein, im Zug zu sein, der sich von selbst bewegte, der uns an ein Ziel brachte, zweieinhalb Stunden lang gab es nichts zu entscheiden, gab es nur zu sitzen, nur zu warten, die Türen würden sich nur noch einmal vor Hamburg öffnen, in Spandau, und dort wieder auszusteigen, weil man seine Meinung geändert hatte, wäre lächerlich, das würde sich keiner von uns beiden trauen.

Ich versuchte ein wenig zu schlafen. Eine Überraschung kostet schließlich Kraft, bei einer Überraschung darf nichts schiefgehen, da muss man hellwach sein, schon eine kurze Unaufmerksamkeit, schon ein verstecktes Gähnen kann alles zerstören, doch in meinem Kopf war es viel zu laut, um schlafen zu können, und in Konrads Kopf anscheinend auch, und es drang bis nach draußen.

«Was ist, wenn sie sich nicht freut?», fragte er.

«Sie wird sich freuen.»

«Aber was, wenn nicht?»

«Wenn sie sich nicht freut, dann haben wir uns getäuscht, dann geht nichts wieder los, dann können wir wieder fahren, aber immerhin haben wir dann Klarheit.»

Ich fand, das klang einleuchtend, doch Konrad anscheinend nicht. Vielleicht würde sie sich ja freuen, wenn wir sie nicht so überfallen würden, meinte er, nicht jeder möge schließlich Überraschungen.

Wir hatten uns wieder in unsere beiden Rollen verkrochen, Konrad durfte zweifeln, und ich durfte das nicht, ich musste der Entschlossene sein, ich musste sagen, dass Katharina auf jeden Fall Überraschungen liebe, obwohl ich keine Ahnung hatte, ob sie das tat. Und warum wusste ich das nicht? Ich sollte so etwas wissen. Man sollte von jedem Menschen wissen, ob er Überraschungen mag, das sollte eines der ersten Dinge sein, die man herausfindet. Ich weiß Katharinas Kleidergröße. Ich weiß den Vornamen ihrer Mutter, ich weiß ihre Abiturnote, ich weiß von ihrer Viskoseallergie, ich weiß, dass sie, obwohl jahrelang maßlose Raucherin, panische Angst vor angeblich krebserregenden Stoffen hat, wie dem hellen Stielansatz einer Tomate, wie einem etwas zu braun geratenen Toast, ich weiß, dass sie Kapern liebt und Spekulatius verachtet, ich weiß, wann, wo und wen sie zum ersten Mal geküsst hat, ich weiß, dass sie glaubt, Grün stehe ihr gut, ich weiß, dass sie vier Wochen zu früh geboren ist. Den Kaffee trinkt sie schwarz, sie hat als Kind nächtelang im Dunkeln gelesen, in der Hoffnung, dadurch eine Brille zu bekommen, weil ihre beste Freundin doch eine trug, sie sagt, wenn sie anruft, nie ihren Namen, sondern immer nur «Ich bin's», sie benutzt gerne falsche Komparative, wie «noch guter» oder «weiter weger», all das weiß ich, und noch mehr, aber nicht, ob sie Überraschungen mag.

«Bist du sicher?», fragte Konrad, und ich sagte: «Ziemlich», und versuchte wieder, die Augen geschlossen zu halten. Konrad war immer noch auf der Titelseite.

«Was, wenn sie nur so tut, als freue sie sich, und das so perfekt vortäuscht, dass wir darauf reinfallen und bleiben, obwohl sie in Wahrheit schrecklich genervt ist?», fragte er.

Ich antwortete, dass sie dann ja selbst schuld sei, und versuchte, in dem ICE-Sitz eine bequemere Position zu finden. Konrad schien das als Zeichen zu verstehen, sagte eine Zeit lang nichts, blätterte sogar einmal um, aber je leiser es aus Konrads Kopf herausdrang, desto lauter wurde es in meinem eigenen Kopf, desto mehr Fragen häuften sich an. Wohnten Katharina und Tobias eigentlich zusammen, hatten sie ein gemeinsames Schlafzimmer, womöglich mit nur einer Decke, lasen sie manchmal nebeneinander im Bett, vielleicht sogar dasselbe Buch, was war, wenn sie sich freut, Konrad zu sehen, aber nicht mich, wenn wir plötzlich getrennt würden, ihm hatte sie schließlich einen Brief geschrieben, bedeutete «Bitte komm!» eigentlich «Bitte komm so schnell wie möglich, am besten dieses Wochenende, am besten überraschend!», bedeutete «Bitte komm!» «Rette mich!», bedeutete «Bitte komm!» «Bitte komm nicht!», würde sie mich verächtlich anschauen, würde sie zurückweichen, wenn ich versuchte, sie zur Begrüßung zu umarmen, würde sie mir womöglich eine Ohrfeige geben, trug sie einen Verlobungsring, wie sah sie wohl aus?

Konrad ließ seine Zeitung wieder sinken. «Wie sie wohl aussieht», fragte er.

Immer, wenn ich in den letzten fast drei Jahren an Katharina gedacht habe, mich gefragt habe, wie es ihr geht, was sie wohl macht, gerade jetzt, in diesem Moment, in dem ich an sie denke, ist es mir schwergefallen, sie mir vorzustellen. Ich musste dann mit einem bestimmten Detail, einer Szene anfangen, ihrem Mund beim Sprechen, ihren Augen, nachdem sie etwas vorgeschlagen hatte, ihrem Gang von hinten, um von diesem Detail, dieser Szene aus auf das Ganze zu schließen, was dennoch selten gelang. Ich habe versucht, ihr wie mit einem Graphikprogramm von Frisören oder der Polizei längere oder kürzere Haare zu geben, ein paar Falten um die Augen, zwischen Nase und Mund, ich habe sie dicker und dünner gemacht, ihr die Brille aufgesetzt, die sie sich als Kind so gewünscht hat, ein Nasenpiercing geschossen, manchmal war sie schwanger, einmal im Rollstuhl.

Diese Gedanken kamen immer überraschend und gingen schnell und spurlos, ich achtete darauf, mich nur möglichst kurz mit ihnen aufzuhalten, denn sie führten nicht weit. Ich wusste von Katharinas Leben in den letzten Jahren nur, dass ihre Adresse nicht mehr stimmte, das war alles, und ich hatte auch niemanden fragen können, nichts überschnitt sich, die wenigen Menschen, die uns alle drei kannten, gehörten zu jeweils einem von uns, waren nur hin und wieder mit dabei, man wusste Namen, wusste Daria, wusste Gregor, Stephan und Meike, manchmal wusste man Berufe, den Stadtteil und ob sie den Film mochten, und mehr sollte man auch nicht wissen, weil sich gefälligst nichts zu überschneiden hatte, und wenn es dann doch einmal nicht zu vermeiden war, wenn ich in Begleitung Katharinas und Konrads zufällig jemanden traf, nach dem Kino, auf der Straße, in einer Bar, wenn ich hastig einander vorstellte, wenn man dann doch noch ein wenig stehen blieb oder sogar gemeinsam etwas trinken ging, dann redete ich zu viel oder gar nicht und gähnte früh. Überschneidungen machen mich müde.

«Wir müssen auf alles gefasst sein», antwortete ich, und Konrad sagte: «Ja, wahrscheinlich müssen wir das.»

Es war ganz unmöglich, jetzt noch schlafen zu wollen, denn die Kurzfilme, diese abgebrochenen Szenen, wechselten sich in immer kürzeren Abständen ab, die gleichbleibende Einstellung, Katharina, wie sie die Tür öffnet, und dann die Variationen, ein Jubeln, ein erleichtertes Lachen, ein «Da seid ihr ja», ein kaum verstecktes Entsetzen, ein «Was wollt ihr denn hier?». Im Hintergrund Tobias, wie er mit noch erhitztem Gesicht und falsch geknöpftem Hemd aus dem Bad kommt, halbgepackte Umzugskisten, Katharinas Eltern am Esstisch, Katharinas und Tobias' Eltern beim ersten Kennenlernen, zerbrochene Teller, durchweinte Taschentücher nach dem ersten großen vorehelichen Streit.

Das Dumme an Überraschungen ist nämlich, dass man sich leider immer mit überrascht. Das ist eine unangenehme Begleiterscheinung, die man unbedingt eindämmen muss. Wenn man die eigene Überraschung allzu leichtfertig in Kauf nimmt, ist man viel zu bedacht, viel zu sehr auf der Hut, viel zu umsichtig, um selbst noch halbwegs überraschen zu können. Und deshalb glücken Überraschungen so selten, fast nie, deshalb sollte man sich das immer lieber noch einmal überlegen und nur im Notfall zur Überraschung greifen, aber ich war mir sicher, dass wir es hier mit einem Notfall zu tun hatten.

«Ich würde sie zu gerne einmal kurz sehen, bevor wir anrufen», sagte ich.

Konrad nickte. «Ich auch», sagte er.

«Weißt du, was sie in Hamburg macht?»

«Sie promoviert anscheinend.»

«Jetzt noch?»

«Na und?»

«Nichts. – Arbeitet sie wohl in der Uni oder zu Hause?»

«Woher soll ich das denn wissen?»

«Könnte ja sein.»

Konrad öffnete wieder seine Zeitung.

«Du weißt dann wahrscheinlich auch nicht, wo die Unibibliothek ist, oder?», fragte ich.

«Was willst du denn in der Unibibliothek?»

«Ach, ich dachte nur gerade.»

Konrad drehte sich zu mir um. «Du willst ihr doch nicht etwa auflauern?»

Ich sagte, dass mir dieser Gedanke gerade gekommen sei, nur ein kurzer Blick, um zu sehen, dass alles in Ordnung ist, ob Katharina so aussieht, als könne sie eine Überraschung vertragen, ob sie überhaupt nach Hause geht oder irgendwo anders hin, wo wir nur stören würden.

Konrad schlug vor, er könne ja schon einmal Gucklöcher in seine Zeitung schneiden, ich sagte: «Gute Idee», und Konrad fragte, ob ich sie denn noch alle hätte. «Himmelherrgott, es geht um Katharina», sagte er.

«Aber es wäre doch großartig, wenn wir ihr Gesicht sehen könnten, während wir sie anrufen. Nur um sicher zu sein, dass sie sich tatsächlich freut.»

Konrad sagte nichts.

«Und belügen tun wir sie ohnehin, wenn wir erst anrufen, nachdem wir schon längst da sind. Für eine Überraschung braucht man nun einmal Lügen. Und streng genommen sind es auch gar keine Lügen. Es geht doch nur darum, nichts falsch zu machen.»

Ich fand das einleuchtend, auch wenn mir klar war, dass das bei näherer Betrachtung wahrscheinlich hinten und vorne nicht stimmte. Aber ich hatte gar nicht vor, es näher zu betrachten, zumindest mich selbst hatte ich überzeugt, und das war jetzt vielleicht auch das Wichtigste.

«Kommt überhaupt nicht in Frage», sagte Konrad, doch ich wusste, dass es in Frage kam, ich wusste, dass Konrad wusste, dass es in Frage kam, alles kam schließlich in Frage, und ich war mir nicht sicher, ob mich das erschrecken oder beglücken sollte.

Fast den ganzen Rest der Fahrt verbrachten wir schweigend, ich tat, als schliefe ich, und auch Konrad tat wahrscheinlich nur so, als würde er lesen, die Seiten raschelten langsam und selten, und als ich einmal kurz zu ihm hinübersah, starrte er ins Leere. Er bemerkte meinen Blick, drehte den Kopf und lächelte mich an, und ich schloss schnell wieder die Augen.

Solange wir sprachen, war fast alles gut, solange wir uns über Katharina Gedanken machten, solange wir uns sorgten und beruhigten und überzeugten und für verrückt erklärten, wir mussten uns erhitzen, denn in den abgekühlten Momenten, wie es jetzt einer war, schien das alles überstürzt, schien Konrad mir fremd, fremder, als er es sein dürfte, der Abstand unserer Arme und Füße war nicht groß genug, wir sollten uns siezen, wir sollten einander fragen, ob wir geschäftlich unterwegs seien, wir sollten Visitenkarten tauschen und uns über die Verspätungen und Bahnpreise beschweren. Das schien angemessen, und alles andere, unser ganzes Gespräch zuvor, war es auf einmal nicht mehr, schien nur noch eine herausgerutschte Vertrautheit, die sich eigentlich nicht gehörte.

Das war das erste Auftauchen dieser Fremdheit mit Konrad, dieser speziellen Ausprägung, zu der es anscheinend nur kommt, wenn man sich schon einmal alles andere als fremd gewesen ist, und gewisse Angewohnheiten, wie Blicke, wie Betonungen, wie Körperhaltungen, einen immer wieder daran erinnern, dass diese wenigen Dinge, die man noch weiß, und die man fraglos immer wissen wird, in keinem Verhältnis mehr stehen zu der Anzahl der Dinge, die man nicht weiß, von denen man keine Ahnung hat, über die man nicht unterrichtet worden ist. Diese Fremdheit tauchte noch häufiger auf in den letzten acht Tagen, sie kam immer unangekündigt, legte sich plötzlich über die Situation, und man konnte nur abwarten, bis sie wieder verschwand, konnte nur vor sich hin nicken und lächeln und versuchen, tief ein- und auszuatmen.

Als durchgesagt wurde, dass wir in wenigen Minuten Hamburg erreichen würden, faltete Konrad seine Zeitung zusammen, ich richtete mich auf, und wir schauten uns an. «Da wären wir», sagte Konrad.

Da waren wir. Da war Hamburg mit hoffentlich Katharina darin. Da war der Nieselregen. Da war Konrad, der mich fragend anschaute. Ich musste also weiterhin die Entscheidungen treffen, ich musste weiterhin überzeugt wirken, ich durfte auf keinen Fall Pausen entstehen lassen, Pausen, in denen Konrad seine Zweifel ausbreiten könnte, die mir doch allesamt bekannt waren, sogar vertraut.

Ich las Katharinas Adresse vom Einladungskuvert ab. «Weißt du, wo das ist?», fragte ich, Konrad schüttelte den Kopf, und wir nahmen ein Taxi.

Katharinas Straße befand sich in einer Wohngegend, nur vereinzelt eine Apotheke, ein Reisebüro, ein Kinderbuchladen, Kastanien in gleichmäßigem Abstand. Sicherheitshalber stiegen wir schon an der Kreuzung aus, vielleicht schaute Katharina ja gerade aus dem Fenster. Das Taxi fuhr weg, Konrad und ich standen mit unseren fast identischen Rollkoffern auf dem Bürgersteig und sahen uns um.

«Nett hier.»

«Ja, schön mit den Kastanien.»

Konrad atmete tief ein. «Also, was ist. Rufen wir sie jetzt an», fragte er. Ich schlug vor, uns doch erst einmal das Haus anzuschauen, und wir liefen etwa hundert Meter die Straße hinauf, bis wir die richtige Nummer erreicht hatten. Das Haus sah aus wie die meisten Häuser hier, Gründerzeit, hohe Etagen, bepflanzte Balkons, kupfernes Klingelschild. «Falter / Ottensen» stand in der rechten Spalte ganz oben. «Ottensen», sagte Konrad. «War ja zu erwarten», sagte ich und überlegte, ob Katharina wohl ihren Namen behalten würde oder in drei Wochen das Klingelschild schon ausgetauscht werden müsste.

«Ob er zu Hause ist?», fragte Konrad.

«Keine Ahnung. Wir können ja mal klingeln.»

«Und was, wenn Katharina antwortet?»

Das wusste ich auch nicht, woher sollte ich das wissen, wir würden es herausfinden. Ich klingelte, nach ein paar Sekunden knackte die Gegensprechanlage. «Ja?», sagte eine Stimme, Konrad schaute mich mit zusammengepressten Lippen an, die Stimme sagte: «Hallo?», und dann knackte es wieder.

«Das war nicht Katharina», sagte ich.

«Schwer zu sagen.»

«Das war nie und nimmer Katharina.»

Konrad atmete laut durch die Nase. «Ich ruf sie jetzt an», sagte er.

Selbstverständlich wohnten sie zusammen. Sie waren so gut wie verheiratet, sie wollten ihr Leben miteinander verbringen, alle irdischen Güter teilen, da gehörte eine Wohnung nun einmal mit dazu. Vielleicht sollten wir einfach noch einmal klingeln, uns vorstellen, die Lage erklären, Tobias macht einen Kaffee, und wenn Katharina nach Hause kommt, sitzen wir da zu dritt am Küchentisch, mitten in einem angeregten Gespräch. «Tobi», sagen Konrad und ich dann gerade, «Tobi, da hast du den Nagel auf den Kopf getroffen», und dann setzt sich Katharina dazu, und aus dem Kaffee wird irgendwann Wein und dann sogar der Birnenschnaps, den Tobias' Großvater selbst in seinem Gartenhaus brennt, und dann fragt Tobias, ob wir nicht alle noch tanzen gehen sollen, und Katharina sagt, dass Tobias doch sonst nie tanzen gehen will, und dann gehen wir tanzen. Die Musik ist ganz und gar grauenhaft, Tobias schämt sich ein wenig und sagt, dass man eigentlich mittwochs hierherkommen müsse, ob wir denn Mittwoch noch da wären. «Leider nein, Tobi», sagen wir dann, «aber sicherlich ein andermal. Versprochen.»

Aus dem Treppenhaus waren plötzlich Schritte zu hören. «Weg hier», sagte Konrad. Wir griffen unsere Koffer und rannten so schnell wir konnten die Straße hinunter. Nirgendwo gab es eine Einfahrt, kein Laden, keine geöffnete Tür, nichts bot uns Schutz, die nächste Querstraße war zu weit entfernt, und so blieben wir nach ein paar Sekunden hinter einem kleinen Mauervorsprung stehen und pressten uns an die Häuserwand.

«Kannst du was sehen?», flüsterte ich.

«Noch nichts», flüsterte Konrad zurück.

«Vielleicht ist er auch nach rechts gegangen.»

«Scheiße.»

«Was ist?»

«Katharina.»

«Was?»

«Das ist Katharina, sie kommt direkt auf uns zu.»

Wenn man jemanden nach langer Zeit wiedersieht, dann bereitet man sich sorgfältig darauf vor. Man überlegt, ob man sich lieber in einer Wohnung oder auf neutralem Terrain treffen soll, man überlegt, was man anzieht, die Art der Begrüßung, die ersten Sätze, man überlegt auch, wen eigentlich die Schuld daran trifft, dass man sich so lange nicht gesehen hat, und ob es für Entschuldigungen oder Vorwürfe schon zu spät ist. All diese Vorbereitungen sind unausweichlich, all diese Vorbereitungen sind auch wichtig, doch sie nutzen leider nichts, wenn man sich schweratmend an eine Häuserwand presst und diejenige, die man lange nicht gesehen hat, einen beim besten Willen nicht an dieser Häuserwand erwartet, wenn es nur noch Sekunden gibt, in denen man sich entscheiden muss, ob es sich lohnt, auf ein Wunder zu hoffen.

Ich entschied mich dagegen und sagte: «Wir müssen uns küssen», und Konrad fragte: «Wie bitte?», und dann schlang ich meinen linken Arm um Konrads Hals, meinen rechten um seine Hüfte, drehte seinen Oberkörper ein wenig zur Seite und presste meinen Mund auf seinen. Konrad war anfangs viel zu überrascht, um überhaupt etwas zu tun, er wehrte sich weder, noch machte er sonst eine Bewegung, sein Körper war starr. Als Schritte zu hören waren, wisperte ich ihm zu, dass er jetzt aber schleunigst seine Hand an meine Wange legen sollte, sonst sei mein Gesicht zu erkennen, und Konrad gehorchte, grub seine andere Hand sogar noch in meinen Mantel und schmiegte den Kopf an meine Schulter. Wir waren fast gleich groß, keiner musste auf die Zehenspitzen. Unsere Münder lagen geschlossen aufeinander, wie in einem Schwarzweißfilm, die Schritte wurden lauter, waren neben uns, ich achtete darauf, ob sie sich verlangsamten, das taten sie aber nur leicht, wenn überhaupt, entfernten sich dann, waren bald nicht mehr zu hören, und nach ein paar Sekunden trennten Konrad und ich uns voneinander, ich schaute die Straße hinab, Katharina war noch zu sehen, sie bog gerade um die Ecke, der wippende Gang, die Haare wie gewohnt in einem Pferdeschwanz, doch ob ich sie unter anderen Umständen erkannt hätte, bezweifelte ich.

«Das war knapp», sagte ich.

Konrad starrte mich an.

«Haben wir doch gut gemacht, oder?»

Konrad starrte immer noch.

«Das war Katharina.»

«Ich weiß», sagte Konrad.

«Und was nun?»

«Können wir sie jetzt bitte anrufen?»

Ich schüttelte den Kopf. Nein, wir könnten sie jetzt leider nicht anrufen, jetzt sei ein denkbar ungeeigneter Moment, sie anzurufen, jetzt sei sie ja gerade auf dem Weg irgendwohin, und wir würden sie auf jeden Fall stören, und genau das wollten wir doch vermeiden.

Konrad sah angestrengt aus. «Mir ist kalt», sagte er, und «Das führt doch zu nichts», und dann nahm er seinen Rollkoffer, ging die Straße hinauf, und ich lief hinter ihm her.

«Wo willst du hin?»

«Mich irgendwo reinsetzen. Mir ist kalt. Ich muss aufs Klo. Das ist doch alles albern.»

«Warte.» Ich hielt ihn von hinten an seinem Mantel fest. Er blieb stehen, ohne sich umzudrehen.

«Lass uns hinterhergehen. Du hast doch selbst gesagt, dass du sie sehen möchtest.»

«Ich habe sie eben schon gesehen.»

«Das zählt doch nicht. Komm, wir sind so dicht dran. – Bitte, das ist wichtig.»

«Dir vielleicht.»

«Dir etwa nicht?», fragte ich, und weil Konrad nichts erwiderte, ließ ich seinen Mantel los, drehte mich um und ging langsam die Straße wieder hinab. Nach ein paar Sekunden hörte ich seinen Koffer hinter mir, ich blieb stehen, bis er zu mir aufgeschlossen hatte.

«Felix?»

«Ja?»

«Küsse ich eigentlich gut?»

«Wie ein junger Gott», sagte ich.

Als wir die Straßenecke erreichten, war Katharina nirgendwo zu sehen, nur Kastanien und Gründerzeit, und wir nahmen die Verfolgung auf.

Es ist eigentlich nicht besonders schwierig, jemanden zu verfolgen, der nicht weiß, dass er verfolgt wird. Schwieriger wird es allerdings in einer Wohngegend, schwieriger wird es, wenn man dabei zu zweit ist und außerdem noch jeweils einen Rollkoffer hinter sich herziehen muss, dessen Räder leicht in Bordsteinlücken stecken bleiben, sodass der Koffer zur Seite kippt und man ihn immer wieder mit einer beherzten Drehung des Handgelenks in Position werfen muss. Das geschah alle paar Sekunden, wir kamen viel zu langsam vorwärts, und irgendwann wechselte Konrad schließlich fluchend in einen Laufschritt und ließ den Koffer hinter sich herschleifen. Das war seine erste gute Idee an diesem Tag, sogar seine erste Idee überhaupt in der ganzen Sache, und ich tat es ihm gleich. Wir liefen schneller, als wir mussten, und es war gut zu laufen, es war gut, mit Konrad zu laufen, es war gut, wie viel Lärm die Koffer machten, sie konnten nicht laut genug sein, selbst der Nieselregen war gut, und an der übernächsten Querstraße sahen wir dann einen Supermarkt.

«Sie ist einkaufen», sagte Konrad.

«Sieht so aus», sagte ich, und wir waren beide etwas enttäuscht. Eine Verfolgungsjagd sollte nicht in einem Supermarkt enden, sie sollte an eine Schlucht führen, in eine Sackgasse, vor einen unüberwindlichen Zaun, und zwischendurch müssten selbstverständlich verschiedene Fahrzeuge benutzt werden, Katharina hätte doch in einen Bus steigen können, vielleicht hat sie jetzt auch ein Auto, und Konrad und ich hätten hektisch nach einem Taxi gewunken und noch einen Zehner draufgelegt für jede rote Ampel, die zu überfahren wäre. Wir wussten doch, wie das geht.

Ein Supermarkt besitzt bei Verfolgungen jedoch auch Vorteile. Er ist für jeden zugänglich, ausreichend groß, die Gänge bieten hervorragenden Sichtschutz, und deshalb sagte ich: «Los, lass uns reingehen», und Konrad hatte wahrscheinlich keine Lust mehr zu widersprechen, so etwas wird schnell langweilig, er nickte nur ein paarmal und ging dann sogar voran.

Von der Tür aus schauten wir vorsichtig in den Eingangsbereich, vielleicht hatte Katharina ja nur Milch gebraucht und war schon wieder auf dem Weg nach draußen. Doch niemand war zu sehen, noch zu früh für die Wochenendeinkäufer, nur eine Kasse besetzt. Wir gingen hinein und besprachen das weitere Vorgehen. Das heißt, Konrad besprach es, schaute mich ernst dabei an, und ich schaute so ernst wie möglich zurück. Erst überprüfen, ob die Luft rein ist, dann so schnell wie möglich durch das Drehkreuz in die Gemüseabteilung, abklären, ob sich Katharina nicht im Bereich links von uns befindet, hinter dem Stand mit den Obst-Sonderangeboten in Deckung gehen und von dort aus wohlüberlegt Gang für Gang nach ihr absuchen. Zwischen den einzelnen Punkten machte er immer eine kleine Pause, in der ich zu nicken hatte.

Wir gingen eng an der Wand entlang, vorbei an den gerahmten Wochenangeboten und dem Foto des Filialleiters, «Herr Nussbeck» stand darunter, und «Ich garantiere für Frische und Freundlichkeit», bis zum Backshop, von wo aus wir den ganzen Kassenbereich überblicken konnten, dann liefen wir los, durchs Drehkreuz, mein Koffer verhakte sich, ich zog ihn nach vorne, Konrad nach hinten, ein hinzugekommener Kunde war uns behilflich, und als wir dann schließlich bei den Sonderangeboten angekommen waren, sagte Konrad: «Das geht so nicht mit den bescheuerten Dingern.»

«Wir kommen aber nur durch die Kasse wieder raus.»

Konrad überlegte kurz, dann schlug er vor, ich solle mit beiden Koffern in der Getränkeabteilung warten, er suche Katharina, und wenn er sie gefunden habe, würde er mich ablösen.

«Und was ist, wenn sie in die Getränkeabteilung kommt?», fragte ich.

«Dann leg dich beim Bier auf den Boden. Das kauft sie bestimmt nicht.»

«Vielleicht für Tobias.»

«Das Risiko müssen wir eingehen», sagte Konrad und ging auf Zehenspitzen in den Gang mit den Kühlregalen, sah sich nach allen Seiten um, bog dann schnell nach rechts in den Eingang der Getränkeabteilung ab, presste sich mit dem Bauch gegen die Wand und warf ruckartig seinen Kopf zur Seite, als rechne er mit einem Kugelhagel, dann drehte er sich zu mir um und winkte mich heran. Ich nahm die beiden Koffer und lief so schnell es ging auf ihn zu, während er ungeduldig zwischen mir und den Kühlregalen hin- und herblickte.

«Okay. Warte hier», sagte Konrad, als ich die Koffer an den Bierkästen abgestellt hatte.

«Nein, warte du, ich suche sie.»

«Warum denn das?»

«Dich erkennt man doch auf den ersten Blick. Ich habe jetzt immerhin längere Haare, da muss sie, wenn sie sich umdrehen sollte, schon zweimal hinsehen.»

Natürlich war das ein lächerlicher Grund, und natürlich wusste das Konrad auch, aber ich wollte auf keinen Fall bei den Bierkästen warten, ich wollte überhaupt nicht warten, ich wollte die Vorhut sein, ich wollte Katharina als Erster sehen, ich wollte verdammt nochmal Amundsen sein, Armstrong sein, und nicht Scott oder Aldrin und all die anderen, deren Namen man immer erst nachschlagen muss, ich wollte das kurze Atemholen, das Lippenbeißen in den paar Sekunden, bevor ich mich losreißen würde, um mit einem triumphierenden Lächeln zu Konrad zurückzukehren.

Doch Konrad wollte anscheinend dasselbe, denn er winkte ab, das sei ja albern und auch alles doch schon abgemacht gewesen.

«Nichts war abgemacht», sagte ich, «und überhaupt, wenn hier jemand mal etwas abmacht, dann bin ich das doch.»

«Was soll denn das heißen?»

«Wenn es nach dir gegangen wäre, dann wären wir doch gar nicht hier.»

«Und nur weil das Ganze deine Idee war, darfst du jetzt alles bestimmen, oder was?»

«Ganz genau», sagte ich.

Konrad atmete laut durch die Nase, das hatte ich erwartet. «Warum bist du dann nicht alleine gefahren?», fragte er.

«Was soll denn das jetzt?»

«Ich bin doch ohnehin nur deine Ausrede, um Katharina zu sehen.»

«Papperlapapp.»

Konrad erwiderte nichts, schaute nur auf den gescheckten Estrichboden. Ich fasste ihn an der Schulter. «Wirklich, das stimmt nicht, Konrad, und das weißt du. Nur zu dritt hat das Ganze doch überhaupt einen Sinn.»

«Was ist denn das Ganze?»

«Na, das hier, unser Besuch, unsere Überraschung, unser Einsatz.»

Konrad schaute immer noch zu Boden, doch ich konnte sehen, wie er anfing zu lächeln. «Bis jetzt hat es noch nicht so viel Sinn.»

«Noch nicht, aber es ist das Richtige, oder?»

Das wisse er noch nicht, sagte Konrad, aber zumindest sei es wahrscheinlich nicht das Falsche, und ich sagte, das sei doch schon einmal ein Anfang.

Konrad nickte. «Also was jetzt, gehst du oder geh ich?», fragte er.

«Du», sagte ich, «Nein, du kannst ruhig», sagte Konrad, und dann ließen wir die Koffer stehen und gingen beide.

An den Kühlregalen waren wir noch in Sicherheit. Wenn Katharina nichts vergessen hatte, würde sie dort nicht wieder hin zurückkehren. Wir gingen dennoch vorsichtig, dicht an den Regalen, um uns im Notfall schnell mit einer Tüte Milch, einem Joghurt, einem Vanillepudding beschäftigen zu können. Vor den Gefriertruhen ging es links zu den Mittelgängen ab, vor uns lag die Fleischtheke.

«Wohin?», flüsterte ich.

«Warum flüsterst du?»

«Ich kann nicht anders.»

«Vor zur Fleischtheke, aber vorsichtig.»

Wir hielten uns links von den Gefriertruhen, am Ende des Ganges blieben wir stehen, ich ging in die Knie, blickte um die Ecke und wich sofort wieder zurück, denn da stand jemand an der Käsetheke.

«Hast du sie gesehen?», fragte Konrad.

«Ich weiß nicht. Könnte sein.»

Konrad machte einen Schritt nach vorne. «Ja, das ist sie», sagte er, und wir rannten an den Gefriertruhen wieder hinunter, bogen rechts ab und blieben bei den Fertigbackwaren stehen, dahinter musste der Gang liegen, der direkt auf Katharinas Rücken zuführte. Konrad warf einen kurzen Blick dorthin, dann wechselte er mit einem großen Schritt zur anderen Seite des Ganges. Ich nahm zur Tarnung eine Packung Knäckebrot, Konrad einen Tortenboden, und über diese Produkte hinweg beobachteten wir die Käsetheke.

Da stand tatsächlich Katharina. Da war ein Pferdeschwanz, Katharinas Pferdeschwanz, da war ein Ohr, Katharinas Ohr, da war ein blauer Mantel, den ich nicht kannte, da waren Turnschuhe, da war die rechte Hand, die einen metallenen Einkaufskorb hielt, mehr konnte ich von meiner Position aus nicht sehen, doch das genügte auch fürs Erste, das war schon beinah zu viel an Auswahl, meine Augen sprangen hastig umher, vom Haar zur Hand zum linken Schuh zum Ohr, zu meinen eigenen Händen, in denen das Knäckebrotpaket zitterte. Ich schaute zu Konrad hinüber, ihm schien es ähnlich zu ergehen, seine Daumen kratzten unentwegt über die Plastikverpackung des Tortenbodens, während auch er auf Pferdeschwanz, Mantel, Turnschuhe und wahrscheinlich auf Katharinas anderes Ohr starrte.

Das ist Katharina, dachte ich, obwohl ich mir da, wie mir jetzt auffiel, gar nicht so sicher sein konnte. Ich hatte sie bisher nur von hinten gesehen und mich, was die Vorderseite betraf, auf Konrad verlassen müssen. Rückseiten sind jedoch trügerisch, man kennt die Rückseiten von Menschen normalerweise nicht sehr gut, wenn man nicht zufällig in der Schule hinter ihnen saß oder gerne Tandem fährt. Man glaubt sie zu kennen, wenn man nur Sekunden vorher die Vorderseite gesehen hat, dann stimmt alles zusammen, und es gibt keinen Zweifel, aber dann hält man doch immer wieder fremden Menschen die Augen zu oder ruft Namen, auf die nicht reagiert werden kann, weil sie zu einer anderen Vorderseite gehören, und plötzlich bekam ich Angst, dass die Frau an der Käsetheke gar nicht Katharina war, dass sich Konrad getäuscht hatte, warum denn nicht, auch er hatte die Vorderseite doch nur für Sekundenbruchteile gesehen, und das nach fast drei Jahren, wie konnte er sich so sicher sein, vielleicht folgten wir einer Fremden, einer, die es gar nicht verdient hatte, dass sie verfolgt wurde, und vielleicht zitterte das Knäckebrotpaket ganz umsonst.

Die Käseverkäuferin reichte der zweifelhaften Katharina den abgewogenen Käse und schaute sie dann fragend an. Bitte habe noch einen Wunsch, bitte kauf noch etwas, ein Stückchen Brie, ein paar Scheiben mittelalten Gouda, den

Parmesan im Wochenangebot, gib uns noch etwas Zeit, und als sie tatsächlich noch auf etwas in der Vitrine deutete, wechselte ich schnell auf Konrads Seite des Ganges. «Komm mit», sagte ich und lief an den Backwaren vorbei, bog rechts ab, entlang der Regale mit den Spirituosen, und blieb schräg hinter der Käsetheke stehen. Konrad presste sich an mich, seine linke Hand an meiner Hüfte, den Kopf auf meiner Schulter.

Ein gutes Drittel des Gesichts war jetzt sichtbar, die Wimpern, ein Wangenknochen, Nasenspitze, Kinn, und es schien tatsächlich alles Katharina zu gehören, den Rest konnte ich ergänzen, das fiel nicht schwer. Ich fragte mich, ob sie schon immer so ausgesehen hatte, ob die Katharina schräg vor mir nicht etwas schmaler war, womöglich trieb sie jetzt Sport, auch hatte ich sie größer in Erinnerung, aber da musste ich mich wohl täuschen.

Wir waren also am Ziel, zumindest an einer Etappe, wir sahen sie, und ich überlegte, warum wir das eigentlich gewollt hatten. Ihr Gesichtsausdruck ließ kaum auf etwas schließen, wie sollte er auch, sie wartete auf ihren Käse. «Sie sieht müde aus», flüsterte Konrad, «Überhaupt nicht», flüsterte ich zurück, die Verkäuferin heftete den Kassenbon an die Papiertüte, und all das ging viel zu schnell.

Konrad nahm den Kopf von meiner Schulter und zog mich am Arm. «Los, weg hier.»

«Eine Sekunde noch», sagte ich, obwohl das nicht reichen würde, besser eine Stunde noch, vier Stunden noch, einen Tag, so lange, bis sich eine Regung zeigte, ein Lächeln, meinetwegen ein Gähnen, sie sollte sich eine Haarsträhne hinters Ohr streichen, sich am Oberschenkel kratzen, niesen, irgendeinen Beweis, etwas, das ich kannte, irgendetwas, das mir zeigte, dass alles noch beim Alten war, dass man irgendwo anknüpfen konnte, dass man «Hallo, Katharina» sagen konnte, dass das eine passende Begrüßung wäre und dass sie dann «Hallo, Felix» sagen würde, weil sie diesen Namen kannte, mich kannte, weil es Katharina war, und nicht jemand, der ihr erschreckend ähnlich sah, nicht jemand, der häufig mit ihr verwechselt wurde, so häufig, dass es schon nicht mehr lustig war, sondern wirklich Katharina, Katharina Falter, Katharina, die ich kannte.

Konrad war schon ein paar Schritte zurückgegangen. «Felix», hörte ich ihn zischen, ich machte eine beschwichtigende Geste. Katharina nahm den verpackten Käse und legte ihn in den Einkaufskorb, dabei sah ich fast das ganze Gesicht, die etwas zu groß geratene Nase, über die sie sich selbst immer unbeholfen lustig machte, eine Augenbraue, die viel dunkler als ihre Haare war, die waagerechte Falte auf der Stirn. Nur der Mund fehlte mir jetzt noch, dann konnte ich gehen, dann musste ich gehen, dringend, und ich fragte mich, ab wann man Blicke spürt, ab wann dieses Jucken im Nacken einsetzt, ob es eine Frage der Dauer oder des Winkels oder der Intensität ist, und dann sah Katharina auf einmal auf, in meine Richtung. Zum Glück traf sie nicht genau, ihre Augen landeten etwas zu weit rechts und etwas zu weit unten, Zeit genug, um schnell zurückzuweichen und loszurennen, Konrad rannte mit. «Was ist passiert?», fragte er, «Raus hier», sagte ich, «Was ist passiert?», fragte er noch einmal, und ich sagte noch einmal: «Raus hier», «Das Knäckebrot», sagte er, und ich legte es im Rennen auf den Überraschungseiern ab.

An der Kasse verlangsamten wir unseren Schritt. Man darf niemals durch eine Kasse rennen, sonst findet einen diejenige, die man überraschen wollte, in der Diskussion mit einem Ladendetektiv, auch wenn ich mir nicht sicher war, ob ein Supermarkt überhaupt einen Ladendetektiv beschäftigt, wahrscheinlich musste auch das Herr Nussbeck übernehmen, «Das können wir alles klären, wenn die Polizei da ist», und dann müssten wir warten, Konrad, Katharina, Herr Nussbeck und ich, und so war das schließlich nicht geplant.

«Geld vergessen», sagte ich zu der Kassiererin, die das nicht interessierte, und hielt entschuldigend meine Arme hoch, Konrad sagte: «Irgendwann vergisst er noch einmal seinen Kopf», und schob mich vorwärts; hinter dem Ausgang, außerhalb des Blickfelds der Kassiererin, begannen wir wieder zu rennen und versteckten uns schließlich hinter einem Altkleidercontainer.

«Hat sie dich gesehen?», fragte Konrad.

«Ich glaube nicht.»

«Was heißt ‹ich glaube›?»

«Höchstens von hinten.»

«Scheiße.»

«Sie hat mich nicht erkannt, ganz sicher nicht, schon gar nicht mit den langen Haaren.»

Konrad lachte auf. «Ach ja, die Haare, ganz vergessen.»

«Und jetzt?»

«Keine Ahnung, du bist doch der Mann mit den Ideen.»

«Konrad?»

«Ja.»

«Wir haben die Koffer vergessen.»

Wir konnten nicht gleich wieder zurück, das stand fest, Katharina war sicherlich schon auf dem Weg zur Kasse.

Es gab nur eine Möglichkeit, hier hinter dem Altkleidercontainer zu warten, bis sie außer Sichtweite war. Doch Konrad war nicht der Ansicht, dass das die einzige Möglichkeit war, er sagte, er habe das Versteckspiel satt, er sagte, es werde langsam albern und außerdem zu kalt, er sagte: «Mach, was du willst, ich rufe sie jetzt an.»

Ich erwiderte, dass ein Anruf jetzt ja wohl noch alberner wäre als das Versteckspiel, und Konrad sagte: «Also gut, dann warten wir eben auf sie», und es klang gleichzeitig tapfer und resigniert, und ich wusste, dass ich ihm nicht weiter widersprechen konnte, schließlich waren wir hier, um Katharina zu treffen, dafür musste man sich nun einmal zeigen.

Und natürlich hatte ich Angst vor diesem Moment, natürlich wollte ich ihn hinauszögern, wollte Katharina weiter beobachten, auf ihrem Weg nach Hause, mich im Treppenhaus an die Wand drücken, unbemerkt mit durch die Tür schlüpfen, ich wollte mich in ihrer Wohnung hinter Türen verstecken, in der Dusche, in Schränken, unterm Bett, ihren Tagesablauf studieren, mir Gewohnheiten einprägen, um dann, wenn es zum Treffen kommt, vorbereitet zu sein, einen Überblick zu haben. Doch ich nickte nur, in Ordnung, wir würden auf sie warten, unvorbereitet, wir setzten uns auf einen Stromkasten und blickten auf den Eingang des Supermarkts.

Warten ist kein guter Zeitvertreib. Warten verdirbt unausweichlich das Ereignis, auf das man wartet, macht es fad, denn es kann nie schlimmer und nie besser sein, als man es sich beim Warten ausgemalt hat, und wenn das Warten ein Ende hat, ist man erleichtert oder enttäuscht, aber immer hat die Wirklichkeit verloren, sieht im Vergleich immer etwas blass aus, und das weiß man, und deshalb ist das ganze Ausmalen im Grunde eine Zeitverschwendung, die man einfach unterlassen könnte, wenn es beim Warten etwas anderes zu tun gäbe.

Konrad fuhr sich unablässig durch die Haare, setzte mehrmals an, etwas zu sagen, ohne es herauszubringen, wahrscheinlich handelte es sich um eine Frage, von der er wusste, dass ich darauf keine Antwort hatte, eine der Fragen, die sich mir natürlich auch stellten und für die es eine gemeinsame Antwort gibt. «Wir werden halt sehen», sagte ich, und Konrad nickte.

Und dann kam Katharina. Zum ersten Mal seit drei Jahren sah ich sie vollständig von vorn, ihr Gesicht wurde größer, nahm Konturen an, noch zehn, elf Schritte, dann würde sie uns erkennen, dann würde es wieder losgehen, ob vorbereitet oder nicht. Ich versuchte, mir wenigstens einen ersten Satz zu überlegen, einen Satz, der von Anfang an alles klärt, der entwaffnet, der keine andere Wahl lässt, als sich zu freuen, doch das Nachdenken gelang nicht, ich konnte nur zusehen, wie Katharina uns anblickte, wie sie die Stirn runzelte, wie Konrad kurz seinen Arm hob, wie Katharina zwei Meter vor uns stehen blieb, wie Konrad aufstand, sich am Kopf kratzte. Katharina ging noch einen kleinen Schritt auf uns zu. «Habt ihr euch vorhin geküsst?», fragte sie.

Um es kurz zu machen

Ich weiß noch, natürlich weiß ich noch, dass meine erste Reaktion auf Katharinas Erscheinen Erleichterung war. Erleichterung darüber, dass die Verfolgung endlich ein Ende gefunden hatte, Erleichterung darüber, dass es sich tatsächlich um Katharina zu handeln schien, und auch Erleichterung darüber, dass wir uns zu dritt gegenüberstanden, dass die Zahl wieder stimmte.

Drei ist an sich nämlich gar keine komplizierte Zahl, noch nicht einmal eine komplizierte Anzahl, das wird nur gern und oft behauptet, so gern und oft, dass es meist ohne Nachfragen geglaubt wird. Dabei stimmt vielmehr das Gegenteil, vielmehr stimmt es, dass drei um einiges unkomplizierter ist als zum Beispiel zwei, denn wenn von dreien einer keine Lust hat oder müde ist, können zwei dennoch *Fang den Hut* spielen, oder weil einer abwäscht, einer abtrocknet und einer einräumt, weil am Strand immer zumindest einer von beiden Seiten gegen den Wind geschützt wird, weil sich leicht Mehrheiten bilden lassen, und wenn zwei morgen zurückfahren wollen, dann ist das eine Entscheidung, da muss man nicht nachrechnen, und deshalb ist drei auch unkomplizierter als vier, weil man sich zu viert schon aus Gründen der Symmetrie stets für zwei Zweiereinheiten entscheidet, und ab fünf wird alles ohnehin unübersichtlich. Wir könnten ein Kind adoptieren, oder sogar Drillinge. Wir könnten eine Kindertagesstätte einrichten.

Dass Katharina, Konrad und ich zusammen drei ergeben, ist also nicht das Komplizierte, das kann gar nicht das Komplizierte sein, weil es doch allein darum geht, um die Drei, weil sie als Einziges feststeht und alles andere unweigerlich misslungen ist, das wurde schon früh deutlich, schon bald nachdem wir uns alle kennengelernt hatten, wenn einer beispielsweise zu spät kam, wenn einer auf die Toilette ging oder noch etwas vergessen hatte, und man sich plötzlich nur zu zweit vorfand und das Gespräch dann höflich wurde, und man ständig blinzelte, weil man sich bemühte, dem anderen in die Augen zu schauen.

Unübersehbar wurde das natürlich an den Donnerstagen allein mit Katharina, bei den Wochenendfrühstücken allein mit Konrad, als alles falsch war und so viel geblinzelt wurde, dass man kaum noch etwas sah. Und natürlich musste auch das misslingen, obwohl es nur eine Folge war, eine Reaktion auf das vorherige Ändern der Gleichung, als alles plötzlich nur noch zwei ergab, selbst wenn man sich zu dritt traf, Katharinaundkonrad und ich, und das bestimmt nur provisorisch sein konnte, so wie jetzt auch die Zeit danach plötzlich provisorisch scheint, und das doch nun ein Ende finden soll, ein beherztes Ende, eine Entscheidung, mit der sich beim Frühstück alle Pläne ändern. Katharina und Konrad werden sich kurz anschauen, beinah ängstlich, weil sie damit nicht gerechnet haben, und Konrad wird ansetzen, etwas zu erwidern, vielleicht beginnt er sogar einen Satz mit «Aber» oder «Glaubst du wirklich, dass», aber dann wird er verstummen, weil es schließlich nichts zu erwidern gibt, und dann wird er lächeln und Katharina auch, und sie wird

«So machen wir es» sagen, und dann machen wir es so, und zwar sofort und ganz und gar unprovisorisch. Wir könnten Warenhausketten erpressen. Wir könnten Vermögen umverteilen.

Und das ist nun in Wahrheit das Komplizierte, weil es so wenig gibt, das nicht provisorisch ist oder zumindest provisorisch sein könnte, weil das Provisorische ja nicht in der Antwort liegt, sondern im Aufnehmen der Antwort, und so wird jede Entscheidung ein Verschieben der Entscheidung und jeder Zustand zum Abschnitt, und selbst wenn man vorschlagen würde, alles stehen und liegen zu lassen, abzuhauen, auszuwandern, nur leichtes Gepäck, ein zweites Paar Wäsche und vielleicht ein Taschenmesser, dann glaubt man selbst am wenigsten, dass es für immer sein soll, weil für immer nur stets bis auf weiteres ist, die überschaubaren Rationen bis nächstes Jahr, bis zum Winter, zum Nachmittag, denn wer weiß, was in dieser Zeit alles geschieht, man ist ja angeblich sehr schnell ein anderer Mensch.

Aber Auswandern ist eigentlich ohnehin keine Option, obwohl das natürlich der erste Gedanke ist, wenn man etwas grundlegend ändern will, wir könnten in der Provence Gemüse anbauen, wir könnten uns als Straßenmusiker in Griechenland durchschlagen, wir könnten in ein buddhistisches Kloster, weil große Schritte einfacher erscheinen als kleine, weil das schon vorgelebt wurde, aber genau das macht skeptisch, genau das lässt einen vermuten, dass sich dadurch lediglich die Kulissen ändern, und nach ein paar Wochen fängt man dann an, auffällig oft davon zu reden, wie gut diese Entscheidung war, davon, wie man nichts vermisst, und dass allein die Luft hier und die Freiheit und in den Tag hinein und alles intensiv.

Auswandern kommt also eigentlich nicht in Frage. «Bloß

kein Eskapismus», hatte Konrad vor ein paar Tagen gesagt, als noch laut gedacht wurde, aber was in Frage kommt, weiß ich immer noch nicht, alles kommt erst in Frage und verschwindet dann gleich wieder. Wir könnten Sitzmöbel revolutionieren. Wir könnten uns in der neuen romantischen Malerei versuchen.

Und die Zeit wird knapp, da täuscht die Dunkelheit im Winter. Ich weiß nur, dass ich weiter ruhig atmen muss, aus und ein, ich weiß nur, dass, was immer auch entschieden wird, zu dritt sein soll oder gar nicht, ich weiß nur, dass wir nicht noch einen Anlauf machen werden, ich weiß nur, dass deshalb die Entführung notwendig war, weil es nach einer Entführung endgültig zu spät für ein Nebenbei ist.

Vor dem Supermarkt war es noch nicht zu spät. «Katharina, das ist ja ein Zufall», hätten wir sagen können, oder «Was machst du denn hier?», oder «Ja, wir haben uns gerade geküsst, und jetzt müssen wir wieder los». Das sagten wir alles nicht, ich schaute Katharina nur an, und Konrad kratzte sich immer noch am Kopf und sagte dann: «Wir wollten dich eigentlich anrufen.»

Katharina stand unverändert anderthalb Meter von uns entfernt, keiner machte eine Bewegung auf den anderen zu, keiner breitete die Arme aus, Katharina griff in ihre Einkaufstasche, nahm eine Möhre heraus, biss mit zusammengekniffenen Augen die beiden Enden ab und spuckte sie beiseite. «Wollt ihr auch eine?», fragte sie, Konrad schüttelte den Kopf und ich wahrscheinlich auch.

Das Dumme an Überraschungen, wenn sie dann einmal gelingen, ist auch, dass man sich sofort fragt, was am Überraschen so wünschenswert schien, man steht unvorbereitet voreinander, und die Zeit bläht sich auf, und man weiß, dass man schleunigst etwas tun muss, irgendetwas sagen muss, «Überraschung!» zum Beispiel, oder «Tata!», und dabei springt man kurz in die Luft und landet mit gespreizten Beinen, leicht in der Hocke, Handflächen nach vorn, den Mund so weit geöffnet, wie es geht. Das sollte man aber schnell tun, bevor die Überraschte die Situation von alleine durchschaut, und ganz sicher, bevor die Überraschte begonnen hat, an einer Möhre herumzukauen, und deshalb sagte ich nicht «Überraschung!», und schon gar nicht «Tata!», sondern «Hallo», und weil das vielleicht nur wie ein Räuspern klang, ergänzte ich noch: «Wir sind's.»

Katharina drehte sich zu mir, ihr Blick war nicht abwartend, auch nicht leicht spöttisch, wie ich es erwartet hatte, weil sie früher immer leicht spöttisch geschaut hatte, wenn sie verunsichert gewesen war, er war noch nicht einmal interessiert. Nur das Kauen verriet eine Aufregung, der Unterkiefer sprang hin und her, sonst bewegte sich nichts an Katharinas Körper. Sie schluckte, fuhr sich mit der Zunge einmal an den Zähnen entlang und sagte: «Dann kaufe ich wohl besser noch einmal ein», und dabei warf sie den Kopf seitlich zurück, Richtung Supermarkt.

Konrad meinte, das treffe sich gut, wir müssten da ohnehin noch etwas erledigen. Katharina fragte nicht nach, drehte sich nur um und ging vor, Konrad und ich folgten ihr.

Ich nahm mir vor, spätestens am Drehkreuz etwas zu sagen, wenn es weiterhin so sprachlos blieb, irgendetwas, das eine Herzlichkeit andeutete, also sagte ich: «Meinen Glückwunsch», und Katharina sah mich überrascht an, endlich war sie einmal überrascht, wenn auch nur für ein paar Sekunden, dann lächelte sie artig und sagte: «Danke schön.»

Ich bin immer gerne mit Konrad und Katharina einkaufen gegangen, so gerne, dass ich manchmal vorgab, kein Öl mehr zu haben oder dringend Taschentücher zu benötigen, und es war keine Frage, dass ich dann nicht allein gehen musste. Meistens gab es ein bestimmtes Produkt, eine waghalsige Joghurtfruchtmischung, eine neue Schokoladensorte, Birnen oder eine besonders leckere Zahnpasta, das Katharina in jener Woche für das beste der Welt hielt und uns sofort zeigen musste, ich fing dann an, massenweise davon in unseren Wagen zu laden, Konrad fing an, es wieder auszuladen, und wir wurden beide immer schneller, und am Ende war der Wagen entweder voll oder das Produkt alle, weil Einladen schneller geht als Ausladen, und Konrad sagte schließlich so etwas wie: «Du hast recht, Birnen kann man ja eigentlich nie genug haben», und ich sagte so etwas wie: «Und die halten sich ja auch», und dann musste Katharina so etwas sagen wie, dass sie vielleicht ein wenig übertrieben habe, und bei genauerer Betrachtung seien Birnen gar nicht mehr so köstlich, und auch so unglückselig geformt, damit Konrad und ich wieder alles zurücklegen konnten, und dann sagte ich, dass mir gerade einfalle, dass ich doch noch Öl zu Hause hätte oder dass meine Erkältung schon abklinge, und wir kauften aus Verlegenheit irgendetwas Kleines, Batterien oder einen Kochlöffel oder eine Zitrone, und schoben das dann zu dritt in unserem Wagen zur Kasse.

Diesmal nahmen wir einen Einkaufskorb, und Katharina erzählte auch nichts über ein bestes Produkt der Welt, obwohl sie das hätte tun sollen, obwohl es höchste Zeit war, sich etwas zu erzählen, stundenlang am besten, bis der Supermarkt schließen würde, bis Herr Nussbeck uns höflich bäte, unsere Einkäufe nun langsam zu beenden, wobei er «Einkäufe» in Anführungsstrichen sagen würde.

Konrad und ich holten schnell unsere Koffer aus der Getränkeabteilung, Katharina wartete beim Gemüse. «Wir erklären dir das alles später in Ruhe», sagte Konrad, obwohl Katharina nicht so aussah, als ob sie etwas erklärt haben wollte.

Sie schaute auf den Broccoli und fragte: «Wie lange werdet ihr wohl bleiben?»

Für immer, Katharina, das ist der Plan, ein ganzer Einkaufswagen Broccoli würde nicht reichen, wir brauchen Felder, wir brauchen Erntehelfer, wir brauchen riesige Kühltruhen für all die Winter, das weißt du doch, Katharina.

«Vielleicht bis morgen, wenn wir dürfen», sagte ich, und Konrad ergänzte schnell, dass wir natürlich auch ein Hotel nehmen könnten.

«Wollt ihr Broccoli?», fragte Katharina, wir nickten. Ja, Broccoli, das war ein Anfang.

Die Verkäuferin sah uns lange an, sagte aber nichts, wir zahlten, und auf dem Weg zu Katharinas Wohnung begann Konrad dann, alles zu erklären, dass uns das sehr leidtue, es sei halt ganz spontan gewesen, und natürlich hätten wir anrufen wollen, und sie solle ehrlich sagen, wenn wir störten. Katharina aß wieder eine Möhre, erst vorsichtig nur die äußere Schicht, bis nur der dünne, süße innere Teil übrig blieb, den sie in drei Bissen verschwinden ließ, dann sagte sie: «Nein, ich freu mich.»

Ich konnte nicht ausmachen, ob sie das nur sagte oder wirklich meinte. Solche Sätze sind immer schwierig zu betonen, weil man weiß, dass sie auf die Betonung hin überprüft werden, weil sie unbedingt beherzt klingen müssen, und deshalb hat das Überprüfen gar keinen Sinn, weil das Bemühen alles Beherzte unmöglich macht, und deshalb beschloss ich, ihr einfach zu glauben. Der Inhalt des Satzes war schließlich eindeutig, und von mehr war erst einmal nicht auszugehen.

«Da sind wir», sagte Katharina, als wir vor dem Haus angekommen waren, das wir schon kannten. «Falter/Ottensen» las ich noch einmal, während Katharina den Schlüssel suchte.

«Ist Tobias auch da?», fragte ich.

Katharina sah mich wieder so an wie vorher am Drehkreuz, als ob sie überlegen müsse, wen ich mit Tobias meinte, vielleicht war es aber auch einfach nur ungewohnt, aus meinem Mund seinen Namen zu hören, ihn klar und deutlich zu hören, als ob er schon immer zu unserem Vokabular gehört hätte.

Dann schüttelte sie den Kopf, leider nein, er sei übers Wochenende weg.

«Schade», sagte ich.

«Ein Jammer», sagte Konrad, und auch das war gelogen, da war ich mir sicher, denn natürlich wollten wir Tobias sehen, wollten wir Katharina mit Tobias sehen, seine vorsichtige Hand auf Katharinas Knie, die sie dort angespannt gewähren lässt wie eine Wespe, und Konrad und ich bemühen uns, nicht dorthin zu schauen, der Gutenachtkuss, nachdem Tobias sich ein paarmal gestreckt hat, um höflich früh ins Bett zu gehen, «Ich komm gleich nach», sagt Katharina, all das wollten wir natürlich beobachten, aber noch dringender wollten wir Katharina ohne Tobias sehen, noch dringender wollten wir, dass die Anzahl stimmte.

Die Wohnung war im vierten Stock, Katharina schloss auf, sagte: «Hereinspaziert», und ließ uns den Vortritt. Ich ging hinein und schrak sofort zurück, weil mir jemand gegenüberstand, und ich brauchte eine Weile, um zu begreifen, dass ich es selbst war, im Spiegel, und hinter mir sah ich jetzt auch Konrad und Katharina, sah uns alle zusammen, die Reflexionen unserer Blicke trafen sich, was mich immer etwas schwindelig werden lässt, sodass ich als Erster wegschaute, doch wenn ich mich nicht getäuscht hatte, lächelte Katharina.

«Stellt die Koffer einfach hierhin», sagte sie, ging links in die Küche und räumte die Einkäufe in den Kühlschrank. Konrad versuchte ihr zu helfen, ich stand hinter ihnen und blickte mich um, suchte nach Bekanntem oder Neuem, irgendwelchen Indizien über das Leben, von dem ich nichts wusste. Auf dem Tisch stand eine Kaffeetasse, aus der Katharina wohl vor kurzem getrunken hatte, ich wusste nicht, ob ich sie kannte, ob ich vielleicht auch schon daraus getrunken hatte, im Abtropfgestell neben der Spüle standen ein paar Teller, weiß, wahrscheinlich Ikea, nicht eindeutig zuzuordnen, eine aufgeschlagene Zeitung sah ich, eine Küchenmaschine, die es in Katharinas früheren Haushalten mit Sicherheit nicht gegeben hatte, an der Wand eine Schiefertafel, die wohl für Einkaufslisten benutzt werden sollte, auf die aber nur mit Kreide eine Blume gemalt worden war, vielleicht von Tobias für Katharina, eine kleine Geste zwischendurch, nach einem Streit, oder zu ihrem Geburtstag, dem 11. Januar, das wäre vor zehn Monaten gewesen, dann müsste die Kreide doch verblichener sein, wann hatte Tobias wohl Geburtstag, wer kochte wohl häufiger, es gab mehr Gewürze als früher, eine Telefonrechnung, der gemeinsame Anschluss, ob sie einen Einzelverbindungsnachweis hatten oder ein gemeinsames Konto, war Tobias wohl reich?

Katharina fragte, ob wir auch einen Kaffee wollten, und nahm, ohne unsere Antwort abzuwarten, eine Aluminiumkanne aus der Spüle, füllte sie mit Wasser, und Konrad und ich standen weiterhin in unseren Mänteln im Weg. Wir hätten dringend ablegen sollen, uns dringend setzen sollen, uns dringend wie zu Hause fühlen, zwanzig Minuten hatten wir schon mit Katharina verbracht, und kein angebrachtes Wort war bisher gefallen, keine angebrachten Blicke getauscht, und noch immer konnte ich nicht ausmachen, ob sie verschreckt war oder gleichgültig.

«Darf ich mich mal umsehen?», fragte ich, Katharina stellte die Kanne auf den Herd. «Augenblick, ich führ euch rum.»

Sie hielt uns die Türen auf, ohne selbst hineinzugehen, Wohnzimmer, Arbeitszimmer, Schlafzimmer, Bad, Abstellkammer.

Im Arbeitszimmer stand Katharinas Schreibtisch, den ich noch kannte, darauf ein Computer, teils aufgeschlagene Bibliotheksbücher im neutralen Einband, Kopien, ein Aschenbecher voller Möhrenenden, an der Wand Regale, keine Bilder, kein Poster, keine Fotos, keine Ansichtskarten oder ausgedruckte Zitate, auf dem Boden eine kleine Kompaktanlage, meist selbstgebrannte CDs ohne Hüllen.

«Arbeitest du hier allein?», fragte ich. Katharina nickte. «Tobias hat ein Büro.»

«Was macht er denn eigentlich?»

«Er ist Freier», sagte Katharina, und ich schaute sie verwirrt an, weil ich mich fragte, wie man damit Geld verdienen konnte. Katharina sah meinen Blick und fing dann an zu lachen, ihr Gesicht sprang auf, ihr Kopf wippte, der Mund war geöffnet, das erkannte ich alles wieder, ihr Lachen, das man nie hörte, das man nur sah, als hätte jemand den Ton abgedreht.

«Freier Journalist», sagte sie, «wie furchtbar, jetzt fang ich auch schon mit deren Jargon an.»

Und ich fing auch an zu lachen, und Konrad ebenfalls, etwas verhalten, aber immerhin, und das war der erste gute Moment, ein paar Sekunden lang, dann hörten wir etwas zu abrupt auf. «Freier», sagte Konrad noch einmal, aber das half nichts mehr.

Beim Schlafzimmer blieben wir alle an der Tür stehen, «Hier schlafen wir», sagte Katharina, obwohl wir uns das denken konnten, Konrad und ich beugten uns nur kurz hinein, ein großes Bett, ungemacht, Sonnen und Monde auf dem Bezug.

Zum Glück hörten wir dann den Kaffee kochen, Katharina führte uns ins Wohnzimmer, Konrad und ich setzten uns aufs Sofa, Katharina auf einen Stuhl. Ich pustete in meine Tasse, weil die andern beiden das auch machten, weil es jetzt keine andere Ablenkung mehr gab, weil es jetzt beginnen musste, und wie immer, wenn etwas musste, fielen mir die Ohren zu.

«Schöne Wohnung», sagte Konrad, was natürlich noch nichts beginnen ließ, weil Katharina darauf nur nickte und dann weiterpustete, und warum fragte sie nicht endlich, was wir hier wollten, warum war sie nicht empört oder in heller Aufregung oder restlos entzückt, warum saß sie nicht mit uns auf dem Sofa, es war doch breit genug, warum aß sie jetzt schon wieder eine Möhre, warum diese ganzen Möhren, warum machte sie nicht wenigstens Musik an? All das waren Fragen, die sich anboten, die sich sogar aufdrängten, all das hätte auch etwas beginnen lassen können, aber vielleicht wollte ich nichts beginnen lassen, vielleicht wollte ich schon mittendrin sein, denn ich hörte mich fragen: «Warum heiratest du eigentlich?», und ich hörte es nur gedämpft durch die zugefallenen Ohren und hoffte, mich vielleicht getäuscht zu haben, aber Katharina und Konrad stellten beide das Pusten ein und starrten mich an, Konrad entgeistert, ich hörte ihn durch die Nase atmen, Katharina, so schien es, beinah interessiert.

«Seid ihr etwa gekommen, um mich das zu fragen?»

«Nein», sagte Konrad.

«Nicht nur», sagte ich.

«Gut. – Weil Tobias mich gefragt hat.»

«Das ist der Grund?», fragte ich.

Katharina runzelte kurz die Stirn. «Ja», sagte sie dann.

Das ist doch kein Grund, Katharina, das ist höchstens ein Anlass, mit viel gutem Willen, da musst du etwas verwechseln. «Heißt das, man muss nur höflich fragen, und dann heiratest du einen gleich?»

Von Katharinas Möhre war wieder nur der dünne Innenstift übrig. «Mir fiel kein Grund dagegen ein.»

«Aber das ist doch eine große Entscheidung, es geht doch hier nicht um einen Kurzurlaub. Da braucht man doch auch Gründe dafür.»

So groß sei die Entscheidung nun auch nicht, meinte Katharina, und natürlich hätte sie als Erstes unbedingt «Nein» sagen wollen, «Um Himmels willen» sagen wollen, weil man das ja immer erst einmal sagen will, wenn es um etwas geht, das auch morgen noch da sein wird, und dann hätte sie sich aber gefragt, warum sie das wohl unbedingt sagen müsste, und nichts sei ihr eingefallen, und das, so fand sie, hieß doch eigentlich «Ja».

Konrad räusperte sich. «Ich will mich ja nicht einmischen, aber so ganz plausibel finde ich das nicht.»

«Das musst du auch nicht», sagte Katharina und nahm den letzten Bissen von der Möhre. «Ich muss das.»

«Und du bist dir sicher, dass du die richtige Entscheidung triffst?», fragte ich, obwohl das eine unmögliche Frage war, oder zumindest eine Frage mit einer unmöglichen Antwort, und deshalb rechnete ich auch nicht mit einer und war erstaunt, als Katharina nach ein paar Sekunden sagte: «Um es kurz zu machen, ja.»

«Und um es lang zu machen?»

Katharina dachte eine Zeit lang nach, den Blick auf Konrad gerichtet, dann sah sie weg und sagte, dass sie ehrlich gesagt gerade keine Lust habe, darüber zu reden, es tue ihr leid und ob wir jetzt den Broccoli machen wollten.

«Es ist erst halb sechs», sagte Konrad, und Katharina zuckte mit den Schultern, «Wie ihr wollt», und sie nahm sich noch eine Möhre.

«Du isst gerne Möhren», sagte Konrad.

Katharina sah auf ihre Hand, als wüsste sie gar nicht, was sie darin hielt.

«Nein», sagte sie. «Nicht mehr.»

«Und warum zum Teufel isst du sie dann dauernd?»

«Sie beruhigen.»

Ich erwiderte, dass ich davon noch nie etwas gehört hätte, und Katharina sagte: «Sie beruhigen ja auch nur mich.» Vor ein paar Wochen hätte sie ein unglaubliches Bedürfnis gehabt zu rauchen, und weil sie nicht wieder damit anfangen wollte, würde sie nun halt immer, wenn ihr nach einer Zigarette sei, eine Möhre essen.

«Sind zu viel Möhren nicht ungesund?», fragte mich Konrad, und ich sagte, ich hätte mal gelesen, das seien sie nur für Raucher.

«Da habe ich ja noch einmal Glück gehabt», sagte Katharina.

Die Stadt der Stunde

Ausatmen, die Schultern fallen lassen und wieder einatmen, das ist einfach, auch wenn es nichts hilft, es vertreibt zumindest die Kälte für ein paar Sekunden, allerdings nicht so gut wie eine Heizung, nicht so gut wie eine Decke, und vielleicht sollte ich auch hinaufgehen, zu Heizung und Decke, zum Schlaf, weil das hier doch zu nichts führt, zu nichts führen kann, weil Konrad vielleicht recht gehabt hat, und dann verschwenden wir hier alle nur unsere Zeit.

Konrad hat vorgestern beim Frühstück endgültig die Seiten gewechselt. Er hat den Löffel aus seiner Cornflakes-Schale genommen, damit herumgewedelt, ihn dann auf mich gerichtet und gesagt, dass er jetzt genug habe, genug gehört, genug gesehen, genug gesagt, genug Regen, genug Muscheln, genug *Fang den Hut*, dabei hatte er an allem, außer dem Regen wahrscheinlich, selbst mit Schuld, an den Muscheln sogar besonders, «Vielen Dank für alles», hat er aber jetzt gesagt und sich verbeugt, er könne jetzt nicht mehr.

«Du hast recht, das mit der Ukraine war ein dummer Vorschlag», habe ich gesagt, und Konrad hat wieder den Löffel geschwenkt, das habe gar nichts mit der Ukraine zu tun, die Ukraine zeige lediglich, wo das Problem liege, bei mir nämlich, in meinem Leben, und da könne er mir leider nicht mehr helfen.

«Lass uns in die Ukraine fahren», hatte ich nämlich vorgeschlagen, als Konrad aus dem Bad zurückkam.

«Warum?»

«Die Menschen, die Euphorie, der Protest. Kiew ist die Stadt der Stunde.»

Ich war als Erster aufgestanden und hatte beim Frühstück die *Ouest-France* durchgeblättert, die Konrad am Vortag vom Einkaufen mitgebracht hatte. Auf der dritten Seite war ein Foto abgedruckt, das eine Menschenmenge dichtgedrängt im Schneeregen zeigte. Das Wetter scheint den Menschen nichts auszumachen, sie lachen unter ihren Mützen und Kapuzen, sie schwenken orange-blaue Fahnen und Transparente mit Schriftzeichen, die ich nicht lesen konnte, sie halten sich an den Händen. Die meisten Münder stehen offen, es wird wohl geschrien, es wird wohl gesungen, skandiert. Ein junger Mann trägt einen anderen auf den Schultern, er kann sich kaum halten, wird von mehreren Armen gestützt, seine Augen sind weit aufgerissen, mit zwei Fingern der linken Hand macht er ein V. Etwas weiter hinten schaut eine Frau direkt in die Kamera, sie muss über sechzig sein, sie lacht und winkt, und es sieht aus, als winke sie zum ersten Mal.

Ich versuchte, den dazugehörigen Artikel zu verstehen, doch die meisten Wörter kannte ich nicht, nur «Kiev» kannte ich, «Youchtchenko» kannte ich nach einigem Überlegen auch, «parlement» und «manifestation» und «democratie» kannte ich, den Rest musste ich mir erschließen.

«Und was sollen wir da machen?», fragte Konrad.

«Was gemacht werden muss. Suppe und Tee kochen, trommeln, einfach mit dabei sein, die Menschen zum Durchhalten bewegen.»

Konrad schüttete sich Cornflakes in eine Schüssel. «Wie ist dein Ukrainisch?»

«Konrad, bitte, darum geht es doch nicht. Du kannst ein bisschen Russisch, die meisten werden Englisch können, sogar Deutsch, wir wollen uns doch nicht unterhalten. Schau, das ist eine Revolution», sagte ich und zeigte auf das Bild in der Zeitung.

Konrad blickte nur kurz hin, seine Cornflakes krachten im Mund. «Was weißt du denn über die Ukraine?»

Natürlich wusste ich nicht viel, noch nicht, die Idee war ja auch noch neu. Ich erzählte etwas von Wahlbetrug, von alten Machtstrukturen, von einem mutmaßlichen Giftanschlag auf Juschtschenko, all das wenige, das mir aus Fernsehberichten in der letzten Zeit in Erinnerung geblieben war.

«Und du willst für einen Mann auf die Straße gehen, von dem du so gut wie nichts weißt?», fragte Konrad.

«Die Menschen wollen ihn.»

«Du liest einen Artikel und bist auf einmal ein Sachverständiger. Vielleicht wollen ihn ja auch nur die Zeitungen. Was weißt du denn schon?»

«Konrad, hör auf, so zynisch zu sein», sagte ich und verschwieg, dass ich den einen Artikel noch nicht einmal ganz verstanden hatte. «Was da passiert, ist wichtig, da geht es gerade um was. Und damit meine ich jetzt nicht nur Demokratie und Freiheit und freie Marktwirtschaft und all das, was vielleicht die Zeitungen wollen, hier geht es um einen Aufbruch. Das sieht man doch in den Gesichtern.»

Ab da fing Konrad an, mit dem Löffel zu wedeln. Das könne ich doch nicht ernst meinen, nichts sei lächerlicher als dieser Neid auf Existenzängste, dieses Verwechseln von Armut mit Sinnerfüllung. Und natürlich gehe es dort um was, um sehr viel sogar, aber darauf solle ich nicht neidisch sein, sondern lieber gottfroh, dass es mir darum nicht gehen müsste.

Ich wolle mich doch nicht mit den Ukrainern identifizieren, wendete ich ein, Solidarität und Anbiederung seien schließlich zwei verschiedene Dinge.

«Hör doch auf», sagte Konrad, und ein Stückchen Cornflake fiel dabei aus seinem Mund auf den Pullover. «Wenn es wenigstens Anbiederung wäre, dann hätte es immerhin noch etwas mit den Menschen zu tun, aber dir geht es doch nur um den Rausch, um das Gefühl, endlich mal bei etwas Großem dabei zu sein. Zu anderen Zeiten wärst du jubelnd in den Krieg gezogen.»

Ich sagte ihm, das sei ja höchst interessant, was er alles über mein Leben wisse, und dass er so etwas von falsch liege damit, das könne er mir glauben, aber ganz sicher war ich mir dessen nicht, ganz sicher bin ich mir immer noch nicht, und weil ich mir nicht sicher war, weil ich mir aber sicher sein wollte, weil Konrad genug recht gehabt hatte in den letzten Tagen, weil ich enttäuscht war, dass meine einzige Idee sofort vom Tisch argumentiert wurde, weil die Cornflakes in seinem Mund so nervtötend krachten, sagte ich, dass er ja nur zu feige sei, dass er alles immer so weit differenziere, bis man nur noch unappetitliche Brocken vor sich habe, und die halte er einem dann hin und fragte, ob man das wirklich essen wolle, und Konrad sagte, irgendjemand hier müsse ja das Differenzieren übernehmen, und ich dankte ihm herzlich für seinen selbstlosen Einsatz, ob er aber zur Abwechslung auch einmal einen Vorschlag machen könne, der uns weiterbrächte.

Und dann richtete Konrad den Löffel auf mich, etwas Milch spritzte durch die Luft. Das Argument habe er mir nicht zugetraut, sagte er, das sei die älteste und dümmste Erwiderung auf Kritik, die es überhaupt gebe, und ich sagte: «Konrad, bitte lass uns nicht streiten, wir müssen unsere Antwort finden, unsere Bedingung.»

Konrad steckte den Löffel zurück in die Cornflakes. «Ich weiß nicht, ob das noch so viel Sinn hat.»

«Wie bitte?»

«Ich glaube, du weißt überhaupt nicht, nach was für einer Bedingung du suchst.»

«Ich? Konrad, es geht hier doch nicht nur um mich.»

Doch, sagte Konrad, langsam bekomme er diesen Eindruck. Es habe alles Spaß gemacht, einigermaßen, aber jetzt reiche es. «Man muss sich nicht weiter hineinsteigern», sagte er.

«Wir steigern uns nicht hinein. Wir sind schon mittendrin, wir müssen doch nur noch eine Entscheidung treffen.»

Konrad lachte auf. Ja, genau, und er habe gerade eine getroffen, und zwar zurückzufahren, das hier führe doch zu nichts mehr.

Das sagte er alles, und das meinte er wohl auch alles, und plötzlich gehörte ich zur Minderheit, plötzlich musste ich gleich zwei überzeugen, meine Aufgabe hatte sich mit einem Mal verdoppelt.

«Konrad, du kannst nicht fahren, du kannst das jetzt nicht abbrechen.»

Er sah aus dem Fenster in den Regen, der uns seit Tagen einschloss, nahm hin und wieder einen Löffel Cornflakes und sagte nichts.

«Konrad?»

«Ja.»

«Ich rede mit dir.»

«Ich habe keine Lust mehr zu reden. Das dreht sich doch alles im Kreis.»

«Das musst du aber, du hast uns doch mit hierhergebracht.»

«Ja», sagte Konrad, «und vielleicht war das eine bescheuerte Idee.»

Und er sagte es so ruhig, dass ich das Zimmer verließ, das Haus verließ, in den Regen hinaus, und als ich eine gute Stunde später durchnässt zurückkehrte, sahen Katharina und Konrad nur kurz von ihrer Partie *Fang den Hut* auf, und beim Mittagessen sagte Konrad dann, dass er übermorgen fahren werde, und Katharina nickte und sagte, da käme sie mit, und ich konnte ihnen nicht widersprechen. Wir könnten ein Komplott aufdecken. Wir könnten ein Attentat verhindern. Wir könnten schlechte Menschen mit Torten bewerfen.

Und in fast drei Stunden ist übermorgen, und vielleicht war das alles eine bescheuerte Idee, vielleicht hätten wir in Hamburg tatsächlich in ein Hotel gehen sollen, und am nächsten Morgen hätten wir uns noch alle zusammen auf ein zweites Frühstück getroffen und uns dann verabschiedet, «Bis zur Hochzeit» hätten wir sagen können, vielleicht hätten wir zwischendurch telefoniert, und alles wäre zumutbar gewesen.

Pelz

Und vielleicht wäre es das tatsächlich gewesen, wenn wir trotz der frühen Uhrzeit den Broccoli gekocht hätten, wenn es etwas zu tun gegeben hätte, Nudelwasser aufsetzen, Knoblauch schneiden, an der abgelaufenen Sahne im Kühlschrank riechen, wir hätten das Radio aufdrehen können, ganz laut, und langsam wäre die Starre gewichen, und dann hätte es nichts ausgemacht, dass die Soße versalzen war, wir hätten trotzdem aufgegessen und sogar nachgenommen und uns dabei von den vergangenen drei Jahren erzählt und wären dann weiter zurückgeschweift, wir hätten Sätze mit «Wisst ihr noch» begonnen und uns dabei zu dritt aufs Sofa gesetzt, und natürlich hätten wir alles noch gewusst, wären uns ins Wort gefallen, hätten uns gegenseitig korrigiert und irgendwann nur noch auf den Boden geschaut und gelächelt, und vielleicht wären wir auf dem Sofa eingeschlafen, und nachts wäre einer von uns aufgewacht und hätte die anderen beiden zugedeckt, und am Morgen wäre es pelzig im Mund gewesen und der Nacken unbeweglich und alles zumutbar.

Aber so kam es nicht. Es blieb unzumutbar, wir blieben unzumutbar, Katharina, die so gut wie keine Regung zeigte, die auf all unsere vorsichtig gewordenen Fragen antwortete, aber nie selbst eine stellte, keine einzige, die uns nach ihren Antworten immer nur ansah wie eine Prüfungskandidatin, Katharina, mit ihren ständigen Möhren, das Knacken beim Abbeißen der Enden, die lauten Kaugeräusche, und auch Konrad war unzumutbar, und ich ohnehin, weil wir nichts unternahmen, weil wir uns immer mehr zurückhielten, nach Katharinas Promotion fragten, nach ihrer Familie, die wir kaum kannten, ich fürchte, sogar nach ihrer Miete fragten wir, und als sie dann einmal aufs Klo ging, schaute Konrad mich fassungslos an. «Was ist denn das?»

«Keine Ahnung. Sie ist seltsam.»

«Liegt das an uns?»

«Vielleicht, aber bestimmt nicht nur.»

«Und diese ganzen Möhren.»

Konrad schaute auf die Uhr. «Was meinst du, sollen wir abhauen?»

Ich schüttelte den Kopf. «Selbst wenn wir wollten, könnten wir das nicht machen, jetzt, wo wir schon einmal hier sind. Wie sollen wir ihr das denn erklären?»

«Ich glaube, Katharina müssen wir überhaupt nichts erklären.»

Wir hörten die Spülung.

«Lass uns noch warten», sagte ich. «Ins Hotel können wir die ganze Nacht.»

Katharina kam wieder ins Wohnzimmer, eine Flasche Wein in der Hand.

«Wollt ihr?», fragte sie, und wir nickten heftig. Vielleicht fehlte ja nur ein Glas Wein, um die Zunge zu lockern, um die Gedanken abzulenken, vielleicht ging es jetzt ja endlich los. Wir tranken so schnell, dass es gerade noch nicht verzweifelt aussah, und man konnte das Schlucken hören, man konnte hören, wie die Gläser auf dem Tisch abgestellt wurden, das wollte ich nicht hören, das sollte übertönt werden, so etwas sollte niemals zu hören sein, und schon gar nicht mit den Gläsern von Katharina und Konrad, aber mir fiel nichts zum Übertönen ein, Konrad sagte manchmal: «Den Schrank hattest du schon früher, nicht wahr?», oder «Hast du es weit zur Uni?», oder «Lustig, dass wir uns alle sehen», aber es war nicht lustig, ganz und gar nicht, und als Konrad dann «Ich geh auch mal schnell» sagte und den Raum verließ, schaute ich ihm lange nach, weil auch Unzumutbarkeit zu zweit viel schlimmer ist als zu dritt, weil es dann keinen Zweifel mehr gibt, dass man sie selbst verursacht, ich suchte Katharinas Blick, sie lächelte kurz, setzte, wenn ich mich nicht täuschte, sogar an, um etwas zu sagen, und auch wenn sie diesen Versuch gleich wieder abbrach, war ich doch beruhigt. Immerhin schien ihr die Situation auch nicht behaglich, und deshalb traute ich mich zu fragen: «Ist alles in Ordnung?», und Katharina zuckte zusammen, «Ja, warum?».

«Ich weiß nicht, du wirkst seltsam.»

«Wie denn?»

«So ruhig.»

«Ich bin etwas müde. Das sind anstrengende Wochen gerade.»

«Wegen der Hochzeit?»

«Auch», sagte Katharina, und mehr sagte sie nicht, bis Konrad wiederkam und sie aufstand, sie werde dann mal was kochen. Wir boten ihr an, mitzuhelfen, doch sie winkte ab. «Ach, das geht doch ganz schnell.»

«Das ist ja katastrophal», sagte Konrad.

«Das kannst du laut sagen.»

«Ist sie wohl sauer?»

«Ich habe sie gefragt, und sie meinte, sie sei nur müde.»

«Vielleicht stimmt das ja.»

«Das glaubst du doch selbst nicht.»

Aus der Küche hörten wir das Geklapper von Töpfen.

«Na ja, das war jetzt auch alles unerwartet. Vielleicht braucht sie einfach etwas Zeit», sagte Konrad.

«Aber wir haben keine Zeit, morgen fahren wir wieder. Geduld können wir uns nicht leisten.»

«Dann kommen wir halt wann anders nochmal.»

«Wenn das hier so bleibt, glaube ich nicht, dass wir das tun.»

Katharina kam mit einer neuen Flasche Wein, füllte die Gläser auf und verschwand mit ihrem wieder in der Küche.

«Dauert nicht mehr lang», sagte sie zu uns, und wir sagten: «Ja.»

Wir folgten ihr beide mit den Blicken, dann sagte ich: «Das mit dem Heiraten eben war auch seltsam, oder?»

«Das war aber auch eine denkbar dumme Frage.»

«Ich habe nur versucht, etwas in Gang zu bringen. Warum will sie wohl nicht darüber sprechen?»

Konrad zuckte mit den Schultern. Er habe keine Ahnung, vielleicht wolle sie auch nur nicht mit uns darüber sprechen, das wäre sogar verständlich.

«Warum denn?»

«Ach komm, Felix, tu doch nicht so.»

Aber ich tat so, und ich fand, dass wir alle drei so tun sollten, denn wenn nicht, würde sich heute nichts mehr ändern, und das musste es dringend.

Ich trank mein Glas in einem Zug aus und goss mir nach, jetzt sollte es aber schleunigst mal wirken, jetzt sollte es rauschen, laut und unmittelbar, und vielleicht sollte ich das Glas an die Wand werfen, denn genau das fehlte jetzt, ein Knall, irgendetwas, das uns aufschreckte, und dann würden wir verwirrt mit dem Kopf schütteln und in die Hände klatschen und uns endlich benehmen. Ich konnte nur leider nicht einschätzen, ob Katharina diese Geste richtig verstehen würde, und vielleicht gehörte das Glas auch Tobias, vielleicht war es sein Lieblingsglas, und man müsste ihm etwas von einem dummen Unfall erzählen und die Rotweinspritzer an der Wand vorläufig mit Postkarten abdecken, und deshalb behielt ich das Glas in der Hand und versuchte mich auch ohne den Knall zu benehmen.

Katharina versuchte das anscheinend auch, das musste sie sich in der Küche vorgenommen haben, denn als sie mit Tellern und Besteck ins Wohnzimmer kam, sagte sie: «Ist gleich fertig. Ihr könnt schon mal decken. Ich fürchte, die Nudeln sind etwas verkocht. Dafür wollte ich einen Salat machen, aber der war leider schon schlecht. Macht doch Musik an, wenn ihr wollt», und das war mehr, als ich sie in den zwei Stunden zuvor am Stück habe sprechen hören, das war mehr, als ich sie in den drei Jahren zuvor am Stück hatte sprechen hören, Konrad und ich schauten uns verwundert an, sagten schnell: «Ja, machen wir», und «Das ist doch nicht schlimm», und bemühten uns, das so lebhaft wie möglich zu sagen.

Beim Essen wurde sich weiter bemüht. Wir erzählten uns unangebrachte Geschichten über Nachbarn und Kollegen und lachten kurz, wenn sie lustig waren, und sagten: «O nein», wenn sie nicht lustig waren, und vermieden alles, was mit der Hochzeit zu tun hatte, alles, was mit uns dreien zu tun hatte, wir setzten nichts voraus, und je mehr wir vermieden, desto unbedeutender erschienen die Geschichten, desto deutlicher wurde es, dass es darum nicht ging, nicht gehen konnte, dass es weiterhin, trotz all der Mühe, unzumutbar blieb, und als Katharina die dritte Flasche Wein holen ging, sagte ich: «Ich halte das nicht mehr aus», und Konrad nickte. «Mir ist langweilig», sagte er.

Ja, es war langweilig, und es durfte nicht langweilig sein, nicht nach dem Hin und Her zuvor, nicht nach unserer Verfolgungsjagd, nicht nachdem man mit dem Besten und dem Schlimmsten gerechnet hatte, mit allem, nur nicht mit diesem Nichts.

«Lass uns gehen», sagte Konrad, und ich sagte: «Nein», und ich sagte es so laut, dass Katharina es in der Küche gehört haben musste und sich wohl fragte, worauf das die Antwort gewesen war.

«Das wird doch hier nichts mehr», sagte Konrad.

«Doch», sagte ich.

«Und wie?»

«Keine Ahnung. Aber wir bleiben so lange, bis es etwas wird.»

«Das kann ja noch dauern.»

«Dann dauert es halt», sagte ich. Wir konnten jetzt nicht gehen, wir konnten jetzt nicht versuchen, den letzten Zug zu erreichen, wir konnten uns kein Hotel nehmen, in keiner Bar noch einmal entrüstet den Abend kommentieren, weil es noch nicht einmal etwas gab, über das man entrüstet sein konnte, weil sich nichts erhitzte, alles sprachlos blieb, und so würden Konrad und ich auch in der Bar sprachlos sein, und irgendwann, morgen wahrscheinlich schon, würde sich die Sprachlosigkeit dann verflüchtigen und Platz machen für etwas anderes, für etwas, das tief hinten sitzt im Hals und im Kopf, das man immer mitschmeckt, das einen ständig unvermittelt zusammenzucken lässt, beim Warten auf die Bahn, vor dem Einschlafen, selbst in guten Momenten, wenn alles andere einmal schweigt, dann kommt es sogar am liebsten, und deshalb war dieses Etwas um jeden Preis zu vermeiden. Aber hier war es scheinbar nicht zu vermeiden, nicht in dieser Wohnung, auf deren Klingel «Falter / Ottensen» stand, nicht an diesem Tisch, an dem Konrad und ich viel zu aufrecht saßen, nicht als Gast mit Katharina als Gastgeberin, nicht in diesem Ungleichgewicht der Gewohnheiten.

Katharina kam wieder und schenkte Wein nach.

«Wollen wir nicht nächstes Wochenende alle zusammen wegfahren?», fragte ich.

Aus dem Augenwinkel sah ich, wie Konrad anfing, sich am Kopf zu kratzen, Katharina nahm sich wieder eine Möhre, die ganze bemühte Lebhaftigkeit war mit einem Mal verschwunden, und genau das sollte sie ja auch.

«Da ist gerade eine ganz schlechte Zeit für so etwas», sagte Katharina.

«Nur ganz kurz, eine Nacht, wir holen dich ab und fahren hoch ans Meer.»

Katharina blickte zwischen der Möhre und mir hin und her, dann schüttelte sie den Kopf. «Es geht nicht», sagte sie schließlich leise, und es klang so, als meinte sie damit nicht nur das Wochenende.

Ich erwartete, dass Konrad jetzt etwas Beschwichtigendes sagen würde, dass er Verständnis zeigte, «Klar, die Hochzeit, vielleicht wann anders», und Katharina würde ihm dankbar zunicken, aber er sagte nichts Beschwichtigendes, er fragte: «Warum nicht?», und ich war es, der dankbar nickte.

Katharina schaute immer noch auf ihre Möhre, ohne hineinzubeißen, sie schaute sehr lange und sehr reglos, sodass ich schon Konrads Frage wiederholen wollte, als sie schließlich sagte, dass sie halt gerade viel zu tun habe. «Und außerdem», sagte sie, «hatte ich doch eine Entscheidung getroffen.»

«Was denn für eine Entscheidung?», fragte Konrad.

«Damals, bevor ich nach Hamburg ging.»

«Was denn für eine Entscheidung?», fragte Konrad noch einmal, und Katharina biss schließlich in ihre Möhre, kaute langsam und machte keine Anstalten, so bald zu antworten.

«Etwa, uns nicht mehr zu sehen?», fragte ich.

«Nein», sagte Katharina mit vollem Mund, «nein, nicht ganz so. Nur, dass das mit euch, mit uns, was weiß ich, nicht mehr so weitergehe, dass sich etwas ändern müsse, und das hat es dann ja.» Sie blickte irgendwo zwischen Konrad und mir in die Luft. «Und das soll auch so bleiben», fügte sie hinzu, und es klang wie eine Bitte.

«Das kann es ja auch», sagte Konrad, «aber dürfen wir dann nicht trotzdem zusammen wegfahren?»

Katharina sah ihn flehend an. «Bitte, ich bin müde, ich bin betrunken, wir können morgen darüber reden, ja?»

Nein, das können wir nicht, Katharina. Morgen ist wieder alles anders, wir können nur jetzt, müde und betrunken.

«Was musste sich ändern?», fragte ich.

«Felix, bitte.»

«Nein, warum dürfen Konrad und ich uns nicht mit ändern?»

«Du verstehst das nicht.»

«Dann erklär es mir.»

«Morgen», sagte Katharina, und das klang nicht mehr flehend, sondern bestimmt, sodass ich nichts darauf erwiderte. Konrad starrte auf den Tisch, Katharina hatte die Augen geschlossen und massierte sich die Schläfen. «Ich muss jetzt ins Bett», sagte sie und stand auf, und weil weder Konrad noch ich «In Ordnung» oder «Gute Nacht» oder «Wir auch» sagten, blieb sie noch vor dem Tisch stehen, die

Hände an der Stuhllehne. «Es tut mir leid», sagte sie und ging ins Bad.

«Was für eine Entscheidung?», fragte ich.

Konrad starrte immer noch auf den Tisch und zuckte nur mit den Schultern.

«Sie kann doch jetzt nicht einfach ins Bett gehen», sagte ich. «Wenn sie was entschieden hat, dann muss sie uns doch davon erzählen, oder?»

Konrad reagierte immer noch nicht.

«Ich meine, das betrifft uns doch alle drei. Genau genommen kann sie doch gar nichts alleine entscheiden, oder?»

«Hm.»

«Oder, Konrad?»

«Ich weiß nicht.»

«Wir können dann also auch plötzlich was entscheiden. Ja, genau, wir wollen schließlich auch, dass sich was ändert. Da sind wir ja alle einer Meinung.»

«Felix, das hat doch keinen Sinn.»

«Was hat keinen Sinn?»

«Sich jetzt so aufzuregen. Sie hat nun einmal entschieden, dass sie uns nicht mehr sehen will, und das müssen wir akzeptieren.»

«Und warum lädt sie uns dann zur Hochzeit ein? Warum sagt sie, dass sie sich freut, dass wir da sind?»

Konrad seufzte. «Weil das jetzt wieder geht, weil wir keine Rolle mehr spielen.»

«Dann kann sie ja auch mit uns wegfahren.»

Konrad fing wieder an zu starren, Katharina kam mit einer selbstaufblasenden Luftmatratze und zwei Decken zurück. «Einer muss leider aufs Sofa», sagte sie und fragte, ob wir sonst noch etwas brauchten. Ich schüttelte den Kopf.

«Mein Kopf zerspringt gleich. Hast du vielleicht ein Aspirin?», fragte sie.

«Ich glaube schon», sagte ich.

Katharina massierte ihre Schläfen. «Danke, Herr Doktor», sagte sie, aber keiner lachte.

Fluchtwagen

Man entführt jemanden nicht einfach so. Für Entführungen braucht man selbstverständlich Gründe, stichhaltige Gründe müssen es sein, möglichst sogar zwingende, man darf am besten keine Wahl haben.

Und natürlich hat man, wenn man es genau betrachtet, immer eine Wahl, Konrad und ich hätten schlafen gehen können, ich aufs Sofa und Konrad auf die Luftmatratze, wegen des Rückens, und dann hätte nicht eins zum anderen geführt und ich liefe jetzt nicht immer bis zum Felsen und zurück.

Aber keine Wahl zu haben bedeutet, lediglich zwischen zwei sehr ungleichen Dingen wählen zu können, und die Wahl gegen die Entführung wäre keine Entscheidung gewesen, nur ein Abfinden mit Katharinas Entscheidung, und Abfindungen geben selten Ruhe, sie werden immer wieder in Frage gestellt, immer wieder spielt man die Möglichkeiten durch, stellt sich Fragen im Konjunktiv, und die Antworten auf Fragen im Konjunktiv sind zwangsläufig sehr ungefähr.

Und um das Ungefähre zu vermeiden, mussten wir die Entführung wählen, auch wenn Konrad gestern sagte, das sei ein mehr als lächerliches Argument. «Bereust du es etwa?», fragte ich ihn, und er sagte ja, er bereue es, und wir könnten froh sein, dass das Ganze so glimpflich ausgegangen sei.

Aber noch ist es nicht ausgegangen, ob glimpflich oder nicht, eine Entführung ist erst dann zu Ende, wenn die Entführte wieder zu Hause ist, bei Gründerzeit und Kastanien, bei Blumen auf Schiefertafeln, und das Zuhause ist noch tausendvierhundert Kilometer entfernt.

Warum er denn überhaupt mitgemacht habe, fragte ich Konrad, und er sagte, das wisse er nicht mehr, es sei ein verwirrender Abend gewesen, ein verwirrender Tag, und er könne sich nur noch an wenig erinnern.

Aber wieder einmal kann ich mich noch an alles erinnern, ich weiß noch genau, wie ich zurück ins Wohnzimmer kam, wie Konrad mit dem Bauch auf der ausgerollten Luftmatratze lag und seine Rückenübungen machte, einen Arm und ein Bein ausgestreckt, wie ich mir noch ein Glas Wein eingoss und zu ihm sagte: «Konrad, los, wir fahren weg.»

Konrad sah nur kurz zu mir hoch, dann wechselte er zu einer anderen Übung, bei der er, immer noch auf dem Bauch, sich von der Hüfte aufwärts nach oben reckte, sodass er aussah, als wolle er eine Robbe imitieren. «Jetzt fährt doch kein Zug mehr zurück», sagte er keuchend.

«Nicht nach Hause. Wir fahren irgendwohin, mit Katharina.»

Ich hörte Konrad leise «neunzehn, zwanzig» sagen und dann, etwas lauter: «Aber sie will doch nicht.»

«Darauf können wir keine Rücksicht nehmen», sagte ich. «Sie hat ja auch keine Rücksicht auf uns genommen.»

«Wenn sie nicht will, dann will sie nicht. Da können wir nichts gegen machen.»

«Doch.»

«Und was bitte schön. Willst du sie entführen?»

«Erraten.»

Konrad drehte sich auf den Rücken und sah mich prüfend an. «In Ordnung. Möchtest du aufs Sofa oder soll ich?»

«Konrad, ich meine es ernst.»

«Du willst sie entführen?»

«Genau.»

«Du willst ihr mit einem stumpfen Gegenstand auf den Kopf hauen, sie fesseln und knebeln und dann mit ihr abhauen?»

«Nein, natürlich nicht, mach dich nicht lächerlich.»

Konrad stand auf und setzte sich zu mir an den Tisch. «Ich weiß», sagte er, «der Abend ist dumm verlaufen. Ich bin auch enttäuscht.»

«Enttäuscht? Enttäuscht? Ich bin nicht enttäuscht, ich bin verzweifelt. Wir haben uns all die Mühe gegeben, und von Katharina kam nichts.»

«Und deshalb willst du dir am liebsten noch mehr Mühe machen und sie entführen?»

«Wir können jetzt nicht aufhören. Wir können nicht einfach zurückfahren und sagen: Schade, lief nicht ganz so wie geplant.»

«Aber ich fürchte, das müssen wir.»

Ich goss auch Konrads Glas noch einmal voll. «Nein, das müssen wir nicht. Das dürfen wir vor allem nicht. Du hast doch Katharina gesehen, sie gehört dringend mal raus hier.»

Konrad nahm einen Schluck. «Das muss sie selbst wissen.»

«Das weiß sie aber nicht, sie weiß gerade überhaupt nichts, sie ist vollkommen verwirrt, und sie will mit uns über nichts sprechen.»

«Und was willst du dagegen machen?»

«Ein paar Tage weg, nur um mal Abstand zu gewinnen, um sich über Dinge klar zu werden.»

Konrad atmete laut durch die Nase. «Sag das nicht mir, sondern Katharina, sie ist diejenige, die überzeugt werden muss.»

«Sie wird überzeugt sein, wenn sie erst einmal weg ist.»

«Nachdem wir sie entführt haben.»

«Genau.»

«Komm, wir gehen schlafen», sagte Konrad und stand auf. Ich hielt ihn am Ärmel fest. «Konrad, wir fahren jetzt gleich.»

«Nein, das tun wir nicht.»

«Doch, wir haben keine Zeit zu verlieren.»

«Und was ist mit Katharina?»

«Die schläft.»

«Und zwar so fest, dass sie gar nicht merkt, dass sie entführt wird.»

«Ja.»

Konrad schüttelte seinen Arm frei. «Du spinnst», sagte er.

«Nein, tue ich nicht. Ich habe ihr drei Remestan gegeben.»

«Wie bitte?»

«Ich habe ihr gesagt, ich hätte kein Aspirin, jedoch was Ähnliches, aber das sei eigentlich für Kinder, und sie solle mal lieber drei davon nehmen.»

«Drei was?»

«Remestan. Ein Schlafmittel. Zwei hätten wahrscheinlich gereicht, aber ich wollte sichergehen.»

Konrad ließ sich langsam wieder auf seinen Stuhl fallen. «Das hast du nicht getan», sagte er.

«Doch.»

«Bist du total übergeschnappt?»

«Konrad, es war ein Notfall. Du hast sie doch erlebt, ich musste was tun.»

«Und deswegen hast du sie betäubt?»

«Ich habe ihr ein Schlafmittel gegeben.»

«Gegen ihren Willen.»

«Ohne ihr Wissen, das ist ein Unterschied.»

Konrad stand wieder auf und lief im Zimmer auf und ab. «Sind diese Dinger gefährlich?», fragte er.

«Natürlich nicht. Ich habe die selbst schon tausendmal genommen.»

«Auch nicht in Verbindung mit dem Wein?»

«Nein, da wirken sie nur etwas stärker.»

«Sicher?»

«Vertrau mir, ich bin Arzt.»

Konrad lachte auf. «Ja, und was für einer. Du hältst dich ja beispielhaft an den hippokratischen Eid.»

«Konrad, setz dich bitte.»

«Ich will mich nicht setzen», sagte Konrad, setzte sich aber trotzdem.

«Katharina wird jetzt so vierzehn, sechzehn Stunden schlafen. Also, entweder wir fahren mit ihr sofort irgendwohin, oder wir schlafen auch, nehmen morgen den Zug nach Hause, und das war's dann.»

«Das ist doch keine Frage.»

«Das finde ich auch», sagte ich, obwohl ich vermutete, dass wir verschiedene Dinge meinten. «Konrad, das ist unsere letzte Chance. Wenn wir jetzt nicht fahren, dann fahren wir nie mehr.»

Konrad sah mich kopfschüttelnd an, die Augen müde auf meinen Mund gerichtet. «Wir können sie nicht entführen», sagte er schließlich, aber das sagte er schon leise und nicht mehr zu mir.

«Wir müssen es versuchen», sagte ich. «Bitte.»

«Wir machen doch alles nur noch schlimmer. Katharina wird durchdrehen, wenn sie aufwacht.»

«Aber das ist doch besser als dieser Quatsch hier, besser als dieses Nichts. Allemal besser als Katharinas Entschluss, dass wir keine Rolle mehr spielen.»

«Den haben wir aber hinzunehmen.»

«Aber erst, wenn wir sicher sind, dass sie es so meint», sagte ich. «Wenn sie hier mal raus ist, sieht bestimmt alles ganz anders aus. Konrad, sie trifft diese Entscheidungen und will nicht darüber reden, da stimmt doch was nicht.»

«Mein Gott, Felix, beruhige dich bitte. Ich glaube, du nimmst das alles viel zu schwer.»

«Nein», sagte ich. «Du irrst dich. Du bist es, der das alles viel zu schwer nimmt», und Konrad erwiderte nichts darauf, nahm sich nur eine von Katharinas Möhren und kratzte damit auf dem Tisch herum. Er kratzte lange, seine Augen flackerten, die Müdigkeit war mit einem Mal daraus verschwunden.

«Konrad, wir sind keine Verbrecher, wir bedrohen sie nicht, wir wollen kein Geld, es ist eher eine Art Überraschungsparty.»

Konrad lächelte müde. «Mit Überraschungen haben wir ja glänzende Erfahrung gemacht.»

Ich ignorierte seinen Einwand, der durfte nicht gelten. Unsere erste Überraschung war zu halbherzig gewesen, um wirklich zu glücken. Aus diesem Fehler mussten wir lernen.

«Und wie willst du sie von hier wegbringen?», fragte Konrad. «Sollen wir sie in ein Taxi schleifen und dann in den Zug? Oder sollen wir sie in einen Teppich wickeln?»

Ich hatte noch keine Zeit gehabt, darüber nachzudenken. «Wir mieten ein Auto», schlug ich vor.

«Das geht erst morgen früh wieder.»

Das war zu spät, bis dahin hätten die Zweifel genügend Zeit, sich neu zu formieren, bis dahin wäre die Müdigkeit immer größer und Katharinas Schlaf immer leichter.

«Gibt es keine 24-Stunden-Autovermietungen?»

Nicht, dass er wüsste, antwortete Konrad.

«Wir rufen einfach alle an», sagte ich und stand auf. Ich wartete auf einen Einwand von Konrad, aber er wandte nichts ein, sondern nahm nur einen großen Schluck aus Katharinas Glas, und ich ging in den Flur, um ein Telefonbuch zu suchen, doch ich fand etwas viel Besseres.

«Was ist das», fragte Konrad, als ich triumphierend zurück ins Wohnzimmer kam.

«Ein Autoschlüssel.»

«Wem gehört der?»

«Tobias, nehme ich an.»

«Du willst doch nicht seinen Wagen klauen?», sagte Konrad, aber ich wusste, was man auf diese Frage zu antworten hatte. «Wir leihen ihn uns nur aus», sagte ich.

Konrad schaute lange auf den Schlüssel in meiner Hand und dann in meine Augen. Ich kannte diesen Blick, er war etwas zu starr, die Brauen etwas zu weit gehoben, so wie man blickt, wenn man auf keinen Fall lachen darf, und ich musste in seine Augen blicken, mindestens genauso starr, die Brauen mindestens genauso hoch, und irgendwann zucken dann die Mundwinkel, und die Blicke flackern, irgendwann ist es dann ein Spiel, und Konrad konnte wegschauen. «Du hast sie nicht mehr alle», sagte er, aber es klang nicht so, als ob er daran etwas auszusetzen hätte.

Ich schaute mir den Schlüssel an, auf dem Plastikgriff waren drei ineinandergefügte Ellipsen eingraviert, die zusammen aussahen wie ein Cowboykopf im Ovalrahmen.

«Was ist das für eine Marke?», fragte ich und hielt Konrad den Schlüssel entgegen.

«Toyota, glaube ich», sagte er.

«Ist dir unten ein Toyota aufgefallen?»

«Toyotas fallen nicht auf.»

«Komm, wir schauen mal nach», sagte ich. Konrad zögerte einen Moment, stand dann aber auf und folgte mir in den Flur. Er grinste. «Felix?»

«Ja?»

«Wir reiten uns gerade richtig rein.»

«Hoffentlich», sagte ich, nahm Katharinas Wohnungsschlüssel, der von innen im Schloss steckte, und wir rannten die Treppe hinunter.

Der Nieselregen hatte aufgehört, Konrad lief auf die Mitte der Straße und sah sich abwechselnd links und rechts die parkenden Autos an, ich ging auf dem Bürgersteig hinter ihm her. Nach einigen Schritten deutete er auf einen weißen Wagen zu seiner Linken. «Das ist ein Toyota.»

Das Auto war nicht neu und mäßig gepflegt. Hamburger Nummernschild, auf der Rückbank konnte ich einen Regenschirm und eine Mineralwasserflasche erkennen. Ich lief einmal um den Wagen herum, steckte dann den Schlüssel ins Schloss und drehte ihn nach rechts. Die Zentralverriegelung surrte.

«Na bitte», sagte ich und öffnete die Tür.

Konrad sah sich nach allen Seiten um. «Probier mal, ob er anspringt.»

Ich setzte mich auf den Fahrersitz, Tobias musste um einiges größer sein als ich, meine Füße erreichten kaum die Pedale, das überraschte mich nicht, neben der Handbremse steckten einige Kassettenhüllen, «Buena Vista Social Club» las ich, in ordentlicher Druckschrift geschrieben, auch das überraschte nicht, ich ließ den Motor anspringen. Durch die geöffnete Tür hallte es laut von den Häuserwänden wider, so laut, dass ich schnell den Fuß von der Kupplung nahm, aus Angst vor allzu wachsamen Nachbarn, selbst Katharinas Remestanschlaf schien mir gefährdet.

«Tadellos», sagte ich und stieg aus. Konrad biss sich auf die Unterlippe. «Dann wollen wir mal», sagte er.

Was fürs Leben

Und ja, ich bin mir ganz sicher, dass Konrad das gesagt hat. «Dann wollen wir mal», hat er gesagt, und wir wollten, das war eine Entscheidung, darüber besteht kein Zweifel. Und jetzt will Konrad zweifellos nicht mehr, jetzt hat er aufgegeben, oder noch nicht einmal das, noch nicht einmal ein Eingestehen des Scheiterns bringt er zustande, auch jetzt gibt er es als Entscheidung aus, aber leider eine Entscheidung für das Falsche.

Am Tag, als Katharina von uns eine Bedingung forderte, haben wir noch beide gewollt, da blieben wir, als Katharina gewohnt früh ins Bett ging, noch am Esstisch sitzen, auf dem sich die Muschelschalen vom Abendbrot stapelten, schwarze, versteinerte Falter, die Konrad behutsam auseinanderbrach und zu kleinen Türmen aufschichtete.

«Wir sollten langsam mal was finden», sagte er.

«Was denn?», fragte ich.

«Eine Bedingung.»

«Glaubst du, das hat sie ernst gemeint?»

Konrad schob zwei Muschelhälftentürme nebeneinander. «Natürlich», sagte er. «Und sie hat auch recht damit. Wenn man entführt wird, darf man ja wohl wissen, warum.»

«Es ist wirklich unglaublich. Dir gelingt es, selbst bei Entführungen moralische Maßstäbe anzusetzen.»

«Ja und? Gegen Moral ist ja wohl nichts einzuwenden. Und außerdem geht es hier doch nicht nur um Katharina. Wenn wir nicht wissen, warum wir das hier tun, dann sollten wir uns bei ihr entschuldigen, so schnell wie möglich zurückfahren und hoffen, dass wir irgendwann mal über all das lachen können.»

Das war eine grauenhafte Vorstellung, Konrad, Katharina und ich in zehn, fünfzehn Jahren, mit schwindendem Haaransatz und reichlich aus der Form geraten, bei einem guten Glas Grappa und den drei Partnern, die schon mehrmals auf die Uhr geschaut haben, weil das Autofahren natürlich ihnen überlassen wird. Und mit glasigen Blicken erzählen wir dann viel zu laut von diesen Tagen, die Partner verdrehen die Augen, wir fallen uns gegenseitig ins Wort, «Das habe ich nicht gemacht» – «O doch, das hast du», und wir tun so, als wäre es uns peinlich. Nein, das hier soll keine Erinnerung werden, das hier bitte einmal nicht.

«Stimmt», sagte ich deshalb, «wir sollten wissen, was wir tun.»

Konrad nickte, lehnte sich zurück und verschränkte die Arme. So hatte ich ihn mir in seinen Seminaren vorgestellt, wenn er sagt: «In Ordnung, vergessen Sie bitte einmal alles, was Sie über moderne Menschenführung wissen», oder «Was assoziieren Sie ganz spontan mit Ameisen?», es fehlten nur die kleinen Mineralwasserflaschen. Er wirkte auf einmal sehr wach, wacher als in den letzten Tagen, so wach, wie ich ihn kaum in Erinnerung hatte, und ich war es, der jetzt müde wurde, auf einmal setzte sich der Hamburger Abend, die Nacht, die Autofahrt, die Stunden bis zu Katharinas Aufwachen setzten sich, die gescheiterten Gespräche mit ihr, die Blicke, all das kroch in meine Beine, auf meine Schultern, in die Hände, und nichts erschien mühseliger, als jetzt mit Konrad schnell etwas finden zu müssen, nichts mühseliger, als jetzt einen klaren Kopf zu bewahren, weil doch kaum etwas mit klarem Kopf geschehen war bis jetzt, und auch wenn sich genau das ändern musste, dringend ändern musste, so war es doch viel verlockender, einfach weiterzustolpern, sich einfach weiter auszusetzen. Doch das ging jetzt nicht mehr, jetzt hatte Konrad die Arme aufgestützt und sah mich mit diesen wachen Augen an, jetzt fragte er: «Also, warum haben wir Katharina entführt?», und ich durfte nicht mit den Schultern zucken, ich musste eine Antwort finden.

«Weil es so nicht weitergehen konnte.»

«Was konnte so nicht weitergehen?»

«Na, alles.»

«Was alles?»

Konrad fragte nach, als ob er die Antwort schon längst wüsste, als ob er sie nur aus meinem Mund hören wollte, und ich blickte wahllos im Raum umher, traf dabei immer wieder Konrads Augen, die mich gelassen betrachteten, und sagte schließlich: «Ich weiß nicht. Aber es muss sich doch etwas ändern, oder?»

«Bei Katharina oder bei uns oder in der Welt?»

«Das hängt doch alles zusammen.»

Konrad nickte, zweimal sogar. «Ich glaube, das ist genau das Problem.»

«Was?»

«Dass alles zusammenzuhängen scheint, dass man nicht weiß, wo man ansetzen soll, wenn man etwas ändern will.»

Anscheinend hatte ich mich nicht getäuscht, und Konrad wusste die Antwort tatsächlich, nämlich, dass es gar keine Antwort gab, jedenfalls keine, die zu der Frage passte, weil es sich Fragen meistens leichtmachen, weil sie sich vor einen hinstellen und die Arme verschränken und in Ruhe, vielleicht sogar mit spöttischem Lächeln, zuschauen dürfen, wie man stammelnd um eine Antwort ringt, und wenn man dann irgendwann keine Lust zum Stammeln mehr hat, dann stemmt man die Arme in die Hüfte und legt den Kopf schief und sagt, dass die Frage das eigentliche Problem sei, falsch gestellt oder irreführend oder schlichtweg unmöglich zu beantworten, und das gilt dann, wenn man es entschieden genug vorbringt, als befriedigende Antwort. Aber bei manchen Fragen gilt das nicht. Manche Fragen sind nicht dadurch aus dem Weg zu räumen, dass man sie selbst in Frage stellt. Manche Fragen, und leider auch die nach dem, was wir eigentlich wollen, sind zu Recht sehr stur und bleiben.

«Fangen wir doch bei Katharina an», sagte Konrad und begann wieder, Muscheln zu stapeln. «Geht es um die Hochzeit? Wollen wir die verhindern?»

«Ich hoffe nicht», sagte ich und hoffte das tatsächlich. Tobias sollte schließlich Anlass sein und kein Grund, und Katharina sollte sich auch nicht gegen etwas entscheiden, sondern für etwas, für das, wofür wir uns alle entscheiden würden, und ob Tobias darin vorkäme oder nicht, würden wir sehen.

«Aber um ehrlich zu sein, wäre es besser, wenn sie ihn nicht heiratet, oder?», fragte Konrad, und ich sagte: «Wahrscheinlich», und Konrad nickte, einen Punkt hatten wir zumindest geklärt.

«Und was ist mit uns?», fragte er.

«Was soll mit uns sein?»

«Was ist unser Einsatz? Wenn Katharina auf Tobias verzichtet, dann müssen wir doch auch etwas aufgeben. Um zu zeigen, dass es uns ernst ist.»

«Alles, sofort», sagte ich und warf dabei die Arme in die Luft. Und es überraschte mich, dass ich das auch meinte, dass ich mit dem größten Vergnügen alles aufgeben würde, wenn es nur endlich jemand von mir fordern würde, dass ich mich nach dieser Forderung sehnte.

«Wirklich?», fragte Konrad, und ich nickte heftig.

«Was ist mit deiner Arbeit?»

«Jederzeit», sagte ich, und auch das stimmte. Immer, wenn mir Freunde oder Verwandte zu meiner Anstellung gratulierten, dann bedankte ich mich und sagte: «Ja, wir haben eine gute Arbeitsatmosphäre», oder «Da habe ich wirklich Glück gehabt», aber ich sagte das immer recht langsam, denn auch, wenn ich mich ungern über meine Arbeit beschwere, so mag ich sie ehrlich gesagt nicht besonders. Ich bin nicht gerne Arzt, ich bin es nie gerne gewesen und habe früh, schon während des Studiums, gemerkt, dass ich es nie gerne sein würde, aber da war es schon zu spät, da reihte sich schon Prüfung an Prüfung, Praktikum an Praktikum, da führte eines schon immer zum anderen, und dazwischen war immer weniger Zeit, und weil mir nie eine überzeugende Alternative einfiel, ging ich mit vom einen zum anderen und habe mich auf später vertröstet, bis hierhin. Das Schöne am Medizinstudium ist, dass einen niemand fragt, was man damit später mal machen möchte, aber genau da liegt auch das Problem, schon vom ersten Tag an fühlte man den Strudel, dieses Zielstrebige, und der Spielraum zwischen Chirurgie und Dermatologie lässt kaum eine Wahl zu, da geht es um offene Stellen, da geht es um unbearbeitete Promotionsthemen und Sekundenentscheidungen, und dass es nun die Pädiatrie wurde, ist im Grunde auch nur ein Zufall.

Ich hatte mich damals für das Medizinstudium entschieden, weil meine Abiturnote gut genug war und weil ich hoffte, diese Entscheidung von all den unzähligen Möglichkeiten am wenigsten zu bereuen. Als Mediziner, dachte ich, fühle man sich niemals unnütz, stelle man niemals den gesellschaftlichen Stellenwert seiner Arbeit in Frage, habe man immerhin stets den Trost, anderen zu helfen, aber diese Gedanken waren schon lange, bevor ich auf meinen ersten Patienten traf, verschwunden, und wenn ich mich an sie zu erinnern versuchte, dann erschienen sie fremd, wie angelesen, und zerfielen schnell wieder.

Konrad hat meine Zweifel nie verstanden. «Da gibt es doch nichts zu zweifeln», hat er gesagt, «du heilst kranke Menschen. Das ist fundamental», und ich habe gesagt, dass Ärzte nicht heilen, sondern Schmerzen lindern, und Konrad meinte, ich solle nicht alles so schlechtreden, dabei war es die Wahrheit. Auf die meisten Heilungen haben wir kaum einen Einfluss, manchmal kann man sie unterstützen, erleichtern oder beschleunigen, aber meistens steht man hilflos daneben, und das Gefühl, genau das Richtige zu tun, stellt sich eigentlich nur bei Morphiuminjektionen ein.

Konrad hat mich dann immer als zynisch bezeichnet, und vielleicht hatte er damit recht. Konrad wäre ohnehin ein besserer Arzt als ich. So wie Konrad stellt man sich Ärzte vor, ruhig und besonnen, mit einer gelungenen Mischung aus Schroffheit und Freundlichkeit. Selbst seine Handschrift war undeutlicher als meine. Er beneidete mich um meinen Beruf, und ich hatte ihn früher immer um seinen beneidet, wenn ich auch nie richtig verstand, um was genau es sich dabei handelte, aber vielleicht war das auch gerade der Reiz gewesen, und häufig hatte ich das Gefühl, wir hätten einfach unsere Leben verwechselt und dass sich dieser Irrtum irgendwann aufklären würde, dass uns eines Tages ein Brief von irgendeiner Behörde erreichen würde, in dem die Gegebenheiten berichtigt wurden.

Es stimmte also, dass ich jederzeit dazu bereit war, meine

Arbeit aufzugeben, oft genug hatte ich schließlich schon mit diesem Gedanken gespielt, doch es war immer beim Spielen geblieben, da ich nicht wusste, was ich stattdessen hätte tun sollen.

«Du würdest deine Arbeit wohl auch sofort hinschmeißen?», fragte ich, und Konrad lachte. «Nichts lieber als das», sagte er und legte wagemutig eine weitere Schale auf den schon kippelnden Muschelturm.

«Aber was hätte denn Katharina davon, wenn wir unsere Berufe aufgeben?», fragte ich.

«Nichts», sagte Konrad. «Aber es gibt uns Spielraum.» Er sagte das beinah bedauernd, wahrscheinlich weil ein weiter Spielraum viele Möglichkeiten zuließ, und je mehr Möglichkeiten wir hatten, desto schwieriger wurde unsere Aufgabe, desto unübersichtlicher wurde sie, so unübersichtlich, dass ich überhaupt nicht mehr sagen konnte, worin sie überhaupt bestand, und auch wenn ich versuchte, konzentriert auszusehen, so auszusehen, als wäre ich fieberhaft mit der Suche nach einer Antwort beschäftigt, so bedurfte es schon größter Konzentration, einfach nur die Augen offen zu halten.

Dabei war es im Grunde einfach. Es ging darum, einen Entschluss zu fassen. Einen Entschluss, der es mit Katharinas Entschlüssen, dem Entschluss, mir den Brief zu schreiben, dem Entschluss, Konrad zu verlassen, dem Entschluss, nach Hamburg zu gehen, zu heiraten und mit Konrad und mir lieber nicht mehr so viel zu tun zu haben, der es mit all diesen Entschlüssen aufnehmen konnte, der diese Entschlüsse sogar überbot und sie dadurch unnötig machte. Es mussten einfach neue Tatsachen geschaffen werden, verlockende Tatsachen, das konnte doch nicht so schwer sein, das durfte nicht so schwer sein.

Der Muschelturm brach in sich zusammen, hell klirrten die Schalen auf dem Tisch, breiteten sich dort aus, einige fielen zu Boden. Konrad sah verärgert auf, fegte die Schalen weg, die in seinem Schoß gelandet waren, als habe er mit alldem nichts zu tun gehabt. «In Ordnung», sagte er dann, «vergessen wir die Berufe. Was würdest du noch aufgeben?» Er ging weiter seine Liste durch, die Liste, die doch zu nichts führte, die mich nur immer mehr ermüdete, und deshalb sagte ich vielleicht etwas zu barsch, dass es doch nicht ums Aufgeben gehe, aufgegeben wurde schon genug, sondern darum, wofür es sich überhaupt lohnen würde, etwas aufzugeben.

Konrad faltete die Hände und klopfte sich ein paarmal mit den Daumengelenken an die Stirn. «Du hast recht», sagte er schließlich. «Aber hast du einen Vorschlag?»

«Ja», sagte ich schnell, weil das gut klang, weil ich das gerne sagen wollte, weil es Zeit war, einmal mit einem Ja zu antworten, und Konrad sah mich erwartungsvoll an.

«Ich habe sogar viele Vorschläge. Der erste versteht sich vielleicht von selbst, aber er ist der wichtigste: dass wir drei zusammenbleiben.»

«So wie früher.»

«Nein, nicht so früher. Früher kann mir gestohlen bleiben. Da haben wir doch alles falsch gemacht.»

«Aber wie dann?»

«Keine Ahnung. Die Nähe, das Gefühl, bei all dem Falschmachen, es wenigstens mit den richtigen Menschen falsch zu machen, du weißt doch, was ich meine.»

«Ich glaube ja», sagte Konrad, und ich sagte: «Das ist gut», und wir schauten einander hastig an und dann schnell wieder weg. «Aber man kann Nähe doch nicht erzwingen», sagte Konrad.

«Aber man kann sich für sie entscheiden. Und vielleicht ist das viel besser als diese entstandene Nähe, diese scheinbar natürliche, vielleicht ist das viel verlässlicher als diese angeblichen Schicksalsgemeinschaften.»

Konrad dachte darüber nach, stapelte schon wieder kleine Schalentürme, die er aber schon nach drei oder vier Muscheln selbst zum Einsturz brachte. «Also, wir drei zusammen», sagte er. «Schön und gut. Und was machen wir?»

«Das ist doch beinah zweitrangig.»

«Ich dachte, es geht hier auch darum. Wenn wir schon Veränderungen vornehmen, dann auch richtig.»

«Aber das können wir doch nur zu dritt entscheiden.»

«Anscheinend nicht. Katharina verlangt von uns einen Plan.»

Draußen hatte der Regen wieder eingesetzt, schwere Tropfen, es konnte auch Hagel sein, und ich fragte mich, ob das Prasseln wohl Katharina wecken würde. Wenn sie überhaupt schlief, wenn sie nicht mit offenen Augen im Bett lag und sich bemühte, so viel wie möglich von dem, was wir hier redeten, zu verstehen.

«Dann lass uns erst einmal in den Süden fahren», sagte ich, weil ich genug vom Regen hatte, weil er keinen klaren Gedanken zuließ, weil er einen immer dazu anhielt, auf sein Ende zu warten, um dann weiterzusehen. «Provence. Oder Spanien, Portugal, unser Geld reicht doch bestimmt noch für ein paar Monate.»

Aber Konrad sagte: «Bloß kein Eskapismus», dafür stehe er nicht zur Verfügung, und überhaupt, das sei ja kein Plan, das sei ein Aufschub. «Lass uns doch einmal was richtig entscheiden.»

«Was fürs Leben», sagte ich, und Konrad lächelte. «Zumindest für ein halbes», sagte er.

Zwanzig Minuten später saßen wir uns noch gegenüber, Konrad sagte einmal: «Vielleicht, ach nein, doch nicht», und ich sagte einmal: «Schwierig», und dann beschlossen wir, die Suche am nächsten Tag fortzusetzen.

Wir putzten uns gemeinsam die Zähne, Konrad auf dem Badewannenrand, ich über das Becken gebeugt, da ich nie gelernt habe, den Schaum zu kontrollieren.

«Was ist, wenn es morgen schon zu spät ist?», fragte ich, nachdem ich ausgespült hatte.

Konrad machte noch ein paar kreisende Bewegungen an seinen Backenzähnen, dann nahm er die Zahnbürste aus dem Mund. «So furchtbar eilig scheint es Katharina nicht zu haben», sagte er. Ich nickte, und wir wünschten uns eine gute Nacht. Doch sie wurde nicht gut, sie wurde zäh, die Einfälle kamen, wir könnten den deutschen Mischwald aufforsten, wir könnten unser Leben der Forschung verschreiben, wir könnten uns in der Jugendarbeit engagieren, wir könnten ein Weltkulturerbe bewahren, und nichts davon führte weiter.

Und dann war es Konrad, der es auf einmal eilig hatte, und Konrad, der nichts mehr richtig entscheiden wollte, und damit die einzige Entscheidung aufhob, die doch schon getroffen worden war, dass alles Weitere zu dritt stattfinden müsste, dass man zumindest davon ausgehen konnte, auch wenn es natürlich unmöglich ist, so etwas zu zweit zu entscheiden. Und deshalb hatte Konrad vielleicht auch recht, und wir drehten uns im Kreis, immer um Katharina herum, um uns selbst herum, bis man sich keiner Richtung mehr sicher war, und jetzt alleine drehe ich mich noch viel mehr, weil ganz allein eine Entscheidung noch unmöglicher scheint, der Sand ist von den vielen Schritten so zerpflügt, dass keine einzelnen Spuren mehr zu erkennen sind. Wir könnten einen Überraschungserfolg landen. Wir könnten nach Öl bohren, oder zumindest ein sehr tiefes Loch. Wir könnten Eintritt verlangen.

Huckepack

Nachdem Konrad «Dann wollen wir mal» gesagt hatte, schaute ich ihn vielleicht etwas zu lange an, denn er fragte: «Oder?», und ich sagte schnell: «Ja, natürlich», um zurückkehrende Einwände aufzuhalten, um die Gespräche, das Überzeugen und Beschwichtigen, hinter uns zu lassen und sich jetzt nur noch um die weiteren Vorbereitungen zu kümmern, denn noch gab es viel zu erledigen, das ahnte ich mehr, als dass ich es wusste, ich entführte schließlich zum ersten Mal. Und umso erleichternder war Konrads «Dann wollen wir mal», die Tatsache, dass er jetzt offenbar mit dabei war, und nicht nur zweifelnd hinterherlief, ich musste nichts mehr im Alleingang machen, und das war gut, denn viel mehr Alleingänge traute ich mir in dieser Nacht nicht zu.

Wir liefen wieder in den vierten Stock hinauf, nahmen immer zwei Stufen auf einmal und atmeten, in Katharinas Wohnung angekommen, so schwer, dass wir uns über unser weiteres Vorgehen zunächst nur mit Handzeichen verständigten. Konrad deutete Richtung Wohnzimmer, ich räumte die Gläser ab und spülte, während Konrad die Luftmatratze wieder zusammenrollte und mit den gefalteten Decken in die Küche kam.

«Die kommen wohl ins Schlafzimmer?», fragte er, und

ich sagte: «Ja, wahrscheinlich», und trocknete mir die Hände ab, denn es war selbstverständlich, dass wir dort nur zu zweit hineingehen würden.

Katharina lag quer über das Doppelbett ausgestreckt. Sie lag so gerade und ruhig, dass ich unwillkürlich näher an sie herantrat und beruhigt war, ihren Atem zu hören. «Alles in Ordnung?», flüsterte Konrad, und ich sagte: «Ja», und «Natürlich», und dass er nicht flüstern müsse. Wenn sie schon von unseren Stimmen aufwachte, wäre an eine Entführung ohnehin nicht zu denken. Ich schaltete das Licht an, Katharina zuckte noch nicht einmal mit den Augenlidern, ich kannte diesen Schlaf, kannte seine Sturheit und war für ein paar Sekunden neidisch. Konrad stand immer noch in der Tür, den Blick starr auf Katharina gerichtet, bereit, im Notfall jederzeit flüchten zu können. Ich nahm ihm die Decken ab, öffnete den Kleiderschrank und stopfte sie in ein leeres Fach.

«Wir müssen für sie packen», sagte ich, absichtlich etwas zu laut, was Konrad zusammenfahren ließ, und um ihn endgültig zu überzeugen, klatschte ich ein paarmal in die Hände, bis er meinen Arm festhielt und sagte, er habe verstanden. Wie erleichtert ich selbst war, bei Katharina keinerlei Reaktion festzustellen, versuchte ich mir nicht anmerken zu lassen.

In der Abstellkammer fanden wir zwei Schalenkoffer und eine Unzahl Taschen in verschiedenen Größen, entschieden uns für eine schwarze Nylonsporttasche und gingen damit zurück ins Schlafzimmer.

«Für wie viel Tage sollen wir packen?», fragte Konrad, und ich sagte: «Ein paar», weil ich auch nicht mehr wusste, Konrad nahm einen Stapel gefalteter Oberteile aus dem Kleiderschrank, ich zwei Jeans und zwei Pullover, einen dicken und einen dünneren, man konnte ja nie wissen, «Was noch?», fragte ich, «Unterwäsche», sagte Konrad, und wir zögerten kurz vor der Kommode, dann öffnete ich die oberste Schublade, sah einen Haufen Boxershorts und wollte sie schnell wieder schließen, doch Konrad sagte: «Warte mal», drehte sich unnötigerweise noch einmal zu Katharina um und griff ein paar Shorts heraus, sie waren alle schlicht, ein-, höchstens zweifarbig, nichts mit Tigerstreifen oder Wörtern, und deshalb sagte Konrad nur: «Aha», und legte sie wieder zurück.

Die zweite Schublade war dann die richtige, ich nahm ohne zu zählen eine Handvoll Unterhosen und stopfte sie schnell in die Sporttasche, keine von ihnen kam mir bekannt vor, aber das hätten sie früher auch nie getan. So besserwisserisch mein Gedächtnis bei vielen Dingen ist, so lässt es sich auf manches gar nicht erst ein, und auch dagegen bin ich machtlos.

Konrad hatte mittlerweile die unterste Lade geöffnet. «Wie viele BHs braucht man wohl?», fragte er, und ich zuckte mit den Schultern. Er nahm drei, «Im Notfall kann man ja auch waschen».

Wenn ich für mich selbst packe, fange ich meist viel zu spät damit an, am besten erst ein paar Minuten bevor ich aus dem Haus muss, in der Hoffnung, in der Hektik irgendetwas zu vergessen, um mir dann am Zielort schnell Ersatz kaufen zu müssen und so nach der Rückkehr noch ein paar Wochen lang anders zu riechen oder sich mit fremdsprachiger Zahnpasta die Zähne zu putzen und in T-Shirts zu schlafen, auf denen man Städte liebt. Aber dieser Plan geht selten auf, weil es wenig gibt, das man vergessen kann, selbst wenn man sich Mühe gibt.

Bei Katharina jedoch wollte ich auf keinen Fall etwas vergessen, ich wollte ihr zeigen, dass wir an alles gedacht hatten, dass nichts überstürzt war, dass man auf uns zählen konnte. Und deshalb sah ich mich gründlich im Zimmer um, packte das aufgeschlagene Buch vom Nachttisch ein und auch den Ring, der daneben lag, deshalb beauftragte ich Konrad damit, ihre Handtasche zu suchen und sich auch im Wohnzimmer noch einmal nach unerlässlichen Gegenständen umzusehen, deshalb ging ich ins Bad und schloss die Tür hinter mir. Das Bad ist am schwierigsten, wenn man für andere Menschen packt, im Bad wird es meistens unübersichtlich, selbst bei Katharina, die vor einigen Jahren noch nicht einmal eine eigene Nagelschere besessen hatte. Und dennoch stand ich etwas ratlos vor dem Regal, das oberste Brett gehörte wohl Tobias, ich sah einen Rasierpinsel, ein Mundwasser, ein Aftershave, an dem ich roch, auch wenn es anscheinend nicht sein übliches war, sonst hätte er es wohl mit auf die Reise genommen. Ich sah auch eine große Flasche Kontaktlinsenreiniger, was mich verwunderte, denn obwohl ich Tobias kaum kannte, fand ich, dass Kontaktlinsen nicht zu ihm passten, und beschloss, dass es wohl medizinische Gründe dafür gab.

Im Bord darunter standen Katharinas Dinge, Fläschchen und Tiegel und Tuben und Schachteln, und ich wusste nicht, was davon wichtig war, aber alles mitzunehmen kam nicht in Frage, Tobias durfte nicht sofort Verdacht schöpfen, und so entschied ich mich für eine Feuchtigkeitscreme, die Bürste mit den meisten blonden Haaren darin, nahm vom Badewannenrand das Duschgel, auf dem nicht «for men» stand, und betrachtete dann die drei verschiedenen Parfümfläschchen, deren Namen mir alle bekannt vorkamen, aber schon früher hatte Katharina oft die Marke gewechselt.

Ich ging zurück ins Schlafzimmer, Katharina lag in unveränderter Position auf dem Bett, die Decke bis knapp unter den Mund heraufgezogen. Ich beugte mich über sie und roch vorsichtig an ihrem Hals und auch, soweit das möglich war, hinter ihrem Ohr, und ich achtete darauf, bloß nichts mit meiner Nasenspitze zu berühren, kein Stückchen Haut, kein Haar, nicht einmal die Bettdecke, das erschien mir auf einmal entscheidend, und deshalb wagte ich kaum zu atmen, bis mir einfiel, dass man aber so auch nichts riechen konnte, und natürlich kannte ich den Geruch noch, natürlich flackerten mit einem Mal Dutzende von Donnerstagnächten und Freitagmorgen auf, in denen ich ihrem Hals, ihrem Gesicht so nah war wie jetzt, sogar näher, in denen eine Berührung nicht vermieden werden musste. Und natürlich verriet mir dieses Riechen nichts über ihr aktuelles Parfüm, das hätte ich mir denken können, sie hatte es, wenn überhaupt, am Morgen aufgelegt, und es war längst verflogen. Ich schlich zurück ins Bad, Konrad wollte ich gerade nicht begegnen, er war noch im Wohnzimmer beschäftigt, was auch immer ihn dort so lange aufhalten ließ.

Ich packte die leerste der Parfümflaschen in den Kulturbeutel, prüfte an der Feuchtigkeit der Borsten, welche der beiden Zahnbürsten im Becher neben dem Wasserhahn wohl Katharina gehörte, die Zahnpasta ließ ich stehen, es gab nur eine Tube.

Wir mussten uns beeilen, ich wollte aus dieser Wohnung weg, aus dieser Stadt weg, ich wollte jetzt in einem Auto sitzen und mich entfernen. Hastig schaute ich noch einmal durch Katharinas Regalbord, fand einen Deoroller und packte ihn ein, fand Binden und packte auch die ein, fand eine Vielzahl von Medikamenten, *Voltaren, Fenistil,* Augentropfen. Ob sie wohl täglich etwas nehmen musste? Hatte sie eine schwere Krankheit, die auch ihr seltsames Verhalten erklärte? Ich schaute mir alle Tabletten und Salben gründlich an, nichts ließ auf eine schwere Krankheit schließen. Auf einer kleinen rosa Plastikschatulle stand *Femovan*, die hatte ich ganz vergessen, obwohl ich sie ihr selbst schon ein paarmal verschrieben hatte, wenn sie keine Lust hatte, zu ihrer Frauenärztin zu gehen. Ich klappte die Schatulle auf und war beruhigt, eine angebrochene Tablettenreihe darin zu finden. Auch die packte ich natürlich ein.

Im Flur traf ich Konrad mit Katharinas Handy in der Hand. «Sollen wir das mitnehmen?», fragte er. «Ja, aber tu es zu unseren Sachen», sagte ich und war erstaunt darüber, wie sehr ich alles im Griff hatte.

«Ich glaube, wir können», sagte Konrad.

«Sieht so aus.»

Wir gingen ins Schlafzimmer, es war erst kurz vor eins, was mir falsch vorkam, viel zu früh, Konrad sammelte Katharinas über den Boden verstreute Kleidung vom Vortag zusammen. «Wir müssen sie anziehen», sagte er, ich nickte und zog die Bettdecke herunter, und auch das hatte ich vergessen, dass Katharina am liebsten nackt schlief, Konrad war darauf anscheinend ebenso wenig vorbereitet. «Oh», sagte er, und ich sagte wohl etwas Ähnliches.

Und plötzlich schien alles falsch, nicht nur die Uhrzeit, plötzlich sollten wir nicht hier sein, plötzlich war unser Anliegen unverständlich, unsere Motive mehr als lachhaft, nichts war mehr im Griff. Konrad und ich schauten beide auf Katharina, bis wir merkten, dass auch das falsch war, und ich deckte sie schnell wieder zu. «Was machen wir hier?», fragte ich, Konrad legte das aufgesammelte Kleiderknäuel auf dem Bett ab und fing an, sich am Kopf zu kratzen. «Wir entführen Katharina», sagte er, und er sagte es so zaghaft, zog die Stimme am Ende so weit nach oben, dass es beinahe wie eine Frage klang und ich kurz lachen musste, weil es sich so gar nicht nach einem Entführer anhörte.

Ich verspürte das große Verlangen, mich irgendwo hinzusetzen, am liebsten sogar hinzulegen, zu Katharina ins Bett, das sogar Platz für drei bot, und vielleicht hätte ich es getan, wenn Konrad sich nicht geräuspert hätte, wenn er nicht noch einmal «Wir entführen Katharina» gesagt hätte, und dieses Mal mit fester Stimme, jedes Wort betonend, als gelte es, sich über diese Tatsache zu freuen, als sagte er: «Wir fahren nach New York», oder «Wir sind im Finale», und im Blick, den er mir danach zuwarf, mischten sich Aufforderung und die Angst, dass ich jetzt ganz und gar seine Rolle übernehmen würde, dass ich jetzt all das wieder verkomplizieren wolle, mit dem er sich gerade mühevoll angefreundet hatte.

«Ach ja», sagte ich deshalb, Konrad warf die Decke wieder zurück und versuchte Katharina ihr Hemd überzuziehen, was natürlich nicht gelang. «Hilf mir mal», sagte er, und ich kniete mich aufs Bett und richtete Katharinas Oberkörper auf. Ihre Haut war warm, fast heiß vom Schlaf, die Unebenheiten des Lakens hatten wellenförmige Abdrücke hinterlassen, die ich in schlaflosen Donnerstagnächten manchmal mit dem Finger nachgezeichnet hatte, Konrad beeilte sich mit dem Oberteil und zog ihr dann die Unterhose bis zum Knie, ich versuchte an Praktika während des Studiums zu denken, an die unzähligen Male, in denen ich mitgeholfen hatte, jemanden anzuziehen, aber der Körper vor mir blieb Katharinas Körper, und was Konrad und ich taten, blieb falsch, auch wenn wir beschlossen hatten, das jetzt nicht gelten zu lassen, es nicht mehr zur Sprache zu bringen, so wie wir auch anderes verschwiegen, all das, was auf der Hand lag, weil wir doch beide wussten, dass der andere Katharina nicht zum ersten Mal nackt sah, aber immer noch hatten wir kein Wort darüber verloren.

Man ist jedes Mal wieder überrascht, wie schwer ein schlafender Körper ist, ein Körper, der nicht mithilft, der alles nur mit sich geschehen lässt, und auch dieses Gewicht schien ein Zeichen dafür zu sein, dass wir das hier nicht tun sollten, ein Gewicht ist schließlich ein Widerstand, doch ich wollte wieder alles im Griff haben, ich wollte alles auf später verschieben, alle Zweifel vertrösten, bis ich Zeit für sie hätte, und ich wechselte auf die andere Seite des Bettes, hob Katharinas Beine an, bis Konrad die Unterhose hochziehen konnte, bei der Jeans verfuhren wir ebenso, dann der Pullover, die Strümpfe, Schuhe, Jacke. Katharina lag schließlich fertig angekleidet vor uns, und wir schauten uns erleichtert an.

«Dann können wir ja los», sagte Konrad.

«Haben wir auch nichts vergessen?»

«Nicht dass ich wüsste.»

«Ist das Geschirr wieder eingeräumt?»

Konrad nickte.

«Katharina hat nicht zufällig gesagt, wann Tobias zurückkommt?»

«Ich schätze am Sonntag.»

«Und wann genau?»

«Du meinst, ab wann er die Polizei rufen könnte?», fragte Konrad, und immerhin das war jetzt ausgesprochen, obwohl es so unpassend schien, weil es doch eine Sache zwischen Katharina, Konrad und mir war, das musste Tobias einfach verstehen.

«Kannst du Katharinas Handschrift nachmachen?», fragte ich. Konrad schüttelte heftig den Kopf, «Mit so etwas fangen wir gar nicht erst an», sagte er und hatte recht. Wir mussten es darauf ankommen lassen.

Zuerst trugen wir unsere Koffer und die schwarze Nylonsporttasche hinunter, dann zogen wir unsere Mäntel an und gingen noch einmal ins Schlafzimmer.

Man trägt sehr selten ausgewachsene Menschen und noch seltener schlafende ausgewachsene Menschen, und so vergisst man leicht, wie kompliziert das ist. Zuerst versuchten Konrad und ich, Katharina zwischen uns zu nehmen, ihre Arme über unsere Schultern gelegt, doch schon bevor wir aus dem Zimmer waren, merkten wir, dass wir so auf der Treppe keine Chance hätten. Katharina machte ein brummendes Geräusch, und Konrad sah mich entsetzt an. «Das ist ganz normal», sagte ich schnell. Dann nahm ich ihre Beine, während Konrad seine Arme unter ihren hindurchschob und auf ihrer Brust verschränkte, in der Tür hatten wir schon Schwierigkeiten, Katharina murmelte irgendetwas, ich versuchte, beruhigend zurückzumurmeln, im Flur rief Konrad dann: «Halt, lass uns absetzen», und presste sich die Arme ins Kreuz. «Das geht so nicht», sagte er.

Also ging ich in die Knie, umfasste Katharinas Beine und ließ ihren Oberkörper auf meinen Rücken fallen. Ein paar Sekunden brauchte ich, um das Gleichgewicht zu finden, dann sagte ich: «Jetzt aber schnell», und ließ mir von Konrad die Tür aufhalten, auch wenn mir diese Art zu tragen am unangenehmsten war, auch wenn sie wieder alles falsch machte. «Katharina schläft», sagte ich mir, «und ich trage sie ins Auto», und das war es doch auch, was ich tat, und das würde ich auch den Nachbarn sagen, wenn einer von ihnen jetzt die Tür öffnen sollte, «Sie schläft, und ich trage sie ins Auto. Wir müssen nämlich dringend los», das würde ich auch Katharina sagen müssen, falls sie aufwachte, «Du schläfst», würde ich sagen, «und ich trage dich ins Auto. Du musst dir keine Sorgen machen.»

Im dritten Stock blieb Konrad stehen. «Geh schon mal vor, wir haben doch noch etwas vergessen», sagte er, drehte sich um und lief zur Wohnung hinauf, und als er mich kurz vor der Haustür wieder einholte, schwenkte er triumphierend einc Tüte mit Möhren. «Gut mitgedacht», sagte ich, und Konrad sagte: «Ich weiß.»

Ich wartete im Hausflur, während Konrad das Auto holte. Es war immer noch nicht richtig spät, noch wurde aus Fenstern geschaut, noch konnten Menschen nach Hause kommen, «Sie schläft, müssen Sie wissen», ich hörte einen Wagen halten und öffnete die Haustür, «Und wir müssen jetzt leider dringend los», Konrad stieg aus, sah sich nach allen Seiten um und gab mir dann ein Zeichen, gemeinsam setzten wir Katharina auf den Rücksitz und schnallten sie an, «Es ist alles in Ordnung, sie war nur schrecklich müde.»

«Fährst du zuerst?», fragte ich Konrad, «Kann ich machen», sagte er, wir nickten uns noch einmal zu, atmeten aus, und dann fuhren wir tatsächlich los.

Dass wir keine Ahnung hatten, wohin wir fahren sollten, wussten wir beide, das musste nicht erwähnt werden. Wichtig war zunächst nur, aus der Stadt hinauszukommen, auf eine Autobahn, zumindest eine Bundesstraße, auf der wir unsere Geschwindigkeit erhöhen konnten, auf der links und rechts Ortschaften vorbeiziehen würden, auf der nicht an jeder Kreuzung entschieden werden musste, in welche Richtung am besten zu fahren sei. Konrad fragte dann zum Beispiel: «Was denkst du, rechts oder geradeaus?», und ich sagte dann immer: «Moment», und suchte in Tobias' Straßenatlas hastig unsere Position, doch bevor ich sie finden konnte, hatte Konrad immer schon «Rechts sieht besser aus» oder «Ich fahr einfach mal weiter geradeaus» gesagt, und als wir dann schließlich auf einem Straßenschild das Autobahnsymbol sahen, waren wir erleichtert, auch wenn wir wussten, dass die eigentlichen Entscheidungen jetzt erst bevorstanden, die Entscheidungen zwischen den Himmelsrichtungen, die sich an Autobahnauffahrten unweigerlich stellen. «Wo wollen wir eigentlich hin?», fragte Konrad, und ich sagte: «Ans Meer», weil ich etwas vorschlagen wollte, weil die paar klärenden Tage, die wir uns vorgestellt hatten, für mich am besten an ein Meer passten, zu Möwengeschrei passten, zu Wind und Dünen und Wellen und all das, so weit das Auge reicht, und von Hamburg aus erschien es vor allem auch unkompliziert, ans Meer zu fahren. «Also Richtung Lübeck», sagte Konrad und ordnete sich rechts ein.

Die Autobahn war fast leer, und ich beneidete Konrad darum, am Steuer sitzen zu dürfen, das Lenkrad gerade zu halten und nur hin und wieder von der Mittelspur abzuweichen, das waren einfache Aufgaben, die einen dennoch wach hielten. Die warme Luft der Heizung machte mir die Beine schwer, die Schultern entspannten sich, ich rutschte den Sitz so weit hinunter, wie es ging, und sah mich nur noch selten nach Katharina um.

«Nach Lübeck ist es nur ein Katzensprung», sagte Konrad.

«Gut», sagte ich.

«Wir sind wahrscheinlich noch vor zwei Uhr da.»

«In Ordnung», sagte ich.

«Was sollen wir denn um zwei in Lübeck? Wir können doch mit Katharina in kein Hotel.»

Warum hatten wir ans Duschgel gedacht und sogar an

die Möhren, aber nicht daran? Natürlich konnten wir in kein Hotel, und um zwei Uhr früh würde uns auch niemand einen Bungalow, oder was auch immer es am Lübecker Meer gab, vermieten.

«Scheiße», sagte ich, Konrad setzte den Blinker und fuhr auf den Standstreifen.

«Und wenn wir sie einfach zu uns bringen?»

«Nach Berlin?»

Konrad nickte.

«Kommt nicht in Frage», sagte ich, «wir wollten doch alle zusammen weg, ein, zwei Tage raus aus allem. Wenn Katharina in einer unserer Wohnungen aufwacht, dann ist sie doch fünf Minuten später aus der Tür.»

«Und woanders nicht?», fragte Konrad.

«Nein», sagte ich, auch wenn ich nicht wusste, warum sie das nicht sein sollte.

Konrad machte den Warnblinker an. «Dann mach halt einen besseren Vorschlag», sagte er.

«Wir müssen irgendwohin, wo wir erst in sechs, sieben Stunden ankommen, und dann mieten wir uns da ein Appartement.»

«Und wo sollte das sein?»

Ich schlug die Europakarte in Tobias' Straßenatlas auf. «Such dir was aus», sagte ich.

Konrad blickte ein paar Sekunden lang auf die Karte. «Wie wäre es mit Dänemark?», fragte er, und ich murmelte irgendetwas Ablehnendes, weil ich als Kind immer nach Dänemark fahren musste, und mit Dingen, die man früher mal gemusst hatte, steht man ein Leben lang nicht auf gutem Fuß.

«Die polnische Ostseeküste soll doch schön sein», schlug ich stattdessen vor, «du hast mir doch so davon vorgeschwärmt», aber Konrad hörte gar nicht zu, nahm sich den Atlas, suchte eine bestimmte Seite und fuhr mit dem Finger darauf herum. «Da ist es», sagte er, als der Finger schließlich angehalten hatte. «Wir fahren nach Frankreich.»

«Warum gerade Frankreich?»

«Mein Bruder hat doch dieses Haus. Da ist bestimmt gerade niemand.»

Ich wusste nichts von einem Haus und nur wenig von Konrads Bruder, ich hatte ihn nur einmal getroffen, Konrad und er verstanden sich nicht besonders gut.

«Wo ist das denn genau?», fragte ich zögernd. Frankreich war weit, weiter, als ich es mir für unser Ziel vorgestellt hatte, es würde eine Reise werden. Konrad zeigte auf einen Punkt am äußersten Rand der Seite. «Hier», sagte er, «in Finistère.»

«Und wie lang brauchen wir dahin?»

Konrad blätterte zurück auf die Europakarte und maß mit zwei Fingern etwas aus. «Wenn wir gut durchkommen, so zehn, elf Stunden.»

«Kommt nicht in Frage», sagte ich. «Was, wenn Katharina aufwacht?»

«Du hast doch gesagt, sie schläft bis zum Nachmittag.»

«Das sind nur Richtwerte.»

«Und was sollte sie machen? Mitten auf der Autobahn in der Normandie aussteigen, ohne Geld?»

«Zuzutrauen wäre es ihr», sagte ich, und dann schwiegen wir. Die Heizungsluft war mittlerweile entwichen, bald würde man wieder den Atem sehen können.

Konrad blätterte noch ein wenig im Straßenatlas herum. «Polen ist mir zu gefährlich», sagte er schließlich, «da könnten wir an der Grenze kontrolliert werden, und mit dem Auto und Katharina, das mach ich nicht.»

Ich sagte nichts. Mir war es im Grunde gleichgültig, wohin wir fuhren, solange wir nur bald dorthin aufbrachen, solang die Heizung bald wieder lief und für eine Weile endlich wieder nichts entschieden werden musste.

«Und Finistère ist wirklich schön, ich war letztes Jahr mal da», sagte Konrad, und ich sagte: «In Ordnung, dann fahren wir halt dahin.»

Konrad überzeugte sich mit einem langen Blick, dass ich das auch ernst meinte, dann startete er den Wagen und trug mir auf, nachzusehen, welche Ausfahrt wir nehmen sollten.

«Bargteheide», sagte ich nach einigem Suchen. «Und dann am besten wohl erst mal wieder Richtung Hamburg.»

Noch vor der Ausfahrt hielten wir an einer Raststätte. «Ich brauche einen Kaffee», sagte Konrad. Den brauchte ich auch, wir stiegen aus, Konrad streckte sich, als wäre er schon Stunden gefahren, dann schloss er die Wagentür ab, zögerte kurz und sah mich an. «Was ist, wenn Katharina jetzt aufwacht?», fragte er.

Ich überlegte kurz, beschloss dann, dass damit kaum zu rechnen war. «Wir bleiben ja in der Nähe», sagte ich, und vom Stehtisch aus, an dem wir unseren Kaffee tranken, hatten wir das Auto dann auch tatsächlich im Blick, außer uns und einem blassen Verkäufer, der die ganze Zeit den Boden wischte, befand sich niemand im Tankstellenshop.

«Bist du sicher, dass dein Bruder nicht gerade dort ist?», fragte ich.

«Ja, bin ich», sagte Konrad. «Es sind doch keine Schulferien, oder?»

«Und vermietet er das Haus nicht zwischendurch?»

«Wer will denn da schon im November hin?»

«Wir zum Beispiel.»

Konrad kratzte mit dem Plastikrührstäbchen die letzten Reste Schaum aus seinem Becher. «Das wäre ja ein dummer Zufall», sagte er.

Ich fragte nicht weiter nach, bisher waren die Zufälle alle auf unserer Seite gewesen, und das sollte auch so bleiben. Es war jetzt fast zwei Uhr, wir mussten dringend weiter, denn ich hatte wenig Lust, mich Katharina schon auf der Fahrt auszusetzen, ihr vom Beifahrersitz aus alles zu erklären, ihr womöglich auf irgendwelchen französischen Provinzrastplätzen nachzulaufen.

Konrad hatte meinen Blick auf die Uhr bemerkt. «Weiter geht's», sagte er und klatschte dabei einmal kurz in die Hände, ging dann aber doch noch zu den Getränkeregalen und nahm so viele Red-Bull-Dosen heraus, wie er tragen konnte, an der Kasse legte er dann noch drei Stangen mit kleinen, angeblich mit Espresso gefüllten Schokoladenbonbons dazu. «Es wird eine lange Fahrt», sagte er.

«So baust du aber garantiert einen Unfall.»

«Dann fährst du halt», sagte er und setzte sich dann doch wieder hinters Lenkrad. Katharina war natürlich nicht aufgewacht, sie saß etwas schief auf dem Rücksitz, ich nahm den dickeren der beiden Pullover aus der Sporttasche im Kofferraum und legte ihn zwischen ihren Kopf und die Fensterscheibe.

Als wir Hamburg schließlich in der entgegengesetzten Richtung hinter uns gelassen hatten, legte ich die Karte beiseite. Über dreihundert Kilometer lang würden wir nicht mehr abbiegen müssen, ich zog mir meinen Mantel aus, und Konrad tat, während ich das Steuer hielt, dasselbe.

Wir redeten nicht, Konrad fuhr, die Arme durchgedrückt, den Blick starr geradeaus, nur hin und wieder bemerkte ich seinen Blick in den Rückspiegel, der, weil es wenig Verkehr gab, wohl Katharina galt.

Einmal bat er mich, ihm ein Red Bull zu öffnen, ich sagte: «Hier», er sagte: «Danke», dann war es wieder still, und ich begann, mich vor der langen Fahrt zu fürchten, vor all den Stunden allein mit Konrad. Plötzlich waren da wieder die fast drei Jahre, in denen geschwiegen wurde, waren da auch wieder die Gründe, aus denen fast drei Jahre lang geschwiegen worden war, den ganzen Tag über hatten sie keine Möglichkeit gehabt, sich zu zeigen, weil es immer etwas zu beschließen galt, aber jetzt waren, zumindest für diese Nacht, alle Entscheidungen getroffen, waren Konrad und ich allein mit einer schlafenden Katharina, die uns nicht zu Hilfe eilen konnte, die uns auch gerade keinen Anlass bot, über sie zu sprechen.

Ich suchte in Tobias' Kassetten nach etwas, das ein Schweigen natürlicher machen würde, doch bevor ich etwas finden konnte, fragte Konrad: «Warum habt ihr das damals eigentlich gemacht, Katharina und du?»

Ungehaltene Abstände

Dass sich etwas geändert hatte, musste ich schon Wochen vorher bemerkt haben, ganz sicher gab es da irgendwelche Blicke und Worte, Gesten, die mich vielleicht für Sekunden irritierten, die ich aber nicht einzuordnen wusste, die sich erst im Nachhinein erklärten, erst nach diesem Abend, der unter einem beliebigen Vorwand, Kino oder Kochen oder Langeweile, begonnen wurde und der dann in meiner Küche endete, bei Kaffee oder Wein, bis Katharina dann irgendwann, nicht in ein Schweigen, sondern mitten ins Gespräch hinein, sagte: «Konrad und ich haben uns verliebt», und sie sagte es schnell und bedauernd, als ob sie über einen Haushaltsunfall spräche, über einen Schicksalsschlag, irgendetwas Unabänderliches, als ob es sich nicht auch dabei um eine Wahl handeln würde. Und ich verstand anfangs gar nicht, was das zu bedeuten hatte, warum um alles in der Welt sie mir das jetzt erzählte, und deshalb sagte ich: «Schön», und sonst gar nichts, Konrad und Katharina warfen sich einen kurzen Blick zu, Konrad setzte ein paarmal an, etwas zu sagen, es blieb aber beim Ansetzen, später vermutete ich, dass er ein «Aber es wird sich nichts ändern» auf den Lippen hatte, oder ein «Ich hoffe, das ist für dich in Ordnung», doch er wusste natürlich, dass es sich dabei um gründlich falsche Sätze handelte, denn natürlich würde sich alles ändern, und natürlich war es nicht in Ordnung, war es so etwas von nicht in Ordnung, aber all das stellte ich auch erst später fest, in der Küche verstand ich noch gar nichts und fragte mich, woher bloß diese kippelnde Atmosphäre gekommen war, diese gedehnten Sekunden, die nur durch ein lautes Lachen oder ein noch lauteres Weinen wieder in die normale Geschwindigkeit gebracht werden könnten, aber mir war weder nach dem einen noch nach dem anderen zumute, ich wollte an das Gespräch wieder anknüpfen, das wir vor Katharinas Satz geführt hatten, aber ich wusste nicht mehr, um was es gegangen war, und vermutete, dass mir die anderen beiden dabei nicht würden helfen können, denn sie nahmen nur noch einen Schluck Kaffee oder Wein, und mir fiel auf, dass sie es gleichzeitig taten, und auch wenn das mit Sicherheit schon unzählige Male zuvor passiert war, schien es jetzt auf einmal kein Zufall zu sein, waren Katharina und Konrad zum ersten Mal Katharinaundkonrad.

In den Tagen und Wochen nach diesem Abend konnte ich mich vor den beiden kaum retten, auch das verstand ich erst später. Wahrscheinlich wollten sie mehr sich selbst als mir beweisen, dass alles in Ordnung war, dass sich nichts ändern würde, und gerade deshalb änderte sich alles gewaltig, sahen wir uns plötzlich lächerlich oft, und immer wurde ich in die Mitte genommen. Konrad und Katharina achteten genau darauf, sich nie zu zweit zu gruppieren, berührten sich nie, gingen nie zusammen nach Hause, auch wenn ich jetzt vermute, dass sie sich später, nach einem Telefonat oder im Voraus verabredet, wieder trafen.

All das änderte sich erst, als Katharina und Konrad zusammenzogen, und ich weiß nicht, ob das mehr an den sprachlichen oder an den räumlichen Verschiebungen lag, die dieser Schritt nach sich zog. Sprachlich waren wir jetzt offensichtlich in zwei Gruppen getrennt, sagten Katharinaundkonrad jetzt «*Wir* gehen nach Hause» oder «Komm doch zu *uns* zum Essen»; räumlich war ich auf einmal der Eindringling, hatte ständig das Gefühl, im Grunde nur zu stören, wenn ich die beiden besuchte, auch wenn sie etwas anderes behaupteten, auch wenn sie «Schön, dich zu sehen» sagten und «Es ist doch noch früh», ich störte bereits, wenn ich mit einem von ihnen telefonierte, wenn ich eine Nachricht hinterließ, um einen Rückruf bat. Bestenfalls war ich der gerngesehene Besuch, der dann genauso gern gesehen wieder geht, und ich fing an, mich für alles Mögliche zu entschuldigen, für meine Laune, für meine Müdigkeit, für schlechte Witze, auch dafür, mich so oft zu entschuldigen, und fühlte mich schließlich so unwohl in Katharinaundkonrads Wohnung, dass ich sie komplett mied, mich nur noch außerhalb der Wohnung mit den beiden traf, was die Situation allerdings nur geringfügig erleichterte, bis wir schließlich dazu übergingen, uns nur noch selten und fast nur noch zu zweit zu sehen, mit Konrad an den Wochenenden und mit Katharina an den Donnerstagen.

Ob die Donnerstage erst an dem Junidonnerstag begannen, an dem Katharina und ich zum ersten Mal miteinander schliefen, oder ob man mit der Zählung schon vorher einsetzen müsste, dann wohl im Februar, ist Ermessenssache. Im Februar fing Konrad mit dem Pendeln an, und niemand konnte damals ahnen, dass sich das über Jahre hinziehen würde. «Mal sehen, wie lange ich damit durchkomme», hatte Konrad vor seinem ersten Seminar gesagt, «alles über drei Monate wäre auf jeden Fall ein Erfolg.» Das sagte er noch am Mittwoch, als wir zu dritt etwas trinken waren, und am Donnerstag rief Katharina dann an und fragte, ob wir uns abends nicht treffen wollten. Ich war etwas überrascht, denn an zwei aufeinanderfolgenden Tagen hatten wir uns schon monatelang nicht gesehen, aber natürlich sagte ich: «Ja, gerne», und Katharina fragte: «Wirklich?», und es klang so, als ob sie ernsthaft daran zweifelte.

Ich sagte: «Wirklich», und am Abend kam sie zu mir, wir kochten und aßen und redeten dabei leise und nicht über Konrad, und nach dem Essen fragte Katharina, ob es mich stören würde, wenn sie einfach noch ein wenig bleibe und etwas lese. Es störte mich nicht. Ich setzte mich mit der Zeitung in die linke Ecke des Sofas, und Katharina legte sich neben mich, die Beine über der rechten Armlehne, und las ein Taschenbuch. Manchmal berührte ihr Kopf meinen Oberschenkel, oder ich streifte ihr beim Umblättern aus Versehen mit dem Arm übers Haar, dann sagte einer von uns: «Entschuldigung», und wir rückten wieder ein Stück auseinander.

Kurz nach Mitternacht fragte Katharina, ob sie vielleicht bei mir schlafen könne, sie fragte es so behutsam, dass ich gar nicht auf die Idee kam, nach dem Grund zu fragen, sondern «Natürlich» sagte, ihr ein T-Shirt rauslegte und die Gästematratze bezog.

Bevor ich am nächsten Morgen ins Krankenhaus aufbrach, frühstückten wir noch gemeinsam. «Das war ein schöner Abend, gestern», sagte Katharina, und ich sagte: «Ja, ein schöner Abend», und in der U-Bahn fiel mir auf, dass es seit langem der erste gewesen war.

Die folgenden Donnerstage verliefen ähnlich, Katharina fragte vorher am Telefon, ob es mir auch wirklich recht sei, und ich sagte: «Ja, wirklich», und wir aßen etwas und lasen dann auf dem Sofa, von Woche zu Woche nahm ich ein neues Ressort dazu, erst Sport, dann Immobilien, schließlich das Handelsregister, nur das Entschuldigen, wenn sich Körperteile berührten, ließen wir irgendwann weg, und die Gästematratze bezog ich immer schon am frühen Abend. Wir lasen, bis Katharina die Arme von sich streckte und sagte, dass sie jetzt müde sei, ich ihr zustimmte und wir uns eine gute Nacht wünschten.

Ich bezweifle, dass Katharina Konrad von den Donnerstagen erzählte. Ich erzählte ihm jedenfalls nicht davon, und auch wenn ich gar nicht wusste, was genau ich ihm verschwieg, so schien mir das Verschweigen doch wichtig, unerlässlich sogar, als ob das Besondere an den Treffen mit Katharina zunächst nur darin bestanden hätte, dass wir sie für uns behielten, und als Konrad Mitte April sagte: «Das mit den Seminaren scheint doch eine längerfristige Sache zu werden», und Katharina mir kurz zulächelte, erschien mir dieses Lächeln fast zu riskant, fast einen Schritt zu weit gehend, und ich lächelte nur unbestimmt zurück.

Das Unbestimmte nahm im Laufe der Wochen immer weiter ab, und Katharinas Kopf rückte immer weiter an mich heran, bis er irgendwann halb auf meinen Beinen lag, bis sich meine Hand, erst immer nur für Sekunden, dann schließlich dauerhaft auf ihre Haare legte, bis sich meine Finger irgendwann Ende Mai zu bewegen anfingen, durch einzelne Strähnen wanderten, hinters Ohr, zum Nacken, während wir beide weiter Zeitung und Taschenbuch lasen. Am zweiten Junidonnerstag schlug Katharina ihr Buch dann schon nach ein paar Seiten zu, legte es auf ihrem Bauch ab, und als ich daraufhin meine Hand, unter dem Vorwand, eine Seite umzublättern, aus ihrem Haar entfernte, weil sie dort auf einmal nicht mehr beiläufig lag, weil mit dem Buch auch jede Beiläufigkeit weggelegt worden war, suchten Katharinas Finger schnell wieder nach meinen und führten sie dorthin zurück, wo sie gewesen waren.

In der nächsten Woche wurden Buch und Zeitung dann gar nicht mehr aufgeschlagen, meine Hand wanderte bis zu den Augenbrauen hinunter, bis zu Katharinas geschlossenen Lidern, und nach etwa zwei Stunden streckte Katharina dann die Arme von sich und sagte: «Ich bin jetzt müde», ich sagte: «Ich auch», wir wünschten uns wieder eine gute Nacht, und am darauffolgenden Donnerstag erreichten meine Hände dann ihren Mund, ihr Kinn, ihren Hals, an dem ich ihren Puls unruhig genug schlagen hörte, um meinen Kopf zu ihrem hinabzubeugen. Unsere Münder trafen sich dann plötzlich ohne weiteres, schneller, als sich irgendetwas an uns je getroffen hatte, unsere Zähne schlugen aneinander, die Zungen umkreisten sich unbeholfen, noch nicht aneinander gewöhnt, nichts war aufeinander abgestimmt, und dann blieb mir, mehr aufgrund der gekrümmten Position als wegen der Überwältigung, der Atem weg, und ich musste mich aufrichten, und Katharina öffnete die Augen, wischte sich den Mund ab und sah mich überrascht an. «Jetzt haben wir ein Problem», sagte sie. «Jetzt erst?», fragte ich, und Katharina sagte, darüber könnten wir auch später noch diskutieren, zog mich wieder zu sich herunter, und wir hielten die Augen von da an besser geschlossen, bis Katharina irgendwann, wahrscheinlich gegen Mitternacht, ihre Arme von sich streckte und ich ihr zustimmte, und es war, worüber ich mich später wunderte, keine Frage, dass sie auf der Gästematratze schlief.

Denn natürlich gibt es Grenzen, gibt es Etappen, klar zu bestimmende Punkte, an denen ein Zustand aufhört und ein anderer beginnt. Und auch wenn die Übergänge fließend wirken, wenn ein Schritt notwendig auf den anderen zu folgen scheint, so ist doch jeder von ihnen wieder eine Entscheidung, und man darf sich am Ende nicht wundern. Im Nachhinein scheint aber alles immer viel früher angefangen zu haben, und so hatte Katharina zwar recht, als sie sagte, dass wir jetzt ein Problem hätten, aber da konnte man schon zurückblicken auf die vergangenen Donnerstage, und dann schien es ohnehin schon zu spät, und dennoch erwartete ich in der folgenden Woche nicht ihren Anruf, doch als er kam, zur gewohnten Zeit, und mich Katharina im gewohnten Tonfall fragte, ob wir uns sehen wollten, sagte ich wieder: «Ja, gerne», und hoffte, dass auch mein Tonfall unverändert geblieben war.

Wir küssten uns nicht zur Begrüßung, wie wir uns in der Woche zuvor auch nicht zum Abschied geküsst hatten, wir aßen und sprachen nur etwas lauter als sonst, und als wir zum Sofa gehen wollten, blieben wir unvermittelt voreinander stehen, Katharinas Hände waren auf einmal in meinem Haar, auf meinem Rücken, und auch meine wanderten Körperstellen entlang, versuchten überall gleichzeitig zu sein und waren dann doch nur hastig, ich spürte Katharinas Mund an meinem Hals und ihre Hand am Reißverschluss meiner Hose, unser Atem klang unvertraut eilig, ich versuchte nicht darauf zu achten und schob ihren Rock nach oben, bis über die Hüfte, und weil er dort von alleine nicht hielt, machten wir wie betretene Tanzschüler zwei ungeschickte Schritte auf den Küchentisch zu. Katharina hatte meinen Reißverschluss längst geöffnet, das hatte ich kaum bemerkt, ich war viel zu sehr mit ihrer Unterhose beschäftigt, die jetzt zwischen ihren Knien hing, als habe sie dort noch zu tun. Katharina tastete mit ihren Händen hinter sich auf den Tisch, schob unsere Teller beiseite, setzte sich auf den freigeräumten Platz und zog mit dem Fuß ihre Unterhose hinunter, bis sie am Knöchel baumelte und sich mit einem Schlenker des Beines abschütteln ließ. Sie schien in der Spüle gelandet zu sein, ich hörte, wie das Geschirr leise aneinanderschlug, aber Katharina hatte ihre Beine schon um mich geschlungen und zog mich an sich. Meine Hose war mittlerweile bis zu den Waden heruntergerutscht, und als ich dem Ziehen von Katharinas Beinen nachgeben wollte, verlor ich den Halt, stolperte nach vorn und fiel Katharina so schnell entgegen, dass sie sich rasch mit den Händen abstützen musste und dabei in ihren nicht ganz leer gegessenen Abendbrotteller griff, der dann wohl an ein Glas stieß, es fiel zu Boden, zwar ohne zu zerspringen, aber etwas Wasser lief daraus bis zu meinen Strümpfen, die sich schnell vollsogen. Katharina wischte ihre Hand an meinem Hemd ab, führte sie dann in mein Gesicht, an meine Augenbrauen, meine Nase, meine Lippen, und ich konnte noch Reste von Basilikum schmecken, bevor alles sehr schnell ging, sehr schnell gehen sollte, auf dem Tisch schlugen Gegenstände aneinander, stürzten um oder fielen sogar zu Boden, Katharinas Beine waren fest um mich geschlungen, ich wusste nicht, wo ich mich abstützen sollte, versuchte es abwechselnd an der Tischplatte und an Katharina, die auf einmal aufschrie und, als ich erschrocken innehielt, eine Gabel unter ihrem Oberschenkel hervorzog und hinter sich warf, «Alles in Ordnung?», fragte ich, sie sagte: «Bestens», und zog mich wieder an sich, und als es kurz danach vorbei war, als Katharina und ich uns anblickten und leider nicht laut anfingen zu lachen, weil unsere Position nüchtern, wie wir jetzt waren, betrachtet doch eigentlich zum Lachen gewesen wäre, sondern uns schnell voneinander trennten, zog ich meine Hose hoch und die nassen Socken aus, Katharina rieb sich Krümel von den Schenkeln, ich reichte ihr ihre Unterhose aus der Spüle. «Danke», sagte sie und verschwand im Badezimmer, während ich die heruntergefallenen Gegenstände vom Fußboden aufsammelte.

Es war noch früh, viel zu früh, um ins Bett zu gehen, also setzten wir uns aufs Sofa und lasen, Katharinas Kopf auf meinen Beinen, meine Hand in ihrem Haar. «Auf dem Küchentisch», sagte Katharina irgendwann, weil sie wahrscheinlich auch nichts von dem verstand, was sie da las, und ich hätte «Allerdings» sagen sollen oder «Und wo als Nächstes?», aber ich sagte nur: «Ja», mehr fiel mir auf einmal nicht ein, und an diesem Abend streckte ich zuerst meine Arme aus, und ab dem darauffolgenden Donnerstag schliefen wir nur noch auf der Gästematratze miteinander, immer wurde vorher gegessen und hinterher gelesen, mit der Zeit verstand man wieder, was man las, und ab dem Herbst gingen Essen und Lesen dann immer häufiger nahtlos ineinander über, und keiner von uns schien das besonders zu bedauern.

Auto-Mix ’02

Es gibt Fragen, die einen erleichtern, weil man weiß, dass sie schon lange gestellt werden wollten, dass sie fertig formuliert bereitlagen und nur auf den richtigen Moment gewartet wurde, den es natürlich nicht gibt oder der immer verpasst wird, und wenn das irgendwann unübersehbar wird, dann stolpern die Fragen, trotz aller Vorbereitung, ungelenk über die Lippen und klingen nicht so, wie man eigentlich sicher war, dass sie klingen würden.

Konrad hatte mich nicht leise nach der Sache mit Katharina gefragt, es war kein Vorwurf in seiner Stimme gewesen, es gab keinen kurzen Seitenblick, dem ich hätte standhalten müssen. Vielmehr klang es wie eine Höflichkeitsfrage, als ob er nur nach einem Gesprächsthema gesucht hätte, um die Zeit nicht lang werden zu lassen, und deshalb schaute ich weiter die Kassetten durch und ließ mir mit meiner Antwort Zeit, denn auch wenn einem schon lange klar ist, dass eine bestimmte Frage gestellt werden würde, bedeutet das nicht, dass es einem schon ebenso lange klar ist, was man darauf erwidern soll.

«Ich weiß nicht», sagte ich, weil man trotz anderer Vorsätze die meisten Antworten so beginnt, aber auch, weil ich es wirklich nicht wusste. «Ich weiß nicht, was Katharina dir erzählt hat, aber im Grunde haben wir hauptsächlich gemeinsam gelesen.»

Konrad sah mich immer noch nicht an, nur abwechselnd auf die kaum befahrene Straße und den Tacho, als fürchte er, seine Besonnenheit an anderer Stelle zu verlieren. «Es ist mir egal, was ihr gemacht habt», sagte er schließlich, und verbesserte sich gleich: «Nein, natürlich ist es mir nicht egal, aber darum geht es jetzt nicht. Warum die Geheimnistuerei? Warum habt ihr mir nichts davon erzählt?»

Darauf hatte ich keine Antwort, jedenfalls keine erhellende, das musste Konrad wissen, das konnte er sich selber denken, «Feigheit» hätte ich leicht sagen können oder «Trägheit», «Dummheit», «der Reiz des Verbotenen», man kann, wenn man will, immer alles auf diese Dinge reduzieren, aber gewonnen ist damit nichts, man macht es sich nur leicht, weil sie als Antworten, wenn man sie nur gepresst genug vorbringt, widerspruchslos akzeptiert werden und sie einfach viel zu schlicht klingen, um nicht als wahr angesehen zu werden. Das sind sie aber nicht oder nur selten, und darum geht es auch nicht bei solchen Antworten, es geht um das Eingestehen der Schuld, es geht um die Entscheidung, wer weiterfragen darf und wer antworten muss, es geht um den Versuch, mit Worten etwas gutzumachen, was nicht gutzumachen ist, weil das mit Worten ohnehin nie gelingt, und deshalb sagte ich schon wieder: «Ich weiß nicht», ich sagte: «Ich weiß es wirklich nicht», und ich sagte: «Es tut mir jedenfalls sehr leid», und nichts war gewonnen, das merkte auch Konrad, der überhaupt nicht reagierte, der seine Augen nur weiterhin auf den Tacho und die Straße richtete.

Und all das stimmte noch nicht einmal, denn natürlich tat es mir nicht leid, und natürlich wusste ich die Gründe, zumindest einen Teil von ihnen, aber natürlich konnte ich auch nicht sagen: «Aber ihr habt angefangen», obwohl es den Gründen wohl am nächsten gekommen wäre.

Ich hatte immer noch eine von Tobias' Kassetten in der Hand, «Auto-Mix '02», und wie gerne hätte ich sie jetzt eingelegt, wie gerne hätte ich die Lautstärke aufgedreht, wie gerne hätte ich mitgesungen, zumindest die Refrains, und Konrad steigt irgendwann mit ein, und wir singen gemeinsam, aber nicht gleich, weil wir die Tonart nicht kennen und den Text nicht kennen und die Melodie eigentlich auch nicht so richtig, aber das würde uns nicht stören, das wäre nicht von Belang.

Doch ich durfte nichts einlegen, ich musste bei der Sache bleiben, beim Thema, ich musste mithelfen, es aus der Welt zu schaffen, es irgendwo abstellen, wo es nicht störte, jedenfalls nicht während der nächsten Tage, nicht während der nächsten Stunden, nicht bis zum Ziel.

«Das war ja auch alles nicht einfach, damals», sagte ich deshalb, «ihr wohntet zusammen, und ich wusste nicht, ob ich nicht nur noch ein Rest von irgendetwas anderem war oder ein Symbol oder sonst etwas, das man nicht sein will.»

«So etwas Ähnliches hat Katharina auch gesagt.»

«Dass ich ein Rest bin?»

«Nein, dass alles nicht einfach war.»

«Aber das war es doch auch nicht, oder?»

Konrad überlegte eine Zeit lang. «Doch», sagte er schließlich. «Natürlich war es einfach, lächerlich einfach, aber vielleicht war das genau das Problem, zumindest dein Problem und wahrscheinlich auch das von Katharina.»

«Unsinn», sagte ich. «Ich habe kein Problem mit Einfachheit. Ich bin sogar ein großer Freund der Einfachheit. Und im Gegensatz zu dir erkenne ich sie auch. Bevor Katharina und du euch zusammengetan habt, war es einfach, und danach war es das nicht mehr, Punkt.»

Konrad lachte kurz auf. «Das glaubst du ja wohl selbst nicht», sagte er. «Vorher war überhaupt nichts einfach, vorher gab es nur ein ewiges Hin und Her, entweder die angeblich verschworene Gemeinschaft oder totale Gleichgültigkeit, je nachdem, wie es uns in den Kram passte, entweder hingen wir aufeinander, weil uns nichts Besseres einfiel, oder wir sahen einander wochenlang überhaupt nicht. Man musste sich nicht bemühen, man konnte ja mit den anderen rechnen.»

«Aber wenn das nicht einfach ist, was dann?», fragte ich.

Konrad schüttelte ein paarmal den Kopf. «Ich fand das alles maßlos kompliziert», sagte er.

Das hatte ich nicht gewusst, Konrad hatte nie zuvor eine Unzufriedenheit geäußert, und jetzt äußerte er sie so bestimmt, so zweifellos, dass ich ihn anstarrte und den Blick nicht von ihm ließ, von den wandernden Augen, von den Bartstoppeln über dem Kieferknochen, der sich kreisförmig bewegte, obwohl Konrad nichts im Mund hatte.

«Und nie wurde was unternommen, immer nur darüber geredet und geredet und geredet, und alles, was nach Veränderung roch, wurde gleich schlechtgemacht, mit diesem guttrainierten Zynismus, der ja immer recht hat.»

«Fandest du wirklich alles so schlimm?», fragte ich, und Konrad hörte auf, seinen Kiefer kreisen zu lassen, er fuhr sich mit der Hand übers Gesicht und sagte: «Nein. Natürlich nicht. Nur irgendwann ging es so einfach nicht weiter.»

Ich löste meinen Blick von Konrad und sah stattdessen aus dem Fenster. Alle hatten es anscheinend gewusst, allen war irgendwann einmal etwas klar geworden, erst Konrad, dann Katharina, nur mir nicht, mir wurde das Klargewordene immer nur mitgeteilt, dabei hätte ich auch selbst darauf kommen können, denn es war doch alles offensichtlich gewesen, man hätte nur mal einen Schritt zurück machen müssen, um das Ganze in den Blick zu bekommen, doch diesen Schritt vergesse ich immer, jedes Mal, auch wenn ich mir anderes vornehme, und halte deshalb jeden Zustand für eine Gegebenheit.

Aber wir waren doch hier, in diesem Auto, Katharina war doch auf dem Rücksitz, wir waren doch unterwegs, um das zu ändern, um die Gegebenheiten aufzulösen und dann irgendwo wieder anknüpfen zu können. Doch ich war mir nicht sicher, wo wir wieder anknüpfen sollten, Konrad hatte schließlich recht mit seinen Beschreibungen von damals, das war nicht zu leugnen, und nichts davon schien als Anknüpfungspunkt erstrebenswert.

«Wir haben alles falsch gemacht», sagte ich, und Konrad sagte: «Red keinen Unsinn», doch ich beharrte darauf. Doch, alles hätten wir falsch gemacht, von Anfang an, das habe er ja gerade selbst gesagt, doch mir sei es jetzt erst klar geworden, und das sei ja erschreckend.

Konrad setzte den Blinker und überholte einen Kleintransporter. «Wenn wir alles falsch gemacht hätten, säßen wir wohl kaum hier, oder?», sagte er. «Dann würden wir doch nicht dieses ganze Hickhack veranstalten.»

«Vielleicht veranstalten wir es aber auch gerade deshalb.»

«Dann kann es uns ja gleichgültig sein», sagte er, ließ sich von mir noch einen Red Bull geben, und erst zwanzig Kilometer weiter fiel mir auf, dass unsere Unterhaltung offenbar zu Ende war, dass Konrad keine weiteren Fragen zu Katharina und mir stellte, vielleicht, weil es zu viele davon gab, vielleicht, weil er wusste, dass keine von ihnen zu beantworten war, vielleicht, weil selbst das uns jetzt gleichgültig sein konnte, weil es nicht mehr zu zählen hatte, weil wir schließlich zu dritt hier im Auto saßen, weil wir nach Frankreich fuhren, und auch wenn Katharina davon noch gar nichts wusste, stimmte die Anzahl wieder, stimmte die Richtung, die Geschwindigkeit stimmte, das Licht der uns vereinzelt entgegenkommenden Autos, und ich war, soweit ich es beurteilen konnte, glücklich.

Kurz hinter Dortmund wechselten wir, ich setzte mich hinters Steuer, und Konrad setzte sich auf den Beifahrersitz, «Stört es dich, wenn ich ein wenig schlafe?», fragte er, und ich schüttelte den Kopf, er sollte ruhig schlafen, ich würde wach bleiben, ich wollte für immer wach bleiben, im Zeitraffer durch die Tageszeiten rauschen, nichts anderes schien vorstellbar.

Konrad kurbelte seinen Sitz zurück, deckte sich mit seinem Mantel zu und schloss die Augen. Ich weiß nicht, ob er wirklich schlief, doch er gab keinen Laut von sich, zwei Stunden lang nicht, bis wir schon längst in Belgien waren, inmitten ungewohnter Scheinwerfer, ungewohnter Straßenschilder, ungewohnter Werbung und Warnungen vor zu schnellem Fahren in fremden Sprachen, und schon fühlte sich alles nach Urlaub an. Konrad schlug die Augen auf und blinzelte hinaus. «Wo sind wir?», fragte er, «Belgien», antwortete ich und war stolz darauf, doch Konrad fragte: «Erst?», und schloss die Augen wieder, und nicht weit hinter der französischen Grenze fing es dann langsam an zu dämmern, und ich hielt bei der ersten Raststätte an und schüttelte Konrads Schulter.

«Kommst du mit?»

«Wohin?»

«Frühstücken.»

Er sah mich ein paar Sekunden unschlüssig an, als würde es sich dabei um eine äußerst verwegene Idee handeln, dann setzte er sich auf und gähnte. «Immer noch Belgien?», fragte er.

«Nein, Frankreich.»

Konrad setzte sich auf und schaute aus dem Fenster auf die Raststätte im diesigen Morgenlicht. «Frankreich», sagte er. «Schönes Land.»

Wir tranken einen Kaffee, aßen dazu eine Achterpackung Madeleines und beugten uns über die Straßenkarte, die wir gekauft hatten, weil in Tobias' Autoatlas ganz Europa auf eine Doppelseite passte. Konrad fuhr, wild hin und her blätternd, die verbleibende Strecke mit dem Finger ab.

«Wie lange brauchen wir wohl noch?», fragte ich.

«So sechs, sieben Stunden, schätze ich.»

Dann wäre es drei Uhr nachmittags, und Katharina würde bald aufwachen, wenn sie das nicht schon vorher tat. Ich versuchte, mich darauf vorzubereiten, mir ihre Reaktion, ihre ersten Sätze, Fragen auszumalen, doch ich hatte keine Ahnung, wie sie reagieren würde, wahrscheinlich erst einmal wenig erfreut, doch wie wenig, wusste ich nicht, und Konrad allem Anschein nach auch nicht, deswegen redeten wir nicht darüber, da mussten wir uns wohl oder übel überraschen lassen.

«Wie kommen wir eigentlich ins Haus?», fragte ich stattdessen.

«Letztes Jahr lag der Schlüssel unter einem Blumentopf. Ich hoffe, das ist immer noch so.»

«Und wenn nicht?»

«Dann schlagen wir halt irgendein Fenster ein, darauf kommt es jetzt auch nicht mehr an.»

Ich lachte kurz, obwohl ich nicht dachte, dass Konrad das als Scherz gemeint hatte, er sah müde aus, die Augen tränten vom Gähnen, ich konnte nicht viel besser aussehen, und dennoch sagte ich: «Nein danke», als Konrad mir anbot, wieder das Steuer zu übernehmen, ich wollte nicht schlafen, ich wollte keine Unterbrechung, ich wollte nicht verwirrt aufwachen und mir erst die gesamte Situation wieder erschließen müssen, lieber nicht.

Erst gegen Mittag wechselten wir dann noch einmal unsere Plätze. Wir folgten der Autobahn immer weiter Richtung Brest, der Verkehr nahm zu, meine Augen schmerzten vom stetigen Geradeaus, und ich war froh, als wir schließlich irgendwann eine Abfahrt nahmen, die Landschaft brach immer weiter auf, Felder, vereinzelte Häuser, Ställe und irgendwann rechts ein türkisfarbener Ausschnitt Meer.

«Felix.»

«Ja?»

«Schau mal, das Meer.»

«Wird das noch größer?»

«Ja.»

«Das ist gut.»

Katharina bewegte sich in immer kürzer werdenden Abständen, doch noch schlief sie, noch hatten wir Zeit, sie in einem Bett aufwachen zu lassen, und aus einem vielleicht abwegigen Grund erschien mir das sehr wichtig, als ob sie das beschwichtigen würde, als ob dann alles nicht so schwerwiegend wäre.

Das Meer tauchte jetzt häufiger zwischen Bäumen und Häusern auf, auch Teile von Strand und Felsen, und als die Namen auf den Straßenschildern schroffer wurden, «Morlaix», «Carantec», «Roscoff», als sie immer mehr nach alten, schweigsamen Seemännern klangen, war die Müdigkeit vollständig verschwunden, ich schaute aufgeregt aus allen Fenstern, besonders wenn wir, wie alle paar Minuten, durch einen kleinen Ort fuhren, die Namen aus dem Französischunterricht, *Charcuterie, Boucherie, Boulangerie, Brasserie,* die Kirche in der Mitte, um sie herum Zweisternehotels, die meist geschlossen aussahen, blaue Fensterläden und verputzter Granit, und Konrad sagte in jedem Ort: «Ich glaube, hier waren wir letztes Jahr essen», oder «Ich glaube, hier waren wir letztes Jahr einkaufen», oder «Die Kirche ist schön, die kenne ich noch vom letzten Jahr», und irgendwann rief er dann: «Hier ist es», und bog links ab, in eine enge Straße, die zu drei zweistöckigen Häusern führte, Konrad parkte vor dem rechten und schaltete den Motor ab, das Geräusch fehlte auf der Stelle. «Wir sind da», sagte er.

Puderzucker

Ausatmen, die Luft ganz aus den Lungen herauslassen und aufs Meer sehen, das immer noch keine große Hilfe ist, das schwarz daliegt und Krach macht, nur die Gischt zeigt sich hin und wieder. Wir könnten Scheinehen eingehen, hin und wieder auch miteinander, in fliegendem Wechsel. Wir könnten uns einem Wanderzirkus anschließen, Elefanten füttern, Pferde striegeln, aus Kanonen geschossen werden. Wir könnten auf hohem Niveau scheitern.

«Wir sind da», hat Konrad gesagt. Das klang gut, das klingt immer gut, klingt angekommen, am Ende der Suche, des Wartens, der Möglichkeiten, es sich doch noch anders zu überlegen. Und vor einer Woche war das Haus von Konrads Bruder auch tatsächlich noch Ziel, und nicht Etappe, nicht Station, war noch Basislager, nicht Ausgangspunkt für etwas anderes, für das Eigentliche.

Und weil ein Ziel nach langer Fahrt immer erst für ein paar Minuten unwirklich erscheint, als ob es sich jederzeit wieder auflösen könne, schaute ich es misstrauisch durchs Autofenster an. Es sah aus, wie ein Ferienhaus auszusehen hat, alt, steinern, mit großen Fenstern, einem gekiesten Hof, an dessen Rändern es im Sommer wahrscheinlich wild blühte, und einem Gartentor, von dem die Farbe absprang. Konrad und ich stiegen aus und spähten durch die Fenster ins Innere. Nichts deutete auf irgendwelche Zwischenmieter hin, alles war sauber und an seinem Platz, das Sofa mit einem großen Laken bedeckt.

«Scheint niemand da zu sein», sagte ich.

Konrad nickte und fing an, die Blumentöpfe, die vor der Eingangstür standen, anzuheben, bis er am Ende tatsächlich einen Schlüssel in der Hand hielt.

«Bingo», sagte er.

«Hast du gerade ‹Bingo› gesagt?», fragte ich, und Konrad runzelte die Stirn. «Ich fürchte, ja. Ich bin müde.»

«Ich auch.»

«Komm, dann bringen wir jetzt Katharina rein und schlafen abwechselnd, bis sie aufwacht.»

«Das kann nicht mehr lange dauern», sagte ich.

Konrad sah auf die Uhr, als sei uns Katharinas genaue Aufwachzeit bekannt. «Sie wird wahrscheinlich erst einmal ein wenig sauer sein, oder?», fragte er.

«Damit müssen wir wohl rechnen.»

Er schloss die Tür auf, und wir gingen ins Haus. Die untere Etage bestand aus einem einzigen großen Raum, rechts neben der Eingangstür befand sich eine Küchenzeile, links ein Esstisch, vier Stühle, in der Rückwand ein großer Kamin, davor das abgedeckte Sofa und eine Teekiste, die wohl als Couchtisch diente, an der Wand ganz links entlang führte eine Treppe in den zweiten Stock.

«Ist das Schlafzimmer oben?», fragte ich, Konrad nickte, und wir gingen die Treppe hinauf. Von einem schmalen Korridor führten drei Türen ab, hinter der ersten befand sich das Badezimmer, hinter der zweiten ein kleiner Raum mit einem Jugendbett. «Hier schläft sonst Hanna», sagte

Konrad und fügte, als er meinen fragenden Blick sah, hinzu: «Meine Nichte.»

«Du hast eine Nichte?», fragte ich.

«Ja, klar. Hanna, sie ist acht.»

«Du hast nie etwas von ihr erzählt.»

«Natürlich habe ich das, wahrscheinlich hast du nur nicht zugehört.»

Ich schaute Konrad lange an. Ich fand es ein wenig ungehörig, dass er plötzlich eine Nichte hatte, obwohl ich doch dachte, alles über ihn zu wissen. Es gibt einen Grundstock an Informationen, den man sich in den ersten Jahren des Kennenlernens aneignet, den man nach und nach abfragt oder vorgetragen bekommt, und wenn man alles weiß, ist Schluss mit dem Informieren, dann geht es um andere Dinge, dann entscheidet es sich, und wenn da dann plötzlich eine Nichte auftaucht, dann fragt man sich leicht, wovon man sonst alles nichts weiß, was man sonst noch alles überhört haben könnte, ob es tatsächlich nur diesen einen Bruder gab, ob Konrad vielleicht sogar eigene Kinder hatte, mit irgendwelchen Frauen, von denen ich auch nichts wusste, ob Konrad überhaupt sein richtiger Name war.

«Schau nicht so entsetzt», sagte er. «Das ist doch nicht so wichtig», und ich schüttelte den Kopf, «Nein, entschuldige», auch ich brauchte tatsächlich Schlaf, und wenn es ging, jede Menge.

Hinter der dritten Tür befand sich dann das Schlafzimmer, ein rustikales Doppelbett, an jeder Seite ein Nachttisch mit gerahmten Fotos, die meisten zeigten ein Mädchen, das wohl Hanna sein musste. «Komm, holen wir Katharina», sagte Konrad.

Sie war noch schwerer als in Hamburg. Als ich sie auf meinen Rücken lud, murmelte sie wieder irgendetwas, das ich nicht verstand. «Schlaf ruhig weiter», sagte ich, «es ist doch Wochenende.» Im Schlafzimmer zogen wir ihr nur die Schuhe aus, dann deckten wir sie zu, schlossen die Tür und gingen nach unten.

«Willst du dich hinlegen?», fragte Konrad, auf das Sofa deutend, ich sagte: «In Ordnung», blieb aber stehen, irgendwo zwischen Treppe und Esstisch, ich stand sehr lange, ich konnte mich nicht bewegen, ich hatte mich doch genug bewegt, von Berlin nach Hamburg, von Hamburg bis hierher, und die Strecke von hier bis zum Sofa hätte da doch eigentlich zu machen sein müssen, das war sie aber nicht, sie war überraschend weit, unüberbrückbar, ich konnte das Sofa kaum sehen.

«Okay, dann schlaf ich halt zuerst», sagte Konrad, weil ich mich nicht bewegte, er machte ein paar Schritte aufs Sofa zu, legte sich dann aber auch nicht hin, sondern bog unschlüssig zur Küchenzeile ab, «Willst du auch einen Kaffee?», fragte er.

Wir konnten nirgendwo Kaffee finden, also kochten wir Tee, an dem wir nur selten und sehr leise nippten, damit uns auch ja kein Geräusch entging, bei jedem Balkenknarren, jedem stärkeren Windstoß zuckten wir zusammen, und als wir dann tatsächlich über uns Schritte hörten, als es keinen Zweifel mehr gab, war ich beinahe erleichtert, sah Konrad kurz an und wandte dann den Blick zur Treppe, zu den Füßen, die dort auftauchten, den Waden, Oberschenkeln, Hüften, dem Bauch, der Brust, dem Hals, Katharinas Kopf, zu dem Pferdeschwanz, aus dem sich einige Strähnen gelöst hatten, zu ihren vom Schlaf verkleinerten Augen, die jetzt fast schwarz aussahen und blitzten und zwischen Konrad, mir und vereinzelten Gegenständen im Zimmer hin- und herwanderten. Ich sollte schleunigst etwas sagen, ich sollte ihr mit dem ersten Satz unbedingt zuvorkommen, ich sollte dabei entwaffnend lächeln und damit allen Wind aus ihren Segeln nehmen, doch von Wind war überhaupt nichts zu spüren, Katharina gähnte nur laut und fragte dann: «Welchen Tag haben wir heute?»

«Samstag», sagte ich.

«Der Samstag nach gestern?»

«Ja», sagte ich.

Katharina beugte sich ein wenig hinunter, um aus dem Fenster schauen zu können. «Und wo sind wir hier?», fragte sie.

Konrad räusperte sich. «Finistère», sagte er. «Frankreich.»

«Frankreich», wiederholte Katharina, als ob sie das Wort zum ersten Mal aussprach, als ob sie noch nie davon gehört hatte. «Warum?», fragte sie dann.

Und natürlich fragte sie das, damit hatten wir rechnen müssen. Ich sah Konrad an, er sah mich an, und ich sagte: «Wir wollten doch wegfahren.»

Katharina nickte einige Male langsam, dann runzelte sie die Stirn. «Wenn ich mich recht erinnere, dann wolltet das nur ihr.»

«Wir hofften, du würdest dir das vielleicht noch anders überlegen», sagte ich.

«Ach so.» Katharina stand immer noch in der Mitte der Treppe, als ob sich dort irgendeine Grenze befand, als ob Konrad und ich jeden weiteren Schritt als Zugeständnis deuten könnten. «Gibt es hier ein Bad?», fragte sie, und Konrad sprang hastig auf, um es ihr zu zeigen.

«Das ging ja», sagte er anschließend. «Ja», sagte ich, und wir tranken unseren Tee aus, weil es ja ging, und als Katharina etwas später wieder auf der Treppe erschien, lächelte ich ihr freundlich zu, doch anstatt zurückzulächeln, anstatt diesmal die Treppe ganz hinunterzukommen, anstatt sich zu uns zu setzen, auch einen Tee zu trinken und es weitergehen zu lassen, fragte sie: «Wie bin ich denn hierhergekommen?»

«Mit dem Auto», sagte Konrad.

«Nein, ich meine, warum habe ich so lange geschlafen?»

«Ach, so lange war das doch gar nicht», sagte ich, doch Konrad sah mich so auffordernd an, dass ich schnell hinzufügte: «Und ich habe dir drei Remestan gegeben.»

«Remestan?»

«Ein vollkommen harmloses Schlafmittel», sagte ich und fügte noch «Ich nehme das ständig» hinzu, obwohl ich mich davor hütete, es ständig zu nehmen, aber ich wollte schließlich beschwichtigen, da waren leichte Übertreibungen erlaubt. Katharina schien jedoch gar nicht zuzuhören, sie ging langsam die Treppe weiter hinunter und schaute dabei aus dem Fenster in den Nieselregen, der irgendwann in den letzten Minuten eingesetzt haben musste, blieb dann zwischen Konrad und mir stehen, sagte: «Gebt mir die Autoschlüssel», und Konrad und ich sahen uns entsetzt an.

«Remestan ist wirklich harmlos», sagte ich, «aber trotzdem solltest du jetzt nicht Auto fahren.»

«Gebt mir die Autoschlüssel», sagte Katharina noch einmal, in genau dem gleichen Tonfall, der jede Aufregung zu unterdrücken schien. Und erst jetzt merkte ich, wie wenig vorbereitet ich war, dass ich noch nicht einmal wusste, was ich auf eine solche einfache, eine solche erwartbare Aufforderung erwidern sollte, dass nichts zurechtgelegt war, nichts einstudiert, alles angreifbar, und wir es deshalb vielleicht verdient hätten, wenn Katharina sich jetzt den Autoschlüssel nehmen würde, wenn wir den Motor anspringen hörten, wenn sich das Geräusch langsam entfernte, während Konrad und ich mit leeren Teetassen an einem Tisch saßen, an dem wir zu zweit nichts verloren hatten.

«Nein», sagte Konrad, und Katharina fragte: «Wie bitte?»

«Ich kann dir den Autoschlüssel nicht geben.»

«Warum nicht?»

«Weil wir dich doch entführt haben», sagte er, fast flehend sagte er das, als ob Katharina das endlich einsehen müsste.

Das tat sie aber nicht, sie sagte noch einmal, dass wir ihr den Schlüssel geben sollten, «den verdammten Schlüssel», sagte sie diesmal sogar, und Konrad schüttelte nur mit dem Kopf, und ich tat gar nichts, hoffte nur, dass Katharina mich nicht so drängend, nicht so überdrüssig ansehen würde, wie sie Konrad gerade ansah, dann drehte sie sich um und ging lautstark die Treppe hinauf, ich wartete auf das Türenknallen, und als es ausblieb, blickte ich zu Konrad hinüber und sagte: «Damit war wohl zu rechnen.»

Konrad erwiderte nichts, er starrte immer noch auf die Treppe, als wäre irgendetwas von Katharina dort noch zu sehen, dann stand er plötzlich auf und lief aus dem Haus, in den stärker werdenden Regen hinein, direkt zum Auto, öffnete unter einigen Mühen die Kühlerhaube und fing an, wahllos an irgendwelchen Kabeln zu zerren.

Ich lief ihm nach. «Was um Himmels willen tust du da?»

«Ich mache das Auto kaputt», sagte er, schraubte von irgendetwas eine Kappe ab und warf sie beiseite.

«Warum?»

«Warum was?»

«Warum machst du das Auto kaputt?»

Konrad ließ vom Motor ab und sah mich an. «Ich könnte nicht noch einmal nein sagen, wenn sie mich nach dem Schlüssel fragt. Ich habe kein Recht, ihn ihr nicht zu geben, und das weiß sie, das weiß sie doch.»

«Und warum wirfst du dann nicht einfach den Schlüssel weg?»

Konrad schreckte kurz zusammen, diese Möglichkeit war ihm offenbar gar nicht eingefallen. «Autos kann man knacken», sagte er schließlich und fing wieder mit den Kabeln an, viele waren nicht mehr übrig.

«Weißt du, was du da tust?», fragte ich.

«Nein, natürlich nicht.»

«Und wenn die Kabel nur für die Scheibenwischer und das Radio sind?»

Konrad schaute mich entsetzt an. «Meinst du?»

«Keine Ahnung.»

«Wie macht man denn ein Auto kaputt?»

«Zucker in den Tank», schlug ich vor.

«Stimmt das denn wirklich, oder ist das nur so eine Redensart?»

«Ich glaube, das stimmt wirklich», sagte ich, und wir gingen zurück ins Haus und suchten in der Küchenzeile nach Zucker.

«Geht auch Puderzucker?», fragte Konrad, nachdem er eine Packung davon in irgendeiner Schublade gefunden hatte.

«Bestimmt», sagte ich, wir gingen zurück zum Auto, Konrad öffnete die Tankkappe und fing an, den Puderzucker hineinzuschütten, es staubte. «Reicht das wohl?», fragte er nach ein paar Sekunden, ich sagte: «Nimm mal lieber ordentlich», und Konrad schüttete weiter, bis die Packung leer war, dann schraubte er die Tankkappe wieder auf, schloss die Kühlerhaube und schaute erst lange das Auto und dann mich an. Er sah müde aus. «Das ersetzen wir Tobias natürlich», sagte er.

«Natürlich», sagte ich.

Wir waren vollkommen durchnässt, ich wischte mir eine Haarsträhne aus den Augen und sah dabei Katharina am rechten oberen Fenster stehen. Ohne nachzudenken winkte ich ihr zu, sie winkte nicht zurück. «Lass uns reingehen», sagte ich, Konrad nickte, öffnete den Kofferraum, und wir nahmen unsere Koffer und Katharinas Tasche heraus.

«Ich hätte nicht noch einmal nein sagen können», sagte Konrad erneut, nachdem er den Kofferraum geschlossen hatte. «Verstehst du? Wir hatten keine andere Wahl.»

Und vielleicht hatten wir das wirklich nicht, das lässt sich im Nachhinein immer schlecht beurteilen, es war aber auch gleichgültig, das Auto würde jetzt nicht mehr fahren, Konrad ging mit den Koffern zurück ins Haus, ich blieb noch etwas stehen, sah mich um, nass war ich ohnehin, und drinnen wartete wohl erst einmal nichts Gutes. Auf der anderen Straßenseite stand ein verfallener Schuppen, dahinter eine Weide, knorrige Bäume, Misteln, von den Zehenspitzen aus konnte man das Meer sehen, all das würden wir bald näher betrachten. Eine nicht ganz mannshohe Mauer trennte das Haus von dem zu seiner Linken, in dessen Eingangstür, wie ich jetzt sah, eine kleine alte Frau in einem geblümten Arbeitskleid stand, Pfeife rauchte und zu mir hinüberblickte. «Bonjour», sagte ich sehr laut und sehr freundlich und dachte dabei an Estelle und Jean-Luc, die Geschwister aus meinem Französisch-Schulbuch. Die Frau reagierte nicht, und ich ging zurück ins Haus. Konrad saß am Esstisch. «Vielleicht hätten wir mit dem Auto doch noch warten sollen», sagte er. «Wir müssen dringend einkaufen.»

Tausendjährige Möhren

Und auch wenn Konrad damit recht hatte, auch wenn ich «Gut, dass du dran gedacht hast» sagte, auch wenn schließlich Samstag war, sogar Samstagnachmittag, und wirklich höchste Zeit, wenn wir uns nicht das Wochenende über mit Red Bull und den verbliebenen Espresso-Schokoladenbonbons verpflegen wollten, so hätte Konrad das doch lieber nicht sagen sollen, er hätte nicht daran gedacht oder es sofort ignoriert haben sollen, auf später verschoben, weil wir doch alles auf später verschoben, weil es vorausschauend war, jetzt ans Einkaufen zu denken, und vorausschauend kam alles schnell ins Wanken.

Vorausschauend sollte ich in nicht einmal vierzig Stunden wieder arbeiten, vorausschauend musste ich zur Arbeit anderthalbtausend Kilometer zurücklegen, vorausschauend mit einem zerstörten Auto, das nicht uns gehörte, vorausschauend musste auch Katharina noch alles erklärt werden, was vorausschauend lange dauern würde, was mühsam sein würde, wofür wir erst einmal dringend schlafen müssten, Konrad allem Anschein nach noch mehr als ich, er wühlte aufgeregt in meinem Koffer herum, sagte immer wieder: «Wo ist denn?», und «Was zum Teufel?», und bemerkte den Irrtum erst, als ich ihn darauf aufmerksam machte, dann suchte er sich aus seinem Koffer ein paar trockene Sachen heraus und sagte: «Du bleibst hier und passt auf. Ich bin gleich zurück.»

«Okay», sagte ich, als Konrad schon längst zur Tür hinaus war, und natürlich war er nicht gleich zurück, anderthalb Stunden wartete ich, auf dem Sofa sitzend und in den leeren Kamin starrend, während über mir Katharina weiterschlief oder an die Decke starrte oder sich längst unbemerkt durchs Fenster davongemacht hatte, mit aneinandergeknoteten Laken zum Beispiel, das konnte ja nicht so schwer sein, und ich überlegte, wie viele Laken sie wohl da oben auftreiben konnte, ob zwei vielleicht schon ausreichten. Nichts von ihr war zu hören, keine Bewegung, kein Husten, keine Verwünschungen, doch ich traute mich nicht, nach ihr zu sehen, das wollte ich nur mit Konrad zusammen, obwohl jede Minute die Situation noch mehr in eine Schieflage brachte, mich weiter von Katharina trennte, und genau das Gegenteil war doch eigentlich die Absicht gewesen, und als Konrad schließlich mit vier vollgepackten Einkaufstüten, zwei in jeder Hand und unter jedem Arm noch ein Baguette, mit dem Fuß an die Tür klopfte, ließ ich mir Zeit mit dem Öffnen, fragte ihn, anstatt ihm mit den Tüten zu helfen, warum das denn so lange gedauert habe, und funkelte ihn dabei böse an. «Ich war nicht zum Vergnügen unterwegs», sagte er und funkelte zurück, und erst als alles eingeräumt war, entschuldigte ich mich, auch mit Konrad war doch das Gegenteil die Absicht gewesen, und wir sollten doch, soweit es ging, vergnügt sein, wenigstens das sollten wir, und ich beschloss, mir damit Mühe zu geben.

Konrad anscheinend auch, er ließ pfeifend Wasser in einen großen Stahltopf ein, schüttete dann erst etwas Salz und schließlich eine große Menge Muscheln aus einer blauen Plastiktüte hinein und sah mich strahlend an. «Miesmuscheln», sagte er, und ich sagte: «Lecker», obwohl ich noch nie Miesmuscheln gegessen hatte, auch noch nie einen Hummer, nie Langusten und sehr selten Fisch, der noch als solcher zu erkennen gewesen wäre. Alles, was aus dem Meer kam, war mir im Grunde verdächtig, es verdarb schneller, als man es zubereiten konnte, und wurde dann sofort hochgradig giftig, alles lebte noch beim Kochen oder zumindest unmittelbar zuvor, man wusste nie, was man mitessen durfte und was man sogar mitessen musste, weil sich dort, an den unwahrscheinlichsten Stellen, angeblich das beste Stück befand, in den Zangen zum Beispiel oder ausgerechnet in den Backen.

«Die müssen jetzt ein bisschen liegen», sagte Konrad. «Komm, wir sehen mal nach Katharina», dann öffnete er die schwarze Sporttasche und nahm die Möhren heraus, die wir im Treppenhaus noch schnell eingepackt hatten. «Das war vor tausend Jahren, oder?», fragte ich, und Konrad sagte: «Mindestens», und «Dafür sehen sie aber noch ganz gut aus», und ging dann die Treppe hinauf, die Möhren als weiße Fahne oder sogar als Geisel mit beiden Händen vor sich haltend, und ich lief mit Katharinas Tasche hinter ihm her. Wir klopften, mehrmals, und öffneten, nachdem wir keine Antwort erhalten hatten, vorsichtig an die Tür. Katharina lag auf dem Bett, die Beine angewinkelt, die Arme verschränkt, und sah zur Decke.

«Hallo, Katharina», sagte Konrad. Katharina sagte nichts. «Wie geht's?», fragte ich. Katharina sagte nichts. «Ich war einkaufen», sagte Konrad, «also, wenn du irgendetwas willst.» Katharina sagte immer noch nichts, auch nicht, als Konrad ihr die Möhren reichte, wortlos biss sie in eine hinein und kaute langsam. «Heute Abend gibt es Muscheln», sagte ich. «Wir rufen dich dann», sagte Konrad, und weil Katharina weiterhin schwieg, sagte ich noch: «Bis dann», und schloss vorsichtig die Tür.

«Sie braucht einfach etwas Zeit», sagte Konrad später, als wir gemeinsam die Muscheln aussortierten, putzten und von ihren Bärten befreiten, das hatte er mir alles gezeigt.

«Haben wir denn Zeit?», fragte ich.

Konrad sah von seiner Muschel auf. «Na klar», sagte er. «So viel wir wollen.»

So etwas sagt man schnell, ich weiß. So etwas darf man nicht wörtlich nehmen, und dennoch geht mir dieser Satz nicht aus dem Kopf, nicht aus den Ohren, er klingt immer noch nach. So viel wir also wollten, das beruhigte, und nachdem Konrad das gesagt hatte, schien es auch einleuchtend. Denn natürlich konnte ich mich krankmelden für ein paar Tage, für die ganze kommende Woche und, falls nötig, auch für die darauffolgende, und natürlich konnte Katharina die Hochzeitsvorbereitungen verschieben oder von hier aus delegieren, all das war doch möglich, und Konrad hatte, wie es schien, überhaupt keine Eile. So viel wir wollten, das glaubte ich Konrad am ersten Abend aufs Wort.

Und jetzt ist plötzlich keine Zeit mehr, obwohl ich doch noch viel mehr davon will, noch haufenweise, bis zum Abwinken, auch wenn ich all die Tage hier gar nicht wusste, was ich mit der ganzen Zeit anfangen sollte, auch wenn sie sich zu einem einzigen großen Zeitklumpen verklebte, in dem nichts zu trennen war, in dem alles ineinanderlief, zu einem Gemisch aus Muscheln und Schweigen und Meer, und es deshalb schwerfällt, Einschnitte auszumachen, Tage zu unterscheiden, Entwicklungen aufzuzeigen, doch irgendeine Entwicklung muss es gegeben haben, irgendeinen Verlauf, denn am Ende dieses Verlaufs stehe ich doch jetzt hier, laufe ich doch jetzt, immer bis zum Felsen und zurück, atme ich doch ein und aus und bin ratlos, und irgendwie muss ich doch hierhergekommen sein.

Am ersten Tag kochte Konrad die Muscheln mit Weißwein, Lorbeer und Petersilie, so viel steht fest. «Ganz schlicht», sagte er dabei mehrmals, das sei ja das Tolle an diesen frischen Meeresfrüchten, und ich deckte in der Zwischenzeit den Tisch, natürlich für drei Personen, doch als ich an Katharinas Tür klopfte und ihr sagte, dass wir jetzt essen könnten, erhielt ich keine Antwort, aber damit hatte ich auch nicht gerechnet. Konrad und ich warteten noch ein paar Minuten am Tisch, horchten, ob sich oben irgendetwas bewegte, und als es das nicht tat, sagte Konrad: «Komm, es wird kalt», und wir aßen ohne Katharina, türmten Schale auf Schale und tranken dazu den restlichen Weißwein, der mir schon nach den ersten Schlucken Lider und Zunge schwer machte.

«Bist du auch so müde?», fragte Konrad.

«Ja», sagte ich.

«Das wird seltsam, morgen aufzuwachen.»

«Wahrscheinlich», sagte ich.

«Was für ein Tag», sagte Konrad.

«Das kannst du laut sagen», sagte ich.

Wir beschlossen, dass Konrad wegen seines Rückens unten auf dem Sofa und ich oben in Hannas Jugendbett schlafen würde, doch keiner von uns stand auf, es erschien unmöglich, sich jetzt auf einmal die Zähne zu putzen, sich jetzt einen Pyjama anzuziehen, jetzt über einem Buch einzuschlummern, keine dieser Tätigkeiten stimmte mit der Entführung überein, mit der Ausnahmesituation, in der wir uns doch schließlich befanden, die wir doch schließlich herbeigeführt hatten, wissentlich herbeigeführt, und die wir jetzt, ob wir wollten oder nicht, auch wissentlich weiterzuführen hatten.

«Sollen wir eigentlich die Tür abschließen?», fragte ich.

«Hier klaut doch keiner was.»

«Ich meine wegen», sagte ich und deutete mit dem Zeigefinger an die Decke.

«Ach so», sagte Konrad. «Ja, vielleicht sollten wir das.»

«Und das Telefon müssen wir auch noch verstecken.»

«Das müssen wir auf jeden Fall.»

Aber auch dazu machte keiner von uns Anstalten, wir blieben sitzen, rieben uns die Augen und nippten noch einige Male an den fast vollen Weingläsern, und erst als wir oben auf einmal Schritte hörten, standen wir schnell auf, deckten den Tisch ab, warfen die Muschelschalen in den Müll, versuchten geschäftig zu wirken.

Katharina kam die Treppe hinunter. «Hast du Hunger?», fragte ich.

«Ja», sagte Katharina.

«Ich fürchte, die Muscheln sind jetzt kalt», sagte Konrad.

Katharina ging zur Küchenzeile und schaute lange in den Kühlschrank.

«Es gibt Käse», sagte Konrad.

«Und Brot. Soll ich dir eins schmieren?», fragte ich.

«Nein danke», sagte Katharina, nahm sich einen Joghurt aus dem Kühlschrank, öffnete eine Reihe von Schubladen, bis sie einen Löffel gefunden hatte, und ging dann wieder zur Treppe.

«Willst du nicht hier essen?», fragte ich.

Katharina blieb kurz stehen. «Ich glaube nicht», sagte sie.

«Bist du sehr wütend?»

«Das weiß ich noch nicht», sagte sie und fing an, die Treppe hinaufzugehen. «Ich sage es euch morgen.»

Vermeintliche Hunde

Bevor sie es uns sagen konnte, kam zunächst die Polizei. Ich war am Abend zuvor schnell eingeschlafen, nach wenigen Stunden allerdings wieder aufgewacht, verwirrt von der ungewohnten Stille, verwirrt von dem Raum, in dessen Schemen ich nichts wiedererkannte, verwirrt von dem viel zu kleinen Bett, und dann kamen die Erinnerungen an die vergangenen beiden Tage, die bereits verklebt waren, die bereits ineinanderflossen, eine nach der anderen tauchten die Tatsachen auf, an die Oberfläche, und weil ich mich nicht entscheiden konnte, ob es sich dabei um gute oder schlechte Tatsachen handelte, ob das alles die beste oder die katastrophalste Idee meines Lebens war, ob ich jubeln oder in Panik geraten sollte, konnte ich nicht wieder einschlafen, ich drehte mich im Jugendbett von einer Seite zur anderen, atmete tief ein und aus, was aber schon in jener Nacht nichts genutzt hatte, beobachtete, wie erst die Dämmerung und dann der Regen einsetzte, und irgendwann, es muss gegen acht Uhr früh gewesen sein, hörte ich ein Auto vor dem Haus halten, hörte Schritte, hörte ein Klopfen, das lauter wurde, und hörte schließlich Konrad, wie er «Une minute» rief und kurz darauf die Tür öffnete.

Ich zog mich schnell an und ging zu ihm hinunter. In der

Tür stand ein Polizist in blauer Uniform mit einem aufgeschlagenen Notizbuch in der Hand, er war höchstens Mitte zwanzig, was er durch eine in Falten gelegte Stirn zu vertuschen versuchte. Das ging ja schnell, dachte ich. Das ging viel zu schnell. So schnell konnte es gar nicht gehen. War Tobias schon zurück? Hatte er schon Anzeige erstattet? Oder war es Katharina gewesen? Und wie hat sie das Telefon gefunden? Wahrscheinlich hat sie abgewartet, bis wir eingeschlafen waren, ist auf Zehenspitzen zu Konrads Tasche, hat ihr Telefon darin gefunden, und dann hat sie die Polizei alarmiert. So muss es sich abgespielt haben. Aber woher wusste sie wohl die Nummer der französischen Polizei, musste man so etwas wissen, sollte ich so etwas auch schnell lernen? Oder hatte sie erst Tobias angerufen, und der hatte dann wiederum die Polizei in Frankreich benachrichtigt, und die war jetzt hier, oder war das etwa Interpol, waren wir jetzt international gesuchte Verbrecher? Wahrscheinlich bekamen wir ja Bewährung, davon war doch fast auszugehen, nicht vorbestraft und außerdem mildernde Umstände, auch wenn ich nicht wusste, wodurch sie gemildert wurden. Gleich würde ich spüren, wie sich Handschellen tatsächlich anfühlten. Bekam man wohl wirklich nur einen Anruf gewährt? Und wen würde ich anrufen? Meine Mutter? Katharina? Tobias? Nein, das konnte alles nicht stimmen. Wir würden nicht von einem Mittzwanziger verhaftet werden, den könnte ich im Notfall alleine überwältigen, Konrad könnte da getrost seinen Rücken schonen. Aber wenn er uns nicht verhaften wollte, was wollte er denn dann? Vor ihm stand Konrad, barfuß in einem zerknitterten weißen T-Shirt, die Haare zerzaust, «Mon frère», sagte er gerade. «Monsieur Rosenbach est mon frère.»

«Bonjour», sagte ich, und weil ich selbstbewusst wirken

wollte, schuldlos wirken wollte, sagte ich es schon wieder ziemlich laut. «Je m'appelle Felix Möchte.» Wie aus dem Lehrbuch. J'ai trente-quatre ans. J'habite à Berlin. Il pleut aujourd'hui. Comment tu t'appelles?

«Bonjour», sagte der Polizist mit einem kurzen Nicken in meine Richtung, und dann noch mehr, was ich nicht verstand, sodass ich hilfesuchend Konrad ansah.

«Die bescheuerte Nachbarin hat uns angezeigt», wisperte er mir zu.

«Warum denn das? Die weiß doch von nichts.»

«Keine Ahnung. Aber er fragt auch immer wieder nach dem Auto. So schnell kann das Tobias doch noch nicht gemeldet haben.»

«Oh, Scheiße. Die Nachbarin hat uns gesehen gestern, als wir das Auto kaputt gemacht haben.»

«Ist doch nicht verboten, sein Auto kaputt zu machen.»

«Es ist aber nicht unser Auto.»

«Das weiß doch keiner.»

«Excusez nous», sagte ich, den Polizisten anlächelnd, der das als Anlass nahm, wieder auf uns einzureden, Konrad verstand anscheinend mehr als ich. «Nous sommes en vacances», sagte er, und «Je suis Konrad Rosenbach, le frère», der Polizist wiederholte immer nur fragend «Rosenbach?», bis Konrad schließlich seinen Personalausweis holte, dem Polizisten hinhielt und dann immer abwechselnd auf das «Rosenbach» im Ausweis und das auf dem Klingelschild neben der Tür zeigte.

Entweder reichte das dem Polizisten, oder ihm wurde die Sache zu anstrengend, auf jeden Fall sagte er irgendwann: «Bon», und klappte das Notizbuch zu, in das er, soweit ich sehen konnte, gar nichts eingetragen hatte, und als er sich umdrehte, um zu gehen, hörte man Katharina oben ihre

Zimmertür öffnen und ins Bad gehen, der Polizist blieb stehen und sah uns fragend an.

«C'est Katharina», sagte Konrad.

«Le chien», ergänzte ich schnell, weil ich Angst hatte, dass der Polizist sonst vielleicht mit ihr reden wollte, und wir wussten ja noch nicht, wie wütend sie auf uns war, ob es ausreichte, um einem jugendlichen bretonischen Polizisten alles zu erzählen. Und ein anderes Wort als «chien» war mir in der Eile nicht eingefallen, ich musste immer noch die ganze Zeit an Estelle und Jean-Luc aus meinem Französisch-Schulbuch denken, und die beiden hatten schließlich auch einen Hund gehabt.

Konrad sah mich entsetzt an, doch der Polizist nickte nur ein paarmal kurz und drehte sich wieder um. Dabei schien ihm das Auto wieder einzufallen. «Et la voiture?», fragte er.

Konrad zuckte mit den Achseln. «La voiture va bien», sagte er.

«Bon», sagte der Polizist noch einmal, und «Bonnes vacances», und dann stieg er schnell in sein Auto und fuhr davon, und Konrad und ich blickten ihm länger nach, als es zu sehen war.

«Le chien», sagte Konrad.

«Tut mir leid», sagte ich. «Mir ist nichts anderes eingefallen.»

«Das hätte ganz schön ins Auge gehen können.»

«Ist es aber nicht, oder?»

Konrad atmete laut durch die Nase aus und ging dann ins Haus. Im benachbarten Hof stand wieder die Nachbarin. «Bonjour», sagte ich wieder, ohne eine Antwort zu erwarten, und dann noch «Nous sommes en vacances».

Ich mochte diesen Satz, denn auf einmal sollte er stimmen, auf einmal wollte ich, dass der Urlaub einsetzte, meinetwegen nur für einen Tag, nur für ein paar Stunden, genug, um ans Meer zu gehen, die Zehen ins Wasser zu halten, bis man sie nicht mehr spüren könnte, und dann würde ich Katharina alles erklären, in Ruhe, erholt, und natürlich würde sie es verstehen, was gab es daran auch nicht zu verstehen?

«Kennst du die Nachbarin?», fragte ich Konrad, während er Kaffeewasser aufsetzte und ich den Frühstückstisch deckte. «Nur vom Sehen», antwortete er, «mein Bruder fürchtet sich regelrecht vor ihr, weil sie nie grüßt und immer nur ihre Pfeife raucht. Madame La Pipe haben wir sie letztes Jahr genannt.»

«Und glaubst du, sie lässt uns jetzt in Ruhe?»

Konrad zuckte mit den Schultern, nahm das kochende Wasser vom Herd und goss es über den Kaffeefilter. «Die haben hier bestimmt nur den einen Polizisten, der kommt nicht noch einmal», sagte er.

Von oben waren wieder Schritte zu hören, Konrad und ich schauten uns kurz besorgt an, und bemühten uns dann, geschäftig zu wirken, Konrad sah nach den Croissants im Ofen, ich durchsuchte die unvertrauten Schränke nach weiteren Frühstücksutensilien, sodass wir uns, als Katharina schließlich die Treppe hinunterkam, nur kurz umdrehen und fröhlich «Guten Morgen» sagen konnten, ohne abwarten zu müssen, ob sie das auch sagt, ohne erfolglos ihre Mimik nach irgendwelchen Aussagen abzusuchen. Die meisten Schränke hatte ich bereits mehrfach durchsucht, als der Kaffee endlich fertig war, alleine wollte ich mich auf keinen Fall zu Katharina an den Tisch setzen. Ich schenkte ein, Konrad brachte die Croissants, «Vorsicht, heiß», sagte er, und ich sagte: «Die sehen ja gut aus», und rührte in meinem Kaffee, obwohl ich weder Milch noch Zucker hineingetan hatte, und sah aus den Augenwinkeln, dass Katharina nichts anrührte, uns nur betrachtete, und zweifellos würde es gleich kompliziert werden.

«Hast du gut geschlafen?», fragte Konrad, und weil Katharina nicht antwortete, sagte stattdessen ich: «Danke, gut. Und du?», «Geht so», sagte Konrad, und Katharina sagte: «Ich habe es mir überlegt, ich bin sehr wütend», und endlich konnten wir sie ansehen, endlich gab es nichts mehr einzuschätzen.

Sie sah immer noch müde aus, dunkle Schatten unter den Augen, der Blick glasig, sie nahm sich jetzt auch ein Croissant, schnitt es behutsam seitlich auf, sodass Dampf aus dem Innern quoll, und begutachtete dann die Etiketten der verschiedenen Marmeladen, die ich in einem der Schränke gefunden hatte, alles selbst eingemacht, von Konrads Bruder oder der Schwägerin, «Quitte / Rhabarber» hatte ich gelesen und «Brombeer / Apfel».

«Das ist dein gutes Recht», sagte Konrad, und Katharina sagte, und ob dass ihr Recht sei, und sah dabei nicht von den Marmeladen auf, entschied sich schließlich für «Pfirsich / Cassis» und begann, eine Croissanthälfte damit zu bestreichen.

«Das verstehen wir natürlich», sagte ich, und Katharina strich weiter, eine fließende Bewegung mit dem Messer, als ob sie es schärfen wollte. «Das ist schön», sagte sie, «aber auf euer Verständnis bin ich nicht angewiesen.»

Konrad hatte sein Croissant die ganze Zeit über in den Kaffee getunkt, es troff geradezu, und er legte es nach einem kurzen Blick auf dem Teller ab. «Wir aber auf deins», sagte er.

Katharina sah ihn kurz an, noch immer, ohne einen Bissen genommen zu haben, und sagte, dass wir damit wohl kaum rechnen könnten.

Ich war der Einzige, der aß, und musste schnell schlucken, um zu fragen, ob sie uns nicht wenigstens eine Chance geben würde, alles zu erklären, und Katharina sagte, wir hätten ihr doch auch keine Chance gegeben. Doch, sagte ich, genau das hier solle eine Chance sein, und Katharina begann wieder, auf ihrem Croissant herumzustreichen, eine Entführung als Chance auszugeben, sei doch reichlich gewagt, und ich sagte: «Das will ich hoffen», und weil ich darauf keine Erwiderung hören wollte, weil ich selbst wusste, was es darauf alles zu erwidern gab, sagte ich noch, dass ich außerdem den Eindruck hätte, ihr Croissant sei jetzt ausreichend beschmiert, und zu meiner Verwunderung ließ Katharina daraufhin tatsächlich das Messer sinken, führte das Hörnchen mit beiden Händen zum Mund und biss hinein, etwas Marmelade blieb in ihrem Mundwinkel hängen, ein kleiner roter Fleck, von dem ich hoffte, dass sie ihn nicht so schnell bemerken würde, ich mochte den Fleck, er stand ihr, er machte alles ein wenig mehr so, wie es sein sollte.

Wie dem auch sei, sagte sie dann kauend, auf jeden Fall werde sie jetzt fahren, gleich nach dem Frühstück, sie wünsche uns noch angenehme Tage hier.

Ich wollte nicht, dass es so schnell schon zu Ende war, es hatte doch noch nicht einmal begonnen, es war noch nicht einmal losgegangen, so war das nicht geplant gewesen. Geplant war gewesen, endlich einmal ein wenig Zeit zu haben, ein wenig Ruhe, in der man sich über Dinge klar werden könnte, eine Ausnahmesituation war geplant gewesen, aber die schien uns gerade aus den Händen zu gleiten, und ich wusste nicht, wie sie festzuhalten wäre.

«Fahr noch nicht», sagte Konrad leise und drückte dabei mit der flachen Seite des Messers auf sein Croissant, sodass sich eine kleine Kaffeelache auf dem Teller bildete.

«Und warum nicht?», fragte Katharina, «nenn mir einen einzigen Grund», und Konrad atmete laut durch die Nase. «Das war eine Bitte», sagte er. «Bitten brauchen keine Gründe.»

Ich hatte wahrscheinlich etwas zu lange auf den Marmeladenfleck in Katharinas Mundwinkel gestarrt, denn auf einmal tupfte sie ihn mit dem kleinen Finger ab, betrachtete ihn und leckte den Finger schließlich ab. «Das mit dem Bitten fällt euch reichlich spät ein», sagte sie, und ich erwiderte: «Aber immerhin fällt es uns ein», um überhaupt etwas zu erwidern, um das Gespräch in Gang zu halten, denn solange wir sprachen, war das Frühstück noch nicht beendet, konnte Katharina noch nicht abreisen, aber ich hätte es dennoch nicht sagen sollen, denn Katharina fuhr mit einem Mal auf, «Was? Was fällt euch immerhin ein?», fragte sie, «dass man mich entführen könnte? Dass man mich vorher betäuben könnte? Dass meine Antworten, meine Entscheidungen einfach ignoriert werden könnten?», und sie fragte es sehr laut und nicht so, als ob sie darauf wirklich eine Antwort erwartete, und immerhin das traf sich gut, weil ich auch keine wusste, wieder einmal nicht, und auch Konrad sagte nichts, er schaute starr in die Kaffeelache auf seinem Teller, und erst als Katharina aufstand und sagte, dass sie jetzt mal ihre Sachen holen würde, schaute er auf. «Und wo willst du hin?», fragte er.

«Nach Hause», sagte Katharina.

«Und wie?», fragte er, und Katharina sagte: «Mit dem Zug», und Konrad sagte, dass er ihr aber nicht verraten werde, wo der Bahnhof sei, und Katharina sagte, dass sie dann halt jemanden fragen würde, und Konrad sagte, dass sie kein Geld habe, und Katharina sagte, dass sie schon welches auftreiben würde, und Konrad sagte, dass wir die Tür abschließen würden, und Katharina sagte, dass sie dann halt durchs Fenster steige, und Konrad sagte, dass es regnen und sie sich erkälten würde, und Katharina sagte: «Darauf freue ich mich schon», und dann drehte sie sich um und ging die Treppe hinauf, und Konrad schloss tatsächlich die Tür ab, auch wenn das gar nicht notwendig schien, denn Katharina kam nicht wieder herunter. Wir hörten sie eine Zeit lang in ihrem Zimmer auf und ab gehen, dann verstummten die Schritte, wir schauten noch eine ganze Weile, fünf Minuten, vielleicht sogar zehn, an die Decke, über der sich nichts mehr regte, dann sagte Konrad: «Scheint so, als hätte ich sie überzeugt.»

«Ja, scheint so», sagte ich, und wir setzten uns wieder an den Frühstückstisch, Konrad nahm sich Katharinas unangerührte Croissanthälfte. «Die will sie wohl nicht mehr», sagte er.

Dass Katharina anfangs etwas verhalten reagieren würde, hatten wir eingeplant, das durfte uns nicht allzu sehr beunruhigen, da brauchten wir vielleicht nur etwas Geduld, da galt es abzuwarten. Nicht geplant war jedoch, was wir während des Abwartens tun sollten, nicht geplant war, dass Konrad und ich auf den Frühstückstisch starrten, nicht geplant war der Regen draußen, überhaupt nicht geplant war die Unschlüssigkeit, die jetzt einsetzte, und ich hatte mit vielem gerechnet, mit Wortgefechten, mit Gebrüll, sogar mit Handgreiflichkeiten, aber nicht mit Langeweile, ich hatte damit gerechnet, dass die Zeit nur so fliegt, dass wir sie kaum halten könnten, aber nicht mit diesem in eine leichte Verzweiflung übergehenden Erstaunen darüber, dass es noch nicht einmal Mittag war, dass nach diesen zwei Tagen, in denen alles durcheinanderpurzelte, alles immer mitgerissen wurde, jetzt nichts mehr riss, nichts mehr zerrte und wir tatsächlich nur warten konnten, auf Katharina, darauf, dass sie entweder ihre Meinung änderte oder dem Ganzen ein vorzeitiges Ende bereitete.

«Wollen wir uns mal das Meer anschauen?», fragte ich, weil wir doch schließlich an einem Meer waren und Langeweile an einem Meer doch eigentlich nichts zu suchen hatte.

Konrad sah an die Decke. «Einer von uns sollte hierbleiben», sagte er.

«Wegen Katharina?»

«Natürlich wegen Katharina.»

«Wenn sie gehen will, könnten wir doch ohnehin nichts dagegen machen», sagte ich, denn auch das war nicht eingeplant. Wir hätten nichts tun können, als uns ihr in den Weg zu stellen, und das würde nicht reichen, sie könnte mühelos um uns herumgehen, und weder Konrad noch ich würden uns trauen, sie daran zu hindern. Das wusste Konrad ebenso gut wie ich, auch wenn er jetzt sagte, dass trotzdem einer von uns dableiben sollte. «Sicherheitshalber», sagte er, «aber geh ruhig», und ich sagte: «Ja, gleich. Ich glaube, der Regen klingt gerade ab.»

Aber das tat er nicht, im Gegenteil, die Sicht verschwamm immer mehr, wir räumten den Frühstückstisch ab, spülten die Teller, wischten den Tisch ab, sehr gründlich machten wir das alles und sahen dabei immer wieder zur Decke. «Was hat sie wohl vor?», fragte ich, und Konrad sagte: «Keine Ahnung, vielleicht gar nichts», und ich fürchtete, dass er damit recht hatte.

Konrad nahm sich aus dem Regal neben dem Kamin ein Fischkochbuch und setzte sich damit an den Esstisch, ich entschied mich für einen Kriminalroman, legte mich aufs Sofa, und auf diesen Positionen blieben wir, blätterten nur um, hin und wieder stand einer von uns auf, um einen Kaffee zu kochen oder sich ein Glas Wasser einzuschenken, «Willst du auch?», fragte man dann, und der andere sagte: «Ja.»

Als gegen Mittag oben endlich Schritte zu hören waren, blickten Konrad und ich uns erleichtert an. Katharina kam die Treppe herunter, in Schuhen und Jacke, was kein gutes Zeichen war, aber immerhin ohne Tasche. Sie schaute konzentriert geradeaus und ging wortlos zur Tür.

«Wo willst du hin?», fragte Konrad, und ich hörte, wie er sich bemühte, das ausschließlich interessiert klingen zu lassen.

«Raus», sagte Katharina, zog ein paarmal erfolglos an der Klinke und ließ sie dann los. «Würdet ihr bitte aufschließen?»

Auch dazu war nichts abgesprochen. «Natürlich», sagte ich, weil mir alles andere unangemessen vorkam, und Konrad sagte: «Warte», schlug sein Kochbuch zu und stand auf. «Wir kommen mit.»

Katharina ging voraus. Sie war auch früher immer schon schnell gegangen, so schnell, dass es ganz unmöglich war, mit ihr spazieren zu gehen, weil man stets viel zu früh dort angekommen war, wo man, um irgendein Ziel zu haben, hingewollt hatte, und auf dem Rückweg hatten Konrad oder ich sie dann immer ermahnt. «Schlendere doch einmal», hatten wir gesagt, und «Genieß bitte die Umgebung», und dann war Katharina für ein, zwei Minuten langsamer gegangen, bis sie doch wieder in ihren normalen Schnellschritt verfiel und man viel früher wieder zu Hause war als geplant und den Nachmittag schließlich mit anderen Dingen als Spazierengehen verbrachte.

Und jetzt schien sie sich um einen besonders eiligen Schritt zu bemühen, versuchte offenbar, immer ein, zwei Meter Vorsprung zu halten. Konrad lief links hinter ihr, ich rechts, und wir hatten beide große Mühe, nicht noch weiter zurückzufallen. Alle drei gingen wir mit verschränkten Armen und mit gesenktem Kopf, um den Regen aus den Augen zu halten, dafür gelangte er überall sonst hin, in meine Haare, meinen Nacken, meine Schuhe, deren saugende Geräusche mit denen aus Konrads und Katharinas Schuhen zusammenklangen, in den Hosenstoff, der schon nach wenigen Minuten an den Schenkeln klebte und die Schritte schwer machte. Katharina lief zielstrebig voran, als ob sie den Weg kennen würde, bog an einem Kreisverkehr rechts ab, dann immer geradeaus, eine steile, schlecht asphaltierte Straße hinunter, links und rechts Brombeerbüsche, unbewohnte Ferienhäuser und austauschbare Neubauten, aus deren Gärten uns Hunde ankläfften, dann bogen wir um eine Kurve, und vor uns lag das Meer.

Es lag hinter einem Parkplatz, die Ebbe ließ Platz für viel Strand, links und rechts davon ragten Felsen weit ins Wasser. Der Wind wurde stärker, trieb mir Tränen in die Augen, biss in den Ohren, und ich wollte zurück ins Haus. Ich wollte ein Heißgetränk, ich wollte eine Dusche, ein dampfendes Bad, beschlagene Spiegel, Daunen und nicht diesen kalten Strand, nicht diese hochgezogenen Schultern, nicht das Ziehen im Rücken, doch Katharina ging immer weiter und Konrad und ich immer hinter ihr her.

Ich war seit Jahren nicht mehr über Sand gelaufen, anfangs war er noch wellig, die Schuhe sanken tief, brachen die vom Regen verhärtete Oberfläche auf, gruben sich in die trockenen Schichten darunter, nach einigen Schritten wurde der Sand noch dunkler, flächig und fast komplett übersät mit kleinen Muschelscherben, mit Schneckenhäusern, weiter unten dann auch mit Algenresten und allem anderen, was die Flut zurückgelassen hatte, ausgewaschene Glasscherben, Holzstückchen, Plastikflaschenteile. Wir liefen, bis wir das Meer erreicht hatten, bis seine unentschlossenen Ausläufer an unsere Füße heranschwappten, dort blieben wir stehen, der Wind krümmte uns, und wir schauten auf den Horizont, schauten, so weit das Auge reichte, die hohen Wellen, die Gischt, keine Schiffe, und ich setzte an, um etwas zu sagen, etwas Großes am besten, etwas Entscheidendes, etwas, das der Ausnahmesituation endlich gerecht würde; es dürfte ruhig etwas pompös ausfallen, das wäre nicht schlimm, der Wind würde es sofort verwehen, und nichts stände im Raum. Doch mir fiel nichts ein, beim besten Willen nicht, aber da ich schon einmal angesetzt hatte, musste ich nun auf jeden Fall etwas sagen, ich fragte: «Ist das eigentlich der Atlantik?», und der Wind verwehte es sofort, auch Konrads «Ja» verwehte er, nur bei Katharina hatte er wieder einmal nichts zu tun, blies ihr nur ein paar Haarsträhnen ins Gesicht, die sie sich dann hinters Ohr strich, auch wenn sie dort nicht hielten, und irgendwann drehte sie sich um, und wir gingen, im eingespielten Abstand, die Straße wieder hinauf, vorbei an den Häusern und Hunden, zurück zum Haus.

Im Nebenhof sah ich wieder Madame La Pipe. Sie stand vor ihrer Tür unter einem durchsichtigen Regenschirm, rauchte ihre Pfeife und sah ausdruckslos zu uns herüber. «Comment allez-vous?», fragte ich, wartete ein paar Sekunden erfolglos auf eine Antwort, dann sagte ich: «Ça va très bien», obwohl das nicht stimmte, aber es wäre wahrscheinlich zu kompliziert gewesen, ihr das alles zu erklären.

Als ich dann ins Haus ging, war Katharina schon wieder

in ihrem Zimmer verschwunden und Konrad gerade dabei, sich trockene Sachen anzuziehen. Ich ging nach oben, um dasselbe zu tun, vor Katharinas Tür blieb ich kurz stehen und presste mein Ohr an die Tür, nichts war zu hören, nur ein Rauschen, vom Regen oder meinem Blutkreislauf, das konnte ich nicht unterscheiden.

Als ich wieder nach unten kam, stand Konrad etwas verloren vor dem Sofa. «Hast du Hunger?», fragte er, ich schüttelte den Kopf, Konrad sagte: «Ich auch nicht», und es klang bedauernd.

Im untersten Regalbord fanden wir eine Spiele-Sammlung. Von den *Backgammon*-Steinen gab es zu wenig, die Schachfiguren fehlten komplett, und so entschieden wir uns schließlich für *Fang den Hut*, auch wenn es keinem von uns wirklich Spaß machte, und deshalb zogen wir unsere Hütchen, Konrad die blauen, ich die roten, nur halbherzig übers Brett und machten zwischen den Zügen oft so lange Pausen, dass wir ständig vergaßen, wer eigentlich an der Reihe war, und es willkürlich festlegen mussten.

Aber immerhin hatten wir eine Beschäftigung, wenn auch keine besonders anregende, was Katharina hingegen oben im Schlafzimmer trieb, blieb rätselhaft, ihr Buch musste sie mittlerweile ausgelesen haben, und so blieb sie wahrscheinlich nur aus Abgrenzung, als Aussage dort, und das schien mir noch weniger anregend als *Fang den Hut*, schlicht und ergreifend albern war das, sie sollte sich zu uns setzen, sie sollte Grün nehmen, auch davon gab es noch vier Hütchen, sie sollte meinetwegen auch gewinnen, haushoch, wenn das helfen würde, sie sollte, wie Konrad und ich, das Beste aus der Situation machen, doch dann fiel mir ein, dass das alles weit entfernt vom Besten war, so weit entfernt, dass es höchstens als Etappe auf dem Weg dorthin zählen konnte, als Aufwärmübung, als Startposition, und als Katharina während der dritten Partie zu uns nach unten kam und ich fragte, ob sie nicht mitspielen wolle, schüttelte sie ohnehin den Kopf.

«Langweilst du dich da oben nicht?», fragte ich, und Katharina sagte: «Und ob», sah eine Zeit lang aufs Spielbrett, als gelte es eine besonders vertrackte Stellung zu durchschauen, und holte sich dann eine frische Möhre aus dem Kühlschrank.

Kauend stand sie am Fenster und sah hinaus, auch sie hatte sich umgezogen, trug jetzt die andere Jeans und den dünneren der beiden Pullover. «Müsst ihr morgen eigentlich nicht arbeiten?», fragte sie, und Konrad und ich sagten schnell: «Nein», und taten so, als wären wir in unser Spiel vertieft, obwohl wir wieder nicht einmal wussten, wer eigentlich an der Reihe war.

Katharina biss krachend ein weiteres Stück Möhre ab. «Dann ist ja gut», sagte sie und ging wieder nach oben, und wir schauten ihr lange nach. «Revanche?», fragte Konrad dann, obwohl das Spiel noch gar nicht zu Ende war, ich sagte: «Vielleicht später», und wir saßen uns schweigend gegenüber. Konrad steckte sich Hütchen auf alle Finger und ließ die so verlängerten Kuppen aufeinanderklackern, und ich schaute aus dem Fenster, versuchte zu sehen, was Katharina eben gesehen hatte, als ob es Spuren hinterlassen hätte, doch ich sah hauptsächlich Regen, die strähnigen Wasserfälle, die der Wind gegen das Fenster warf, die Pfützenlandschaften, die nicht zur Ruhe kamen, die sich immer weiter ausbreiteten. Aus dem Abfluss der Regenrinne strömte es unablässig, der Boden war aufgeschwemmt und von tiefen Rinnsalen durchbrochen, vom Dach des Toyota und auch von dem des Peugeot daneben, der wohl Madame La Pipe gehörte, sprangen schwere Tropfen zurück in die Luft.

Konrad begann mit seinen neuen Fingerkuppen auf dem Tisch zu trommeln, er schien das Geräusch zu mögen, gleichmäßig, in einer fließenden Bewegung ließ er die einzelnen Finger fallen, wie ein Pianist bei einer langweiligen Übung. «Konrad, bitte», sagte ich, und er hörte sofort damit auf, zog die Hütchen ab und begann in der *Ouest-France* zu blättern, die er gestern vom Einkauf mitgebracht hatte, und ich steckte das Telefon ein, um im Krankenhaus anzurufen.

«Grippe», sagte ich, ja, da gehe gerade wieder was um, und ich könne nicht genau sagen, wie lange es sich bei mir wohl noch hinziehen werde. «Es sieht leider im Moment nicht so gut aus.»

«Du lügst miserabel», sagte Konrad, nachdem ich aufgelegt hatte, ohne von seiner Zeitung aufzusehen, und ich sagte, dass es keine Lüge, sondern lediglich eine Vereinfachung gewesen sei, und Konrad fragte: «Wo ist denn da der Unterschied?», und blätterte um.

Ich legte mich aufs Sofa und las den am Vormittag begonnenen Krimi weiter, die meisten Charaktere konnte ich schon nicht mehr zuordnen, doch das störte nicht, bald würde ich sie ohnehin vergessen haben. Ein paarmal kam Katharina noch herunter, um sich eine neue Möhre zu holen, und immer, wenn ich die Schritte über mir hörte, klappte ich das Buch zu und folgte ihr mit meinen Augen von der Treppe zum Kühlschrank zum Fenster, von wo aus ich es krachen hörte. Sie stand dort immer sehr aufrecht, den rechten Ellbogen in die linke Handfläche gestützt, die Schultern bebten leicht, aber das lag wahrscheinlich am Kauen, und immer, wenn sie anschließend wieder nach oben ging, schlug ich den Krimi wahllos an irgendeiner Stelle auf, und nichts erschien mir vertraut.

Konrad begann früh mit dem Kochen, Miesmuscheln als Salat mit Kartoffeln und Safran, nach einem Rezept, das er mir schon am Vormittag vorgelesen hatte.

Vorsichtig klopfte ich bei Katharina, das Essen sei gleich fertig, sagte ich durch die geschlossene Tür, und sie antwortete, dass sie keinen Hunger habe.

«Du hast doch heute noch so gut wie nichts gegessen», sagte ich und ärgerte mich über das Mütterliche in meinem Tonfall und ergänzte deshalb schnell: «Wie du willst.» Katharina erwiderte nichts, jedenfalls nichts Hörbares, ich stand noch ein paar Sekunden vor ihrer Tür, die wir, wie ich jetzt fand, gleich zu Beginn hätten aushängen sollen, dann ging ich wieder nach unten.

«Sie kommt nicht», sagte ich zu Konrad.

Er sah weiter das Gewürzbord durch. «Selbst schuld», sagte er, doch ich hörte das Atmen durch die Nase, klopfte ihm kurz auf die Schulter und begann, den Tisch zu decken, zwei Teller, zwei Gabeln, zwei Messer, zwei Gläser, und das stimmte einfach nicht.

Beim Essen lobte ich den Muschelsalat wahrscheinlich ein bisschen zu häufig, und Konrad erzählte mit etwas zu glänzenden Augen von der Gegend hier, vom Wind, der sich im Laufe der Jahrhunderte in die Landschaft eingepeitscht habe, von den schroffen Felsküsten, in denen sich massenhaft alte Schmugglerhöhlen finden ließen, von Springfluten und Fischmärkten, von Hinkelsteinen, und ich sagte, das klinge ja großartig und dass wir hoffentlich Gelegenheit hätten, uns das alles anzusehen.

Konrad sah hinaus in den Regen. «Morgen wird es bestimmt besser», sagte er, und ich wusste nicht, ob er das Wetter meinte oder alles andere. «Ich hoffe», sagte ich, weil das auf beide Möglichkeiten zutraf. «Es wird langsam Zeit.»

Nach dem Essen spielten wir ungefragt *Fang den Hut*, Konrad hatte wie selbstverständlich das Brett ausgebreitet und ich ebenso selbstverständlich die Hütchen verteilt, Blau für Konrad, Rot für mich, doch wir spielten noch unkonzentrierter als sonst, häufig zog einer von uns mehrmals in Folge, das wurde nicht reklamiert, das glich sich im Laufe des Abends ohnehin irgendwann aus.

«Für wie lange kannst du dich denn krankmelden?», fragte Konrad und würfelte.

«Für unbestimmte Zeit», sagte ich.

«Das ist gut.»

«Und du?», fragte ich. «Musst du nicht irgendwem Bescheid sagen?»

Konrad kratzte sich am Kopf. «Eigentlich nicht», sagte er und zog sein Hütchen vier Felder nach vorne, obwohl er weder an der Reihe gewesen war noch eine Vier gewürfelt hatte. «Seltsam, immer einfach so verschwinden zu dürfen», sagte er. «Und dafür, dass ich es darf, mache ich es viel zu selten.»

«Was zum Teufel arbeitest du denn jetzt eigentlich?»

«Ach, dies und das.»

«Hör bitte auf mit diesem ‹Dies und das›, Konrad. Du bist doch nicht beim Geheimdienst.»

Konrad lächelte und würfelte noch einmal.

«Oder etwa doch?», fragte ich.

«Nein, leider nicht.»

«Und was sonst?»

Konrad nahm sich schon wieder den Würfel, ohne in der Zwischenzeit gezogen zu haben. «Meistens nichts», sagte er.

«Nein, das stimmt nicht, das wollte ich nicht mehr sagen. Ich lese viel, schaue fern, ich informiere mich.»

«Und wovon lebst du?»

«Hauptsächlich vom Ghostwriting.»

«Ghostwriting?»

«Ja, akademisches Ghostwriting. Da gibt es so Agenturen, für Seminararbeiten, Essays, Diplomarbeiten, theoretisch auch Promotionen, aber damit hat mich noch niemand beauftragt.» Jetzt bewegte er endlich sein Hütchen, kam damit aber nach einigen Feldern von der Strecke ab und stellte es vor sich auf den Tisch.

«Und davon kannst du leben?», fragte ich.

«Noch nicht, nein. Das ist nur Teil einer Mischkalkulation.»

«Und was sind die anderen Teile?»

Konrad lachte. «Dispokredite und in letzter Zeit auch wieder meine Eltern.»

«Oh», sagte ich unabsichtlich, und Konrad sagte: «Allerdings», und setzte das Hütchen vom Tisch zurück aufs Spielfeld, auf ein anderes blaues. Ich sollte wohl nicht weiter nachfragen, dabei fand ich das alles höchst fragwürdig, beinah skandalös, Konrad, der ewig Beste, Konrad, der Überflieger, Konrad, um den man sich nie Sorgen machen musste, dem immer alles offenstand, alles so leichtfertig gelang, dass es schon längst nicht mehr überraschte, war auf einmal Konrad, der informierte Ghostwriter mit Elternunterstützung. Und mit alldem schien er sich abgefunden zu haben, sogar angefreundet, doch ich wollte mich nicht so schnell damit anfreunden, und Konrad sollte das gefälligst auch nicht, er hatte sich doch immer nur mit wenig angefreundet, und mit noch weniger abgefunden, schien stattdessen immer schon weit vorgeeilt zu sein, «Was ist denn aus deinen Seminaren geworden?», fragte ich, und Konrad winkte ab, «Ach die», sagte er.

Ich bin mir nicht sicher, warum mich dieses Abwinken so aufregte, warum ich plötzlich ein mitreißendes Plädoyer für seine Seminare halten wollte, die ich damals nie richtig ernst genommen hatte, aber immer war ich überzeugt davon gewesen, dass Konrad sie ernst nahm, dass er tatsächlich einen Plan damit verfolgte, und um den hatte ich ihn beneidet.

Er wich meinem Blick aus, fuhr mit den Fingernägeln die Maserung des Tisches ab und blickte sich dankbar um, als wir von oben Schritte hörten. Katharina kam die Treppe hinunter, ging zu uns an den Tisch und hob den Deckel vom Kochtopf, in dem sich noch die restlichen Kartoffeln vom Abendessen befanden.

«Wusstest du, dass Konrad zurzeit die Hausarbeiten für reiche Studenten schreibt?», fragte ich.

«Schön», sagte Katharina, nahm sich Konrads Gabel und spießte damit eine Kartoffel auf.

«Schön?», sagte ich. «Schön? Das ist nicht schön. Das ist ein Lakaienjob. Bist du gerade flüssig, Katharina? Dann kann er dir auch deine Promotion schreiben», und Konrad sagte nein, Soziologie mache er höchstens Grundstudium, und Katharina sah abwechselnd ihn an und mich, als wisse sie nicht, ob das hier ein Spiel sei, das sie nicht verstehe. «Schade», sagte sie dann und biss in die Kartoffel.

Und auf einmal hatte ich genug von ihrer Einsilbigkeit, gleichgültig, wie viel Schuld ich selbst daran trug, ich wollte endlich einen vollständigen Satz von ihr, meinetwegen sollte sie sich dabei verhaspeln, meinetwegen sollte sich die Stimme überschlagen, nur irgendeine Regung. «Ist das alles, was du dazu zu sagen hast?», fragte ich sie, und Katharina kaute geduldig zu Ende. «Ja», sagte sie dann, und ich sagte, das sei ja eine sehr übersichtliche Meinung, und Konrad sagte: «Lass sie doch», und Katharina sagte, was Konrad mit seinem Leben mache, gehe sie nichts an, «Nicht mehr», fügte sie hinzu, und ich versuchte vergeblich, ein Bedauern in diesem Zusatz auszumachen. «Damit machst du es dir aber einfach», sagte ich, und Katharina fragte, was es denn daran auszusetzen gebe, und Konrad sagte: «Nichts», und ich sagte: «Jede Menge», und Katharina sagte: «Da bin ich aber gespannt», und sah mich, mit der Gabel gegen ihre Lippen schlagend, auffordernd an.

«Darum geht es doch jetzt gar nicht», sagte ich. «Es geht darum, dass Konrad sich unter Wert verkauft», und dann kam endlich Katharinas vollständiger Satz, ihre Regung, sie sagte: «Ach, Konrad auch. Ich dachte, wir seien hier, weil du denkst, dass ich mich unter Wert verkaufe. Du bist auf deiner großen Rettungsaktion, alle in einem Aufwasch. Mich bewahrst du vor der Hochzeit, Konrad vor dem beruflichen Niedergang, wenn du Glück hast, brennt morgen irgendwo eine Schule und du kannst noch ein paar Kinder aus den Flammen tragen. Aber dafür, dass du alles besser weißt, weißt du verdammt wenig», und dann spießte sie eine weitere Kartoffel auf, die wohl etwas zu weich gekocht war, denn sie brach auseinander, eine Hälfte fiel auf das *Fang den Hut*-Spielbrett und stand dann dort wie ein seltenes Naturphänomen zwischen den Figuren.

Ich erwiderte nichts. Wir schienen uns gerade in einem großen Missverständnis verfangen zu haben, das sich bestimmt leicht aus der Welt schaffen ließe, wenn man nur Ruhe bewahrte, wenn man nur einen Schritt zurücktrat, doch ich hatte Angst vor diesem Schritt zurück, Angst davor, die Perspektive zu verschieben, weil dann leicht alles anders aussieht und man sich auf einmal nicht mehr zurechtfindet, sich seiner Sache auf einmal nicht mehr sicher sein kann, und das wollte ich unbedingt vermeiden, denn der ganze Plan mit der Entführung ging nur auf, wenn ich mir meiner Sache sicher war, wenn auch Konrad seiner Sache sicher war, die hoffentlich die gleiche Sache war wie meine und der auch Katharina zum Schluss sicher sein sollte. Und während der ganzen letzten Stunden, der letzten Tage, sogar der gesamten letzten Woche hatte ich mir fest vorgenommen, mir immer meiner Sache sicher zu sein, weil es schließlich auch darum ging, darum, den Zweifeln einmal nicht sofort das Feld zu überlassen, sie einmal auf später zu vertrösten, und mit den eigenen Zweifeln war das auch geglückt, sogar mit Konrads Zweifeln war das geglückt, nur mit Katharinas Zweifeln glückte es nicht, die blieben und machten sich breit und stießen auf offene Ohren, auf wohlwollendes Nicken und, wenn ich nicht aufpasste, vielleicht schon bald auf tosenden Applaus.

Ich schaute Katharina an, hoffte, dass sie etwas Beschwichtigendes sagen würde, dass sie einlenken würde, das Missverständnis erkannte, doch sie hatte das Gespräch offenbar beendet, aß nur eine Kartoffel nach der anderen, während Konrad den Tisch abräumte und die Teller spülte, dann war der Topf alle, und Katharina legte die Gabel beiseite. «Gute Nacht», sagte sie und ging nach oben.

«Morgen wird es bestimmt besser», sagte ich zu Konrad, als er mit Spülen fertig war. Er sah zum Fenster, auch wenn er bestimmt wusste, dass ich nicht das Wetter meinte. «Wird jedenfalls höchste Zeit», sagte er.

Und am nächsten Morgen fand dann auch Katharina, dass es höchste Zeit wurde. «Ich sollte heute wirklich mal fahren», sagte sie nach dem Frühstück, bei dem auch schon nichts besser geworden war, bei dem wir einander nur Kaffee eingeschenkt und Marmeladengläser gereicht hatten, um anschließend wieder aus dem Fenster oder auf die Rückseite der Cornflakes-Packung zu starren.

Ich zuckte kurz zusammen, hoffte, dass man das nicht bemerkte, und starrte weiter. Wieder hatte ich schlecht geschlafen, ich war müde, zu müde, um Katharina zu widersprechen, um wieder an ihr abzuprallen, um sich weiter in Missverständnissen oder Schlimmerem zu verfangen, das brauchte eine Pause, und auch Konrad reagierte nicht, er las weiter das Gewinnspiel auf der Cornflakes-Packung, und ich spürte Katharinas Blick zwischen ihm und mir hin- und herwandern.

«Ihr könnt doch noch ein paar Tage in Hamburg bleiben», sagte sie, und gerne hätte ich das Angebot angenommen, gerne hätte ich mich darauf eingelassen, auf alles, was eine Auflösung versprach, doch trotz Müdigkeit wusste ich, dass es die falsche Auflösung gewesen wäre, wir hätten dann nur versucht, alles ungeschehen zu machen, und solche Versuche sind nicht nur verschämt, sie gelingen auch nie, können nie gelingen, und manchmal ist das beruhigend.

Und deshalb schüttelte ich den Kopf, das sei leider keine Alternative, antwortete ich, in Hamburg wären wir lediglich Besuch, da bliebe gezwungenermaßen alles beim Alten, und das führe doch zu nichts.

«Und das hier? Wo führt das hier hin?», fragte Katharina.

«Das werden wir sehen», sagte ich und schaute sie jetzt an. Wir steuerten wieder geradewegs auf ein Missverständnis zu, ein Ausweichen hatte keinen Sinn, das sah ich, das verriet ihr Blick, das verrieten ihre verschränkten Arme. Das bezweifle sie aber sehr, sagte sie. Hier zu sitzen und abzuwarten, dass etwas passiere, könne sie sich schenken. Es sei ja möglich, mal über einen gemeinsamen Urlaub zu reden, aber nicht jetzt.

«Das ist kein Urlaub», sagte ich. «Das ist eine Entführung», und ich hätte dabei gern mit der Faust auf den Tisch geschlagen, fand jedoch keine freie Stelle, und deshalb fügte ich stattdessen ein «Verdammt nochmal» hinzu, verschränkte ebenfalls meine Arme und schaute Katharina so entschlossen wie möglich an.

«Ach ja, das vergesse ich immer», sagte sie. «Ihr habt mich ja betäubt, gegen meinen Willen Tausende Kilometer hierhergebracht und erwartet jetzt, dass wir uns alle blendend verstehen.»

«Nein, das erwarten wir nicht», sagte ich, obwohl ich es ehrlich gesagt durchaus erwartete, obwohl mir nur das einleuchtend schien und alles andere Zeitverschwendung. «Das sollte ein Signal sein, eine Auszeit, um gemeinsam zu überlegen, wie es weitergehen soll.»

Katharina schob mit dem kleinen Finger Croissantkrümel zu schmalen Linien zusammen. «Das kann doch nicht dein Ernst sein», sagte sie.

«Doch, das kann es», sagte ich.

«Also entweder ist das hier eine Entführung, und dann möchte ich jetzt eure Bedingungen hören, und ihr könnt nicht erwarten, dass das Entführungsopfer sich selbst mit den Kopf zerbricht, wie diese Bedingungen aussehen könnten. Oder», sagte sie, «es ist keine Entführung, sondern ein verlängertes Wochenende oder so etwas, und dann wird es Zeit, nach Hause zu fahren.»

Ich sah zu Konrad hinüber. Jetzt sollte er mal etwas sagen, jetzt sollte er widersprechen, aber er schaute mich nur genauso hilflos an und sagte: «Katharina hat recht.»

«Und ob ich das habe», sagte sie, und ich musste ihnen wohl oder übel zustimmen. Ja, sie hatte recht. Ja, wir hatten uns das nicht gut überlegt, aber das konnte man auch nicht erwarten, es war doch alles so schnell gegangen, und weder Konrad noch ich hatten zuvor schon einmal irgendwen entführt, und immerhin waren wir doch schon so weit gekommen. Wir waren in Frankreich, wir waren an einem Meer, wir waren zu dritt, wir gaben uns Mühe, das sollte jetzt noch nicht aufhören.

«Also was jetzt?», fragte Katharina.

«Was meinst du?»

«Ist das eine Entführung?»

«Ja», sagte ich. «Oder, Konrad?»

Konrad nickte.

«Dann will ich jetzt gerne die Bedingungen für meine Freilassung hören.»

«Dass sich etwas ändert.»

Katharina winkte ab. Kein Wischiwaschi, sagte sie, sie benutzte tatsächlich dieses Wort, das ich noch nie aus ihrem Mund gehört hatte. Wenn schon, sagte sie, dann müsste es jetzt bitte schön einmal präzise werden, «Was genau soll sich ändern? Wie geht es eurer Meinung nach weiter?», ganz konkrete Vorschläge müssten das sein, von allem anderen habe sie genug, und ich sagte: «Kein Problem», und Katharina sagte: «Ich höre», und ich sagte: «Zum Beispiel», und dann lange nichts, und Konrad auch nicht, und dann stand Katharina schließlich auf, erklärte die Entführung für beendet und ging wieder die Treppe hinauf.

«Moment», rief ich, als sie auf halbem Weg war, «das sind meine Bedingungen», und ich erzählte vom Verschwenden, das wir unterlassen sollten, und erzählte vom Benehmen, das wir uns angewöhnen sollten, und Katharina war nicht überzeugt, und ich im Grunde auch nicht, und Konrad sagte gar nichts, und dann drehte sich Katharina wieder um und ging nach oben, und Konrad und ich schauten ihr nach und anschließend lange auf den Frühstückstisch, als wären Frühstückstische bekannt für gute Ratschläge.

«Das war's dann wohl», sagte ich.

«Unsinn», sagte Konrad.

«Doch, natürlich. Katharina fährt jetzt, und wir am besten auch, dann sagen wir noch kurz Tobias hallo, regeln das mit dem Auto und vergessen das Ganze so schnell wie möglich. Das ist doch alles ein großer Reinfall.»

«Sie fährt nicht», sagte Konrad.

«Und wie kommst du darauf?»

«Hörst du sie packen? Ist sie gestern gefahren, als sie es angekündigt hat? Nein, sie will doch gar nicht fahren. Sie braucht nur einen guten Grund, hierzubleiben.»

«Und können wir ihr den bieten?», fragte ich.

«Keine Ahnung», sagte Konrad, und ich wusste es auch nicht, ich wusste nicht, was ich Katharina bieten konnte, ich wusste nicht, was ich Konrad bieten konnte, was ich uns dreien bieten konnte, was wir uns bieten lassen würden.

Und dann hörten wir Schritte, dann hörten wir oben die Tür, dann kam Katharina die Treppe hinunter, in Schuhen, in Jacke, mit ihrer Tasche in der Hand. Konrad und ich sprangen auf. «Du willst doch nicht wirklich gehen?», fragte ich, und Katharina wich meinem Blick aus, wich mir aus, ging um mich herum zur Tür. «Doch», sagte sie, und «Das wird höchste Zeit», und lief zielstrebig in den Regen hinaus, und Konrad und ich beeilten uns, ihr zu folgen. Wir hatten keine Schuhe an, die Kieselsteine im Hof bohrten sich schmerzhaft durch die nassen Strümpfe, sodass wir auf Zehenspitzen liefen und möglichst große Schritte machten, Sprünge links und rechts neben Katharina her, die sich zu uns umdrehte und kurz lächeln musste, bevor sie es schnell unterdrückte. «Jetzt bitte keine Überzeugungsversuche mehr. Das könnt ihr vergessen», sagte sie, und Konrad sagte: «Hatten wir gar nicht vor», und ich sagte: «Wir bringen dich doch nur zum Bahnhof», und wir liefen weiter bis zum Kreisverkehr, an dem rechts der Weg zum Meer abzweigte, geradeaus ging es in den alten Ortskern, links in «Alle Richtungen».

Katharina blieb stehen und wandte sich zu Konrad. «Wo ist der Bahnhof?», fragte sie.

Konrad zuckte mit den Schultern. «Es gibt hier keinen», antwortete er. «Erst in der nächsten großen Stadt. Du brauchst ein Taxi oder einen Bus.»

Ich spürte den Regen kaum noch, nur den Wind, der sich an meiner durchnässten Kleidung zu schaffen machte, doch auch den ließ ich gewähren, es blieb mir keine andere Wahl. Katharina schaute Konrad prüfend an, wahrscheinlich überlegte sie, ob sie ihm glauben sollte, und wahrscheinlich überlegte sie noch einiges mehr, denn sie schaute sehr lange, und Konrad schaute zurück, und die Zeit steckte wieder einmal fest, wieder einmal hatte sich etwas verhakt und brauchte einen Anstoß von außen, um wieder in Gang zu kommen, doch kein Außen war in Sicht, und so standen wir und schauten und wischten uns nur hin und wieder den Regen aus dem Gesicht, und ich überlegte, ob ich mich nicht besser hinsetzen sollte, weil das hier noch dauern konnte, aber dann fiel mir auf, dass ich mich gar nicht hinsetzen wollte, dass ich auch nicht mehr hier stehen wollte, nicht mehr verhakt sein wollte, nicht mehr warten, denn auch, wenn man nicht weiß, was gerade richtig ist, auch wenn man es überhaupt nicht weiß, keine leise Ahnung hat, dann bedeutet das nicht, dass man nicht trotzdem wissen kann, was falsch ist, und das hier war falsch, nichts schien klarer, so klar, dass es Katharina und Konrad auch wissen mussten. «Kommt», sagte ich, und dann noch einmal und noch einmal und vielleicht sogar ein drittes Mal, und dann setzten wir uns langsam in Bewegung, gingen den Weg zurück zum Haus, das heißt, Katharina ging, Konrad und ich hüpften, und als wir angekommen waren, wrangen wir unsere Strümpfe vor der Eingangstür aus.

Madame La Pipe schaute zu uns hinüber. «Wir sind wieder da», sagte ich zu ihr, auf Deutsch, da mit einer Antwort ohnehin nicht zu rechnen war. «Wir waren nur kurz spazieren.»

Für Fortgeschrittene

Dann streikten jetzt eben die Bahner. «Das glaubt sie uns nie», hatte ich erst zu Konrad gesagt, als er mir das Foto in der *Ouest-France* zeigte, irgendwo auf den letzten Seiten, ein Bild von einem Zug, der auf einem kleinen Bahnhof stand. Doch Konrad hielt es für eine hervorragende Idee. «Sie kann doch kaum Französisch», sagte er, und dass wir doch nichts zu verlieren hätten, und tatsächlich nickte Katharina lediglich, als wir nach oben gingen und ihr das Foto zeigten. Sie lag auf dem Bett, die Decke bis zum Hals hinaufgezogen, und drehte nur kurz den Kopf in unsere Richtung. «Streik im öffentlichen Dienst», sagte ich, und Konrad sagte: «Das kann sich noch hinziehen, da haben die hier eine ganz andere Tradition.» Katharina nickte, «Da kann man nichts machen», und weil ich mir nicht sicher war, ob das spöttisch oder resigniert klang, sagte ich schnell: «Nein, da kann man nichts machen.» Wir standen noch ein wenig unschlüssig im Zimmer herum, ich betrachtete ein Foto von Hanna auf dem Nachttisch, sie musste darauf ungefähr vier oder fünf sein, stemmte ihre Arme gegen einen riesigen, schräg im Boden steckenden Hinkelstein, sodass es aussah, als würde sie ihn stützen, sie schaute sehr ernst dabei.

Katharina drehte sich auf die andere Seite, den Rücken zu

uns, die Decke wie eine karierte Verpuppung eng um sich geschlungen. «Dann lassen wir dich mal wieder in Ruhe», sagte Konrad, Katharina brummte irgendetwas, und wir gingen nach unten. «Siehst du», sagte Konrad auf der Treppe, «jetzt haben wir wieder etwas Zeit gewonnen.»

Doch ich wollte gar keine Zeit gewinnen, Zeit war nicht das Problem, noch nicht, ich wollte, dass es voranging oder zumindest endlich los, ich wollte, dass sich niemand in seinem Zimmer verkroch, dass sich niemand in Ruhe ließ, ich wollte, dass wir uns auch vor dem Hinkelstein fotografierten, Konrad wusste bestimmt, wo wir ihn finden könnten, und wir würden dabei lachen, ganz sicher.

All das war aber noch nicht in Sicht, und Konrad und ich nutzten die gewonnene Zeit zunächst für *Fang den Hut*. Um das Spiel interessanter zu machen, erfanden wir neue Regeln, so musste man jetzt, um ein Hütchen zu fangen, sein eigenes aus einer Handbreit Abstand darüberfallen lassen, und wenn man nicht traf, war man selbst gefangen, auch das Würfeln war neu, es galt nicht mehr die Zahl, die oben lag, sondern ihr Gegenstück auf der anderen Seite, und wenn man das aus Unkonzentriertheit nicht beachtete, musste man eine Runde aussetzen. Für zwei oder drei Partien half das.

Und natürlich regnete es wieder oder immer noch, das konnte man nicht unterscheiden, und es fiel auch kaum noch auf. Das prasselnde Geräusch wurde hingenommen wie Verkehrslärm, wie ein Uhrenticken, sodass man leicht vergessen konnte, warum man sich eigentlich nur drinnen aufhielt und die Wege überschaubar blieben, vom Tisch zur Küchenzeile, von der Küchenzeile zum Sofa, vom Sofa ins Bad.

Überall hing Kleidung zum Trocknen, Socken über den

Stuhllehnen, Hemden über dem Treppengeländer, Pullover an den Türklinken.

«Hier fällt einem ja die Decke auf den Kopf», sagte Katharina, als sie am Nachmittag nach unten kam, sie zog den Reißverschluss ihrer Jacke rauf und ging zur Tür.

«Wo willst du hin?», fragte ich.

«Raus, ans Meer, oder streikt das etwa auch?»

Nicht dass er wüsste, sagte Konrad, und dass wir selbstverständlich mitkämen.

Ich nahm das zerknüllte Zeitungspapier aus meinen Schuhen, sie waren trotzdem noch ganz klamm, ich hinterließ sandige Spuren auf dem Weg nach draußen.

Katharina lief wieder voraus, wenn auch nicht mit ganz so schnellem Schritt, der Abstand betrug vielleicht nur noch einen halben Meter, und wieder lief Konrad links hinter ihr und ich rechts, und wieder blieben wir erst am Meer stehen. Es war heute näher gekommen, der Strand zog sich schmal vor ihm hin, kaum Algen. Auch der Wind hatte abgenommen, fast senkrecht fiel der Nieselregen aufs Wasser und wurde umstandslos verschluckt. Zum ersten Mal fielen mir die Möwen auf, vielleicht ein halbes Dutzend von ihnen kreiste über unseren Köpfen, ohne zu schreien, ohne uns auszulachen, ohne spektakuläre Sturzflüge.

«Warum fliegen die Möwen hier nicht in den Süden?», fragte ich. Konrad blickte nach oben, wahrscheinlich handele es sich um sehr arme Möwen, die sich das nicht leisten könnten, sagte er, und Katharina streckte ebenfalls den Kopf in den Nacken und sagte: «Vielleicht sind sie auch nur schnell noch einmal zurück, weil sie etwas Wichtiges vergessen haben.» Alle drei standen wir mit dem Gesicht zum Himmel, gleichmäßiges Grau, so weit das Auge reichte, der

Regen kitzelte auf der Haut. Katharina fing ein paar Tropfen mit der Zunge, als ob es Schnee wäre, dann drehte sie sich um, und wir gingen zurück.

«Wir waren am Meer», sagte ich oben angekommen zur Nachbarin, und gerne hätte ich noch mehr gesagt, blickte in ihr ausdrucksloses Gesicht, über das der Pfeifenrauch hinwegzog, doch nichts schien erwähnenswert, alles hatte sich in kürzester Zeit reduziert auf die wenigen Tätigkeiten, die uns hier möglich schienen, und ich sagte: «Ich geh jetzt besser wieder rein.»

Wir mussten uns schon wieder umziehen, meine trockenen Sachen wurden knapp, Katharina hatte fast gar keine mehr, lieh sich von Konrad ein Hemd und föhnte im Bad ihre Hose. «Hast du noch Socken?», fragte sie mich, als ich mir ein Handtuch für meine Haare holte.

Konrad hatte das Spielbrett schon aufgebaut. «Ab jetzt muss man vor jedem Fangen ‹Hab ich dich endlich› rufen, sonst zählt es nicht», sagte er, und während der zweiten Partie kam Katharina aus dem Bad, nahm sich eine Möhre aus dem Kühlschrank, legte sich neben uns aufs Sofa und begann den Krimi zu lesen, den ich dort liegen gelassen hatte.

Und auch wenn Konrads neue Regel bald an Reiz verlor, spielten wir dennoch weiter, weil man zwischen den Zügen kurz zu Katharina hinübersehen konnte, weil man das Umblättern der Seiten hörte, und als Konrad irgendwann sagte: «Mein Gott, ich muss ja noch einkaufen», und, um trockene Kleidung zu sparen, wieder seine nassen Sachen anzog und aus dem Haus ging, blieb ich am Tisch sitzen, spielte erst eine Runde *Fang den Hut* gegen mich selbst und begann dann, als das langweilig wurde, in der *Ouest-France* zu lesen, Wort für Wort, auch wenn ich die wenigsten davon verstand. Katharina mit einem Buch, ich mit einer Zeitung, das hätte mir eigentlich vertraut sein müssen, doch gerade weil die Tätigkeiten mit denen von damals übereinstimmten, wurde umso deutlicher, was alles nicht übereinstimmte, wurde besonders deutlich, dass der Abstand nicht derselbe war, dass Katharina zwar auf dem Sofa lag, aber ich am Tisch saß und sich daran so bald wohl nichts ändern würde.

Am Abend gab es Muscheln mit Chili-Orangen-Soße. «Willst du mitessen?», fragte ich Katharina, als ich den Tisch deckte, und sie sagte: «Ja», aber dann das ganze Essen über nichts mehr, und Konrad und ich auch nicht, die leeren Schalen klirrten auf dem Tisch aneinander, und nachdem wir aufgegessen hatten, ging Katharina wieder nach oben. «Ich bin müde», sagte sie, auch wenn ich ihr das nicht glaubte, es gab hier schließlich nichts, was einen hätte müde machen können, das bisschen Seeluft half da nicht viel. «Gute Nacht», sagte Konrad, und ich sagte: «Schlaf gut», dann waren wir wieder allein am Tisch und fingen an zu blinzeln.

Eine Windböe schlug den Regen gegen das Fenster, so laut, dass ich zusammenschrak. Durch die Scheibe sah man fast nichts, nur der weiße Toyota leuchtete schwach auf der Straße.

«Sollte sich Katharina nicht mal bei Tobias melden?», fragte ich Konrad, der mich nur erstaunt ansah, auch er hatte den Namen wohl irgendwo abgelegt.

«Und was soll sie ihm sagen?», fragte er.

«Was weiß ich, dass es ihr gutgeht zum Beispiel.»

«Geht es das denn?»

«Ach komm, du weißt, was ich meine.»

Konrad zuckte mit den Schultern, er wisse mal wieder

überhaupt nichts mehr. «Ich hatte mir das alles anders vorgestellt», sagte er.

«Wie denn?»

«Schwer zu sagen. Viel schlimmer oder viel besser, aber nicht so.»

Nein, das hatte ich auch nicht, nicht so, nicht so mühsam, nicht so unbestimmt, ohne offene Fragen. Dabei verlief doch alles nach Plan, wir waren hier, wir waren zu dritt, wir verbrachten Zeit miteinander, nicht geplant war jedoch, dass diese Zeit verklebte, nicht geplant war, dass es immer noch nicht loszugehen schien, nicht geplant war, dass es keine gute Zeit war. Und auf einmal fragte ich mich, ob ich überhaupt noch wollte, dass es losging, dass es gemeinsam mit Katharina und Konrad losging, ob ich nicht vielleicht von falschen Tatsachen ausgegangen war und ob mir die richtigen Tatsachen gefielen.

Ich sah Konrad an, sah seine Augenringe, seine unverhältnismäßig breiten Schultern, die gar nicht zu seinem sonst schmächtigen Körper passten, seine kurzgeschorenen Haare, «Man muss dem Alter mit Würde begegnen», hatte er, von mir darauf angesprochen, gesagt, sah sein etwas schief geratenes Lächeln. «Aber jetzt sind wir hier», sagte er, «nun müssen wir da irgendwie wieder rauskommen.»

Und ja, das mussten wir wohl, und vor allem auch an der richtigen Seite, alles andere wäre fahrlässig, alles andere wäre auch unangemessen, alles andere dürften wir uns nicht bieten lassen, und ich beschloss, nicht weiter über die Tatsachen nachzudenken, Tatsachen werden leicht überschätzt, denn meistens sind sie trotz aller Tatsächlichkeit zu ändern, und genau aus diesem Grund waren wir doch hier. «Und wie kommen wir deiner Meinung nach hier raus?», fragte ich, und Konrad sagte: «Wir sollten langsam mal was finden.»

«Was denn?», fragte ich. «Eine Bedingung», sagte Konrad, und dann überlegten wir lange und vergebens bis zum Zähneputzen, bis Konrad sagte: «So eilig scheint es Katharina ja auch nicht zu haben», und ich beschloss, dass er damit recht hatte. Aber ich hatte es eilig. Wir könnten ja einen Verlag gründen. Wir könnten doch noch eine Konditorenlehre beginnen. Wir könnten unserem Glück vertrauen.

Und am nächsten Tag, dem Dienstag, schlief Katharina dann auch wirklich fast bis zum Mittag. Sie frühstückte in Ruhe und las anschließend auf dem Sofa einen neuen Krimi, während Konrad und ich am Tisch *Fang den Hut* spielten und nur aufstanden, um uns, wie es eine neue Regel verlangte, nach einer Sechs einmal im Kreis zu drehen und das Hütchen dabei auf dem Kopf zu balancieren.

Und vielleicht lag es auch an Katharinas Ruhe, dass die Vorschläge, die ich den ganzen Vormittag über vereinzelt gemacht hatte, wir könnten einen Sommerhit produzieren, wir könnten uns einem subversiven Kunstkollektiv anschließen, wir könnten uns als Fremdenführer aufspielen, nur halbherzige Vorschläge waren, die von Konrad allesamt halbherzig abgelehnt wurden, erst noch mit Argumenten, später dann nur mit einem Kopfschütteln, einem Blick, einem Lächeln, dem Heben einer Augenbraue, bis sie schließlich gar nicht mehr kommentiert wurden, im Raum versickerten, und ich machte sie auch meistens nur, um guten Willen zu zeigen, keiner von ihnen war zwingend, das hörte man ihnen an. Denn in Wahrheit wusste ich nicht, wie eine Bedingung auszusehen hatte, schon gar keine konkrete Bedingung, und nachdem Katharina am Nachmittag in Schuhen und Jacke «Kommt ihr mit?», gefragt hatte, nachdem Konrad und ich genickt hatten und, nicht einmal einen halben Meter hinter Katharina, zum Meer gegangen waren, sagte ich deshalb: «Wir brauchen noch etwas Zeit», und Katharina fragte: «Wie bitte?», und ich sagte es noch einmal, schrie es diesmal, um Wind und Regen zu übertönen, und Katharina schrie zurück: «Zeit wofür?»

«Für unsere Bedingung.»

«Sucht ihr denn eine?», fragte sie.

«Natürlich suchen wir eine.»

«Ich sehe euch eigentlich immer nur *Fang den Hut* spielen.»

«Das täuscht», sagte ich. «Innerlich arbeitet es pausenlos.»

«Dann ist ja gut», sagte Katharina, und wir schauten noch ein wenig aufs verregnete Meer und gingen schließlich zurück. Konrad hatte gar nichts gesagt.

An der Haustür ließ ich die anderen wieder vorgehen. Madame La Pipe stand unter dem durchsichtigen Regenschirm in ihrem Hof und rauchte, und ich hoffte, dass sie dort vielleicht auf mich gewartet hatte. «Das ist alles nicht so einfach», erklärte ich ihr. «Aber wem sage ich das?»

Auch von mir aus hätte es etwas anderes als Muscheln zum Abendbrot geben können, auch von mir aus hätten wir etwas anderes spielen können oder gar nichts, von mir aus hätten wir uns maßlos betrinken können, von mir aus hätten wir eine Nachtwanderung gemacht, eine Sandburg gebaut, Karaoke gesungen, Hanna auf all ihren Fotos einen Schnurrbart gemalt, es gab doch andere Möglichkeiten, die Zeit zu verbringen, doch ich schlug keine vor, so wie es war, blieb alles wenigstens stabil, so schien es jedenfalls, so wie es war, konnte es noch ein wenig weitergehen, und das sollte es noch, das musste es noch, bis sich etwas anderes fand. Wir könnten uns auch als Erbschleicher versuchen. Wir könnten Missstände anprangern. Wir könnten vermittelnd eingreifen. Wir könnten Schule machen.

Doch als Katharina nach dem Essen wieder einen Krimi las und ich, weil es doch stabil bleiben sollte, wieder das Spielbrett ausbreitete, sagte Konrad plötzlich, dass wir doch deswegen wohl kaum hier seien, dass wir doch alle Besseres zu tun hätten als das hier. «Was machen wir uns denn hier vor?», fragte er.

Katharina sah von ihrem Buch auf. «Ich dachte, ihr wolltet, dass wir etwas Zeit miteinander verbringen», sagte sie.

«Aber doch nicht so.»

«Wie denn?»

«Frag doch nicht so blöd», sagte Konrad, stand auf und lief im Zimmer umher, ans Fenster, zum Kamin, zur Küchenzeile, und weil das die einzig möglichen Stationen waren, setzte er sich wieder zurück an den Tisch.

Und natürlich wusste ich, was er meinte, und natürlich wusste das Katharina auch und musste deshalb in der Tat nicht so blöd fragen, doch auch ich wusste nicht, was wir uns hier vormachten, ob wir uns überhaupt etwas vormachten, und vielleicht war alles doch keine Frage der Zeit, keine Frage der Ruhe, des Atmens, ein und aus, vielleicht konnte es gar nicht anders sein, vielleicht waren wir schon am Ende unserer Möglichkeiten angelangt, Muscheln und Krimis und Brettspiele, und wenn wir wollten, könnten wir auch noch den Kamin anmachen, eine zweite Flasche Wein öffnen, wie gut musste das von außen aussehen, wie gut müsste das eigentlich auch von innen aussehen, wie undankbar, darüber nicht in lauten Jubel auszubrechen, wie albern sogar, weil doch immerhin das Tatsache war, immerhin war das konkret und machbar und vollkommen unprovisorisch und alles andere doch nur halbherzige Sehnsucht, der man ohnehin nicht gewachsen war. Katharina auf dem Sofa, Konrad gegenüber am Tisch, das war vielleicht so nah, wie es ging.

Und auch Konrad beließ es diesmal noch beim kleinen Ausbruch, der nun vorüber war. «Entschuldige», sagte er zu Katharina und «Rot oder Blau?» zu mir. Ich nahm Rot, ich nahm schließlich immer Rot und war auf einmal sehr müde.

Und dennoch schlief ich wieder schlecht, obwohl ich mich in dieser Nacht auf den Boden legte, um mich nicht ein weiteres Mal gekrümmt im Jugendbett hin- und herwälzen zu müssen, obwohl ich mir Ohropax in die Ohren stopfte, um den Regen einmal auszublenden, das Prasseln, das nachts besonders unregelmäßig zu werden schien, obwohl ich Hannas Pferdeposter von der Wand nahm. Die Möglichkeiten rumorten wieder viel zu laut. Wir könnten auf Großwildjagd gehen. Wir könnten Touristen mit einem Glasbodenschiff auf einem Fluss unserer Wahl hin- und herfahren. Wir könnten uns auf Internetsicherheit spezialisieren. Wir könnten nach Gold graben. Wir könnten fremde Identitäten annehmen. Wir könnten die Fassung bewahren.

«So geht das nicht weiter», sagte ich beim Frühstück zu Konrad, und er sagte nein, so gehe das echt nicht weiter, und er verstehe auch nicht, warum Katharina noch hierbleibe. «Sie glaubt uns das doch wohl nicht mit dem albernen Streik, oder?», fragte er.

«Bestimmt will sie, dass wir noch was finden, dass wir noch mit einer Bedingung aufwarten können», antwortete ich.

Konrad kratzte sich am Kopf, auch er hatte nicht viel geschlafen, das sah man ihm an. «Vielleicht will sie uns auch nur beweisen, wie unsinnig all das hier ist. Vielleicht wartet sie nur darauf, dass wir das endlich einsehen.»

«Du bist ja verrückt», antwortete ich, doch als Katharina zu uns herunterkam und «Na, schon wieder fieberhaft bei der Suche?» sagte, war ich mir da schon nicht mehr sicher, das ganze Frühstück über beäugte ich sie argwöhnisch, so sehr, dass sie irgendwann lachen musste. «Schau nicht so, ihr seid doch die Entführer», sagte sie.

Und irgendwann gegen Mittag war ich mir dann sicher, dass Konrad mit seiner Vermutung recht haben musste, dass es keine andere Erklärung gab, dass Katharina uns hier beim Scheitern zusah, um nicht selbst scheitern zu müssen, dass sie von uns eine Entscheidung verlangte, um selbst keine mehr treffen zu müssen, und umso mehr wollte ich sie jetzt endlich treffen, wir könnten zu einer Antarktisexpedition aufbrechen, umso mehr wollte ich Katharinas Plan nicht aufgehen lassen, wir könnten bei einem Geheimdienst anheuern, umso dringlicher wollte ich mich jetzt gerne auch einmal zurücklehnen, wir könnten Jeansmoden entwerfen.

«Sie müssen wissen, wir haben Katharina entführt», sagte ich nach dem nachmittäglichen Gang ans Meer zu Madame La Pipe. «Wir haben sie entführt, und jetzt benötigen wir nur noch eine Bedingung. Das dürfte doch nicht so schwer sein», sagte ich. «Wenn Sie einen Vorschlag hätten, wäre ich Ihnen dankbar», sagte ich.

Die Muscheln gab es an diesem Abend mit Tomaten und etwas Curry. Wir könnten vom Fischfang leben. Wir könnten eine politische Heimat finden.

«Das sind keine Bedingungen, das sind Hirngespinste», sagte Konrad, bevor er ins Bett ging, früher als sonst, kaum eine halbe Stunde nach Katharina. Wir könnten nach New

York oder Buenos Aires ziehen. Wir könnten jemandem folgen. Wir könnten Abschiebebehörden sabotieren.

Wir könnten in die Ukraine fahren. Und genau das schlug ich am nächsten Morgen beim Frühstück vor, und Konrad hielt auch von dieser Idee nichts, hielt überhaupt nichts davon, hielt auch nichts mehr von unserer Entführung und unseren Aussichten und unserem Anliegen, das auf einmal nur noch mein Anliegen war, und wechselte die Seiten, obwohl ich schon gar nicht mehr wusste, was für Seiten es überhaupt gab, alles war doch längst schon durcheinandergeraten, und als ich von meinem Spaziergang vorbei an verblühten Hortensien und ausgestorbenen Campingplätzen zurückkehrte, spielte auf einmal Katharina mit Konrad *Fang den Hut.* Übermorgen würden sie fahren, teilten sie mir mit, und sie waren in der Mehrheit, ich konnte nicht widersprechen, ich konnte keine Türen abschließen, mich ihnen nicht in den Weg stellen, zu zweit kamen sie noch einfacher um mich herum, ich nickte und sagte: «Wie ihr wollt.»

Gefühlte Temperaturen

Manchmal muss etwas beendet werden, um es zu retten. Ich weiß nicht genau, warum das so ist, aber man muss es zum Glück auch nicht wissen, vielleicht wäre das sogar hinderlich, da man sonst leicht auf die Idee käme, alles, was eine Rettung gebrauchen könnte, zu beenden, und dann wäre irgendwann nicht mehr viel übrig, weil das Beenden natürlich nicht immer helfen kann.

Nachdem Katharina und Konrad ihre Rückfahrt verkündet hatten, wollte ich eigentlich keinesfalls bis zum übernächsten Tag damit warten, ich wäre am liebsten sofort losgefahren, auf der Stelle, doch Konrad hatte sich telefonisch schon nach einem geeigneten Zug erkundigt. «Jetzt müssen wir ja auch nicht mehr hetzen», sagte er, und ich sagte: «Nein», und dann noch einmal, als Katharina mich fragte, ob ich nicht eine Partie *Fang den Hut* mitspielen wollte, «Zu dritt macht es mehr Spaß», sagte sie, allen Ernstes sagte sie es, und ich ging rauf ins Hannas Zimmer, hängte das Pferdeposter wieder an seinen Platz und schaute in den Regen, auf den immerhin Verlass war, der eine gerade Linie verfolgte, der allem Anschein nach niemals klein beigeben würde.

Am frühen Nachmittag klopfte Konrad. «Wir müssen uns

noch um das Auto kümmern», sagte er. «Das sollten wir hier nicht so stehen lassen.»

Natürlich sprang der Toyota nicht mehr an, als wir das vorsichtshalber versuchten. Konrad setzte sich hinters Steuer, legte einen Gang ein und löste die Handbremse, und Katharina und ich schoben den Wagen an, die Hände flach am Kofferraum, die Beine durchgedrückt, es ging einfacher, als ich dachte. «Danke, dass du uns hilfst», sagte ich. Katharina versuchte, sich eine Haarsträhne aus dem Gesicht zu pusten, die ihr aus dem Pferdeschwanz gefallen war, doch sie war vom Regen schon zu schwer. «So richtig mochte ich das Auto noch nie», sagte sie.

Am Kreisverkehr senkte sich dann die Straße, Katharina und ich sprangen auf den Rücksitz, und wir rollten die gewohnte Strecke zum Strand hinunter. Der Regen wurde stärker, jedenfalls klang es so, er trommelte entschlossen auf dem Autodach, auf den Scheiben, durch die man nichts mehr sah, sodass Konrad seinen Kopf weit aus dem Fenster lehnen musste, um den Kurven folgen zu können. Katharina hatte die Arme um die Kopfstütze des Beifahrersitzes geschlungen, ihre Haare tropften, und ich wollte, dass wir schneller rollten, so schnell, dass man sich besser anschnallt, so schnell, dass draußen Häuser und Bäume zu einer Fläche verschwimmen, dass wir schon bei kleinen Unebenheiten der Straße die Bodenhaftung verlieren, einen weiten Satz durch die Luft machen, bei dem man den Atem anhält, aber Konrad bremste vor jeder Kurve gewissenhaft ab, und viel zu rasch hatten wir den Parkplatz am Strand erreicht, Konrad kurbelte sein Fenster wieder hoch, und wir stiegen aus. «Sollten wir nicht vielleicht auch die Nummernschilder abschrauben?», fragte ich, und Konrad stimmte mir zu, doch da wir keinen Schraubenzieher dabeihatten, beschlossen wir, dass es vielleicht doch nicht so wichtig war. Katharina war schon vorgegangen, Richtung Meer, die Flut stand heute hoch, nach wenigen Metern Sand erreichten wir bereits die Wassergrenze.

Hier zu stehen war mir mittlerweile vertraut, beinah vertrauter als der Esstisch oben im Haus, vertrauter als das Sofa und das Jugendbett, obwohl ich überall dort in den letzten Tagen viel mehr Zeit verbracht hatte als am Meer, das ausgebreitet vor mir lag, die Wellen vielleicht etwas niedriger als an den vorigen Tagen, vielleicht etwas mehr ins Türkis gehend, aber sonst war alles wie gehabt und keine Lösung. Ich wartete darauf, dass Katharina sich, wie sie es sonst immer getan hatte, nach einigen Minuten umdrehen würde, um wieder zurückzugehen, doch das geschah nicht, nicht nach einigen Minuten, auch nicht nach einigen weiteren, sie verpasste fortwährend ihren Einsatz, und so beschloss ich, selbst den Anfang zu machen, ich war wieder einmal durchnässt, mir war wieder einmal kalt, so kalt, dass ich, wie ich feststellte, meine Füße nicht mehr bewegen konnte, meine Beine nicht mehr bewegen konnte, ich konnte mich nicht umdrehen, nicht zurückgehen, noch nicht einmal zur Seite wenden, nichts bewegte sich, mein ganzer Körper war starr, wenn ich mich nicht täusche, blinzelte ich nicht einmal. Und auch von Katharina und Konrad ging keine Bewegung aus, kein Laut, nicht einmal ein Atmen, aber das konnte auch der Wind verschluckt haben.

Ich weiß nicht, wie lange wir dort so standen, zehn Minuten bestimmt, wahrscheinlich sogar fünfzehn, vielleicht auch zwanzig, eine halbe Stunde, was weiß ich, auf jeden Fall viel länger als sonst, auf jeden Fall viel länger als genug. Dass ich mir eine Erkältung holen würde, dachte ich, und dass ich trotz allem eine Antwort finden musste. Wir könnten uns in einer Bürgergemeinschaft engagieren. Wir könnten für einen Marathon trainieren. Wir könnten Banden bilden. Wir könnten einen Weltrekord brechen. Wir könnten für immer hier stehen bleiben.

Und dann hörte ich auf einmal doch ein Geräusch neben mir, nahm eine Bewegung wahr und konnte meinen Kopf doch noch immer nicht zur Seite drehen, merkte nur, dass dort etwas vor sich ging, und dann sah ich auf einmal Konrad vor mir, fast hätte ich ihn nicht erkannt, denn er trug nur noch eine Unterhose, drum herum nichts als weißer Körper, und er lief ins Meer, er lief tatsächlich ins Meer, was wollte er denn im Meer, er lief schnell, es spritzte nach allen Seiten, und schon nach wenigen Schritten verstolperte er sich in den Wellen, tauchte unter und schreiend wieder auf. «Kommt», rief er und tauchte noch einmal unter, «kommt auch.»

Und plötzlich war die Starre entwichen, ließen sich Gelenke wieder bewegen, Muskeln sich wieder spannen, ich drehte mich zu Katharina, die schon dabei war, ihren Pullover auszuziehen, und ich wusste, dass mir nichts anderes übrig blieb, dass es keine Frage war, dass wir wieder im Auto saßen und den Abhang herunterrollten, und ich zog die Schuhe aus, ich zog die Jacke aus, ich zog die Hose aus, die Strümpfe, den Pullover, das Hemd, und die Kälte war sofort überall, der Wind, die Nässe, Katharina war vor mir fertig und mit den Füßen bereits im Wasser, die Arme über der Brust verkreuzt, als ob das irgendetwas helfen würde.

An den Knöcheln fing es an, schlimm zu werden, die Kälte biss sich fest, riss an den Muskeln, ließ sie sofort verhärten, und es wurde immer schlimmer an den Waden, an den Oberschenkeln unerträglich. «Ihr müsst rennen», schrie

Konrad und paddelte dabei wild um sich, aber dafür war es schon zu spät, ich stand neben Katharina bis knapp zur Leiste im Wasser, darunter war alles taub, und darüber sollte es das bitte auch schleunigst werden. Konrad schwamm auf uns zu, «Taucht unter», japste er, «dann wird es besser», und natürlich glaubte ich ihm kein Wort, und Katharina auch nicht, wir standen zitternd und ansonsten bewegungslos nebeneinander und sahen uns an, und in ihrem Blick lag so viel Unwille, so viel Überdruss vor dem Moment, dass ich nicht anders konnte, als zu lachen, und dann lachte Katharina auch, und Konrad fragte: «Warum lacht ihr? Kommt rein», und dann, fast zeitgleich, tauchten wir ein, tauchten wieder auf, schrien die Kälte hinaus und blickten uns mit weit aufgerissenen Augen an. «Ihr müsst schwimmen», rief Konrad, «dann wird es warm», aber das stimmte nicht, es blieb kalt, unerträglich kalt, und nach kaum einer Minute rannten wir alle drei wieder hinaus, sammelten unsere Kleider zusammen und liefen, so schnell wir konnten, zum Parkplatz, zum Auto, warfen uns auf die Rückbank und atmeten schwer.

«Wir sind geschwommen», sagte ich, sobald ich es wieder konnte.

«Wir sind tatsächlich geschwommen», sagte Konrad.

«Ich kann meinen Körper nicht mehr spüren», sagte Katharina.

Konrad drehte sich zu ihr um und blickte sie an, einmal von Kopf bis Fuß. «Er ist noch da», sagte er schließlich.

Und dann kam, für ein paar Sekunden wenigstens, die Wärme, Hitze sogar, das Blut raste durch den Körper, die Haut wurde weich, der Atem ruhiger. Wir saßen eng aneinander, auch wenn die Rückbank viel Platz bot, Katharina in der Mitte, Konrad links und ich rechts von ihr, wie gewohnt, die Knie an den Körper gezogen und schauten nach vorne, als rechneten wir damit, dass jederzeit der Motor anspringen würde, dass das Lenkrad einschlüge, der Wagen rückwärts ausparkte und wir uns auf den Weg irgendwohin machten. Doch das geschah nicht, das Auto blieb an seinem Platz, und die Kälte kam zurück, ich hörte Zähne klappern, darunter auch meine eigenen. Wir rückten noch näher zusammen, Katharina hakte sich bei Konrad und mir ein, schmiegte sich an uns, um die Wärme zu verteilen, unsere Schultern pressten sich ineinander, unsere Oberschenkel, Hüften, all das, was zur Verfügung stand, wir zitterten. Vorsichtig rieb ich mit der Hand über Katharinas Arm, auf dem sich dann für einen kurzen Moment die Gänsehaut legte, und Konrad tat, wie ich aus dem Augenwinkel sah, dasselbe auf der anderen Seite. «Großflächiger, bitte», sagte Katharina, «viel großflächiger.»

Am Abend aßen wir die Muscheln dann traditionell mit Pommes frites, und es wurde geredet und sogar gelacht, auch von mir, mitunter sogar am lautesten, und erst im Bett fing es dann wieder an, im Hinterkopf zu rumoren, und es breitete sich schnell aus, wir könnten uns neue Namen geben, wir könnten eine gesunde Obsession für tropische Pflanzen entwickeln, die Möglichkeiten spulten sich freimütig ab, wir könnten in den Untergrund gehen, wir könnten uns religiös verorten, wir könnten auf Windenergie setzen, wir könnten genügsam werden, wir könnten unser Ding machen, wir könnten Europa mitgestalten.

Und heute wurde dann nur noch geputzt und gepackt, und als es um den letzten Einkauf ging, sagte Katharina: «Das kann ich ja jetzt einmal machen», und nichts sprach mehr dagegen, auf so etwas musste nicht länger geachtet werden. Auch das Meer besuchten wir natürlich noch einmal, das war keine Frage, fast in einer Reihe nebeneinander gingen wir den Weg hinab, bis es wieder vor uns lag, das Ufer wieder auf und ab tänzelte, ohne Regen schien das alles auf einmal fremd, und jetzt sind es nicht einmal zwei Stunden, bis wir es ganz aus den Augen verlieren sollen. Und ich werde nichts mehr finden, da kann ich ein- und ausatmen, soviel ich will, ich werde mit keiner Antwort beim Frühstück überraschen, keine Bedingung stellen, damit muss ich mich abfinden. Und es würde auch nichts nutzen, um einen weiteren Aufschub zu bitten, es würde nichts nutzen, wenn ich irgendwie dafür sorgen könnte, den Zug zu verpassen, auch in die Richtung muss nicht weiter gedacht werden. Auch kein Geistesblitz wird in letzter Sekunde kommen, dann, wenn es eigentlich schon zu spät ist, so wie man ja angeblich, wenn einem etwas nicht einfällt, einfach nur an etwas anderes denken soll, das wird nichts helfen, denn Möglichkeiten gibt es genug, es gibt Antworten genug, Bedingungen genug, es gibt sogar zu viel davon, und genau deshalb ist es unmöglich, weil nichts überzeugend sein kann, nichts ausschließlich, nichts unprovisorisch, weil es immer noch etwas anderes gibt und sich aus diesem anderen so viele Gründe dagegen finden lassen, wie man will, und man kann nicht einmal vorschlagen, es wenigstens auszuprobieren, da ja gerade nichts ausprobiert werden soll, da es doch jetzt einmal um ein Festlegen geht, doch nichts liegt von vornherein fest, das hätten wir wissen müssen. Wir könnten uns auf die Suche machen. Wir könnten groß ins Zierfischgeschäft einsteigen. Wir könnten als Erntehelfer anheuern. Wir könnten lange Wanderungen unternehmen, deren Strecke von oben betrachtet eine Nachricht darstellen. Wir könnten in den Tag hineinleben. Wir könnten Talente entdecken. Wir könnten Verschwörungstheorien in Umlauf bringen. Wir könnten eine Jongliernummer einstudieren. Wir könnten noch spät auf die Wellnesswelle aufspringen. Wir könnten spielsüchtig werden. Wir könnten halbtags arbeiten. Wir könnten nach innerem Frieden suchen. Wir könnten nach äußerem Frieden suchen. Wir könnten die sieben Weltmeere einzeln abfahren. Wir könnten eine Baumschule eröffnen. Wir könnten in Im- und Export machen. Wir könnten uns gegenseitig abwechselnd auf Schultern tragen. Wir könnten einen großen Coup landen. Wir könnten etwas rehabilitieren. Wir könnten einem Fetisch verfallen. Wir könnten nach Gleichgesinnten suchen. Wir könnten jeden Tag etwas wagen. Wir könnten etwas gründlich recherchieren. Wir könnten uns einen Namen machen. Wir könnten das politische Kabarett wiederbeleben. Wir könnten uns den Namen der jeweils anderen auf den Arm tätowieren lassen. Wir könnten die Sprache der Delphine lernen. Wir könnten unsere Botschaft in die Welt hinaustragen. Wir könnten Pinguine dressieren. Wir könnten in Hafenspelunken herumlungern. Wir könnten ein Sportabzeichen machen. Wir könnten eine Unterwäsche-Kollektion entwerfen. Wir könnten uns das alles noch einmal überlegen. Wir könnten ganz von vorn anfangen. Wir könnten zur Abwechslung auch einmal von hinten anfangen. Wir könnten das Verhalten von Panzernashörnern beobachten. Wir könnten uns an der Börse notieren lassen. Wir könnten eine aufsehenerregende Krankheit simulieren. Wir könnten ein Land entdecken. Wir könnten so weitermachen wie bisher, fast genau so weiter wie bisher, denn vielleicht sind das auch alles Ausreden, vielleicht finde ich nichts, weil ich nichts finden möchte, weil es wieder nicht durchgehalten wird, weil wir uns übernommen haben, weil dann doch zurückgeschreckt wird, in letzter Sekunde oder sogar noch davor, und die Tage hier reichten, um das zu zeigen. Es versickerte schnell, auch wenn ich mich dagegen wehrte, zu schnell, um sich selbst noch leichtfertig zu glauben, um noch irgendetwas überzeugt vorbringen zu können beim Frühstück, und jetzt gilt es, sich wieder etwas einzugestehen, wieder ein Abfinden als Ehrlichkeit auszugeben, weil doch alles andere, machen wir uns nichts vor, lachhaft wäre, verlogen wäre, auf keinen Fall von Dauer wäre. Ich bin müde, machen wir uns nichts vor, ich habe es immerhin versucht, machen wir uns nichts vor, es war eigensinnig und vermessen und, machen wir uns nichts vor, reichlich trostlos. Wir könnten in Kontakt bleiben. Wir könnten in regelmäßigen Abständen telefonieren. Wir könnten gemeinsame Kurzurlaube planen. Wir könnten uns auf dem Laufenden halten. Wir könnten uns bemühen.

Alle Richtungen

Auch das Meer ist nicht besonders gut in Entscheidungen. Das tröstet nur wenig, wenn überhaupt, denn für das Meer wird das wohl kaum Konsequenzen haben. Ich setze mich kurz auf die Felsen am rechten Ende des Strandes, dort bin ich etwas vor dem Wind geschützt, der Stein ist feucht und rau, Tausende von kleinen kraterförmigen Muscheln bedecken ihn wie eine unangenehme Hautkrankheit, dazwischen ganze Wälder von Miesmuscheln, sie knistern.

Es ist vollkommen dunkel, nur vom anderen Ende der Bucht leuchten Straßenlaternen aus den dichter besiedelten Gebieten, und in der Ferne Städte, deren Namen ich nicht kenne, die wir uns nicht angeschaut haben, so gut wie nichts haben wir uns hier angeschaut, nicht einmal das.

Ich stehe auf, um endlich zum Haus zurückzugehen, in die Wärme zurück, vielleicht kann ich doch noch ein, zwei Stunden schlafen, die Zugfahrt morgen wird lang und unbequem, und abends werde ich wieder in meiner eigenen Wohnung sein, zwischen vertraut wirkenden Dingen, ich werde den Anrufbeantworter abhören, die spärliche Post durchsehen, vielleicht noch ein wenig fernsehen, und übermorgen geht es dann zurück ins Krankenhaus. «Na, wieder gesund?», werde ich gefragt werden und nicken.

Auf einmal ist die Müdigkeit sehr groß, auf einmal schmerzen die Beine vom vielen Hin und Her, schmerzt auch der Kopf vom vielen Hin und Her und vom kalten Wind, auf einmal will ich dringend diesen Strand verlassen, er ist ganz und gar kein guter Ort mehr, die Wellen wirken noch lauter als sonst, bei jeder einzelnen zucke ich zusammen, obwohl sie doch die ganze Zeit da waren, obwohl doch auch in Zukunft mit ihnen zu rechnen ist, die Dunkelheit wirkt noch schwärzer, ich will zu den Laternen, zur asphaltierten Straße, zu den kläffenden Hunden, die nie zu schlafen scheinen, und plötzlich sehe ich ein schwaches Licht, das nicht von einer Laterne stammen kann. Es kommt vom Strand, fünfzig, vielleicht hundert Meter von mir entfernt, das ist unmöglich zu sagen. Es leuchtet kurz auf, sinkt dann nach rechts unten ab, wird schwächer und schwankt hin und her, bevor es nach einigen Sekunden wieder an seinen ursprünglichen Platz zurückwandert, viel zu gleichmäßig für ein Glühwürmchen, dafür ist es auch die falsche Jahreszeit, und es kommt, da täusche ich mich nicht, auf mich zu.

Es ist schwer auszumachen, ob ich mir den Umriss hinter dem Licht nur einbilde oder tatsächlich sehe, auf jeden Fall bilde ich mir meine Angst nicht ein, die ist deutlich im Bauch und laut im Hals, und vielleicht sollte ich lieber anfangen zu rennen, den Strand hinauf und dann, so schnell es geht, bis zum Parkplatz, bis zum Laternenlicht, doch meine Füße sind schwer, ich bin zu viel auf und ab gelaufen, mein Puls schlägt zu schnell, einatmen, ausatmen, das hilft nichts, das Leuchten kommt näher, und zweifelsfrei ist dort auch eine Gestalt, die irgendetwas ruft, das ich nicht verstehe, Wind und Wellen sind zu laut. Und jetzt wird mir klar, dass das Leuchten von einer Zigarette stammt, immer wenn sie aufglüht, erkenne ich den Umriss eines Körpers, zwanzig, dreißig Meter ist er nur noch von mir entfernt, und immer noch kann ich nicht mehr erkennen, will ich vielleicht auch nicht erkennen, «Felix», ruft die Gestalt jetzt und dann noch einmal «Felix», und ich kenne die Stimme, und dann steht sie auf einmal vor mir. «Katharina», sage ich, «seit wann rauchst du denn wieder?»

Sie schaut auf die Zigarette in ihrer Hand. «Seit heute», sagt sie, «komm, wir müssen uns beeilen», und sie dreht sich wieder um und geht den Strand hinauf, ich laufe hinter ihr her. «Warum?», frage ich.

«Wir müssen dringend weg.»

«Was ist denn passiert?»

«Nichts. Aber es soll jetzt was passieren. Wir entführen jetzt Konrad.»

«Wie bitte?»

«Wir entführen Konrad. Ich habe ihm eine deiner Tabletten gegeben. Remestan, ich hoffe, das waren die richtigen.»

«Ja», sage ich. «Nein», sage ich. «Ich verstehe das nicht», sage ich.

«Was gibt es denn da nicht zu verstehen?», fragt Katharina. «Ich dachte, du bist hier der Experte für so etwas. Konrad will nicht mehr, dann müssen wir ihn halt entführen. Komm, beeil dich.»

Ich überlege, ob das ein Spiel werden soll, irgendein pädagogisches Lehrstück, in dem mir gezeigt wird, dass ich mich falsch verhalten habe, und Konrad tut gleich so, als habe er eine allergische Reaktion und kämpfe mit dem Tod, und am Ende bin ich geläutert, aber dafür wirkt Katharinas Aufregung zu echt, dafür zieht sie zu stark an ihrer Zigarette, und außerdem ist es für eine solche Vorführung doch etwas spät.

«Wann ist dir das denn eingefallen?», frage ich.

«Keine Ahnung, vor einer halben Stunde oder so, egal, Konrad und ich sind auch noch lange aufgeblieben, wir wollten auf dich warten, aber du kamst und kamst nicht, und Konrad meinte, du würdest bestimmt noch versuchen, eine Bedingung zu finden.»

«Das habe ich auch versucht.»

«Und, hast du eine gefunden?»

Wir haben jetzt den Parkplatz erreicht, der Wind schwächt etwas ab, es ist gut, wieder festen Boden unter den Füßen zu haben. «Nein», sage ich, und Katharina nickt ein paarmal. «Das dachte ich mir», sagt sie, bleibt stehen und lächelt mich an, ihre Augen sind klein, von der Müdigkeit wohl, doch sie blitzen. «Und da wollte ich dir etwas helfen», sagt sie, nimmt meinen Arm und zieht mich weiter vorwärts.

«Indem du Konrad betäubst.»

«Ja, natürlich.»

Ich bin sprachlos oder wäre es zumindest gern, gern würde ich jetzt nur hinnehmen, einfach nur hinter Katharina herlaufen, ihrem wippenden Pferdeschwanz hinterher, gern würde ich geduldig abwarten, was geschieht, und nicht weiter nachfragen, doch ich frage nach. «Und was jetzt?», frage ich.

«Wie, was jetzt?»

«Was machen wir jetzt?»

«Wir hauen ab.»

«Und wie? Der Zug geht doch erst in zwei Stunden.» Katharina bleibt kurz stehen, zündet sich eine neue Zigarette an und inhaliert tief den ersten Zug. «Das habe ich mir noch nicht überlegt», sagt sie und stößt dabei Rauch aus ihrer Nase.

Die Kälte ist verschwunden, selbst die Müdigkeit, denn es tut gut, jetzt vor einem solchen Problem zu stehen, einem lösbaren, nach all den Tagen, die ich mit unlösbaren Problemen vergeudet habe, und es tut auch gut, gemeinsam mit Katharina vor diesem Problem zu stehen, ihre Aufregung tut gut, ihr umherwandernder Blick, der immer wieder für Sekunden auf mir ruhen bleibt und dann, kurz bevor ich blinzeln muss, weiterzieht.

«Vielleicht fährt Tobias' Auto doch noch irgendwie», sage ich.

«Das sah nicht danach aus», antwortet Katharina und zieht wieder an ihrer Zigarette, als müsste sie etwas nachholen. Dann lächelt sie mich plötzlich an. «Aber wir können ja eins klauen.»

«Spinnst du?»

«Warum, das habt ihr doch auch gemacht.»

«Aber wir kannten den Eigentümer.»

«Kanntet ihr nicht. Und außerdem wird es davon nicht besser.»

Weil sie recht hat, erwidere ich nichts, und wir gehen den Rest des Weges schweigend nebeneinanderher, mit ausladenden Schritten, die Hände in die Hüften gestemmt.

Das Haus sieht man schon von weitem, alle Fenster sind erleuchtet, Katharina muss es tatsächlich fluchtartig verlassen haben, wahrscheinlich ist sie den Weg zum Strand sogar gerannt, und ihre Zigarette zog dabei helle Linien durch die Luft.

Vor dem Gartentor von Madame La Pipe steht wie immer ihr alter Peugeot. Katharina klopft auf die Kühlerhaube, «Den nehmen wir», sagt sie. «Den nehmen wir nicht», sage ich, und mir fällt ein, dass ich mich nun gar nicht von Madame La Pipe verabschiedet habe.

«Den benutzt sie doch eh nie», sagt Katharina.

«Das wissen wir nicht. Und außerdem kommen wir gar

nicht rein», und ich ziehe zum Beweis am Türhebel, er gibt nach, die Tür springt auf. «Ist nicht abgeschlossen», sage ich.

Katharinas Augen leuchten auf. «Selbstverständlich ist nicht abgeschlossen. Das ist ein Dorf. Hier werden keine Autos geklaut, hier verriegelt man nicht einmal seine Haustür.»

«Und wie willst du den Motor zum Laufen bringen?», frage ich, und Katharina sagt, das könne doch nicht so schwer sein, das habe man doch schon tausendmal gesehen, einfach zwei Drähte zusammen und fertig.

«Und welche Drähte?»

«Das probieren wir halt aus.»

«Ich weiß nicht. Vielleicht machen wir was kaputt, oder wir fliegen in die Luft, du hast doch keine Ahnung von Autos.»

«Unsinn», sagt Katharina, aber sie sagt es etwas zu spät und etwas zu leise und sieht mich fragend dabei an.

«Und wenn wir bei der Nachbarin klingeln», schlage ich vor. «Wir sagen, es handle sich um einen Notfall und wir brauchten unbedingt ihren Wagen, und dann hauen wir damit ab.»

«Was denn für ein Notfall?»

«Eine Schnittwunde. Oder eine geplatzte Fruchtblase.»

«Dann ruft sie doch nur einen Krankenwagen. Nein, nein, wir müssen es klauen, da haben wir leider keine Wahl. Kennst du denn niemanden, der sich damit auskennt und den man jetzt anrufen könnte?»

Ich denke nach, aber die wenigen Menschen, die überhaupt in Frage kommen, kenne ich nicht gut genug, um sie um fünf Uhr früh nach Tipps zu strafbaren Handlungen auszufragen, also schüttele ich den Kopf, und Katharina schüttelt ihren auch und trommelt dabei mit den Fingern auf dem Autodach. «Moment», ruft sie dann auf einmal und läuft ins Haus, ich folge ihr, sie geht zum Bücherregal, fährt mit dem Finger die Reihen ab, zieht schließlich einen Band heraus. «Ich glaube, der war es», sagt sie und fängt an darin herumzublättern.

«Was machst du da?», frage ich.

«Irgendwo hier war eine ganz gute Beschreibung, habe ich vorgestern gelesen.»

«Das ist ein Krimi, keine Gebrauchsanweisung», sage ich, aber Katharina reagiert nicht, springt von Seite zu Seite und wedelt dann triumphierend mit dem Buch. «Da ist es», sagt sie und fängt an vorzulesen: «Vincent löste die Verkleidung unter der Lenksäule und hielt abwechselnd die herausquellenden Kabel aneinander. Nach wenigen Momenten sprang der Motor an. ‹Ein Kinderspiel›, entgegnete er dem überraschten Blick des Inspektors. ‹Dort, wo ich herkomme, fährt man nicht gerne Bus.›»

Katharina sieht mich an, als sollte ich mich jetzt besser für meine Bedenken entschuldigen. «Das ist aber höchst unseriös», sage ich, und Katharina sagt: «Immer, wenn es mal einfach ist, gilt das gleich als unseriös», und dass genau deshalb immer alles so kompliziert sei, und sie wirft das Buch aufs Sofa und läuft zurück zum Wagen. «Warte», rufe ich, doch Katharina sitzt schon auf dem Fahrersitz und reißt erst die Verkleidung und dann eine kleine Handvoll Kabel unterhalb des Lenkrads heraus, im Mundwinkel schon wieder eine Zigarette.

«Sei um Himmels willen vorsichtig», sage ich, und Katharina sagt: «Bin ich», doch ich habe keine Ahnung, wie sie das sein kann, wahllos hält sie Kabelenden aneinander, und ich zucke jedes Mal zusammen, rechne mit einem Knall, einer

Explosion, einer Feuersbrunst, und dann zucke ich auf einmal besonders, weil der Motor anspringt, zwar nur kurz, aber deutlich. Katharina strahlt mich an, «Mein Gott», sagt sie, «das funktioniert ja tatsächlich», und sie steigt aus und lacht. «Ich habe ein Auto geknackt.»

«Herzlichen Glückwunsch», sage ich, und Katharina sagt: «Ein Kinderspiel», dann drückt sie ihre Zigarette aus. «Feiern können wir später», sagt sie, «komm, jetzt schnell weg hier.»

Ja, feiern können wir später, nachdenken können wir später, uns Vorwürfe machen können wir später, einwenden, abwägen, verstehen, alles später, und auch das ruhige Atmen, jetzt geht es erst einmal um Handgriffe. Konrad ist um einiges schwerer als Katharina, sie muss ihn auf meinem Rücken von hinten stützen und ihm beschwichtigende Worte ins Ohr flüstern, «Du träumst nur, dass du weggetragen wirst», zum Glück gibt es keine Treppe, der Hof ist schnell überquert, und ich setze Konrad auf dem Rücksitz ab, Katharina wartet neben ihm, flüstert weiter, während ich schnell meine restlichen Sachen zusammenpacke und die beiden Koffer und die Nylontasche im Kofferraum verstaue. Noch einmal blicke ich mich im Haus um, alle Spuren sind verwischt, der Müll entsorgt, auch die Spielesammlung steht wieder an ihrem Platz im Regal. Ich verstecke den Haustürschlüssel unter einem Blumentopf und nicke Katharina zu, «Wir können».

Katharina setzt sich hinters Steuer und verbindet die beiden Kabel. «Dort, wo ich herkomme, fuhr man viel zu viel Bus», sagt sie, der Motor springt an, Katharina lässt ihn ein paarmal aufheulen, und dann fahren wir los. «Merci beaucoup», ruft sie und winkt dem Haus von Madame La Pipe.

«Auf Wiedersehen», rufe ich und winke auch, bis es außer Sichtweite ist und ich mich umdrehe, um noch ein letztes Mal das Meer zu sehen. Die Nacht schwärzt alles ein, nur manchmal blitzt in der Ferne etwas Helles auf, das Gischt sein könnte, aber ganz sicher bin ich mir nicht.

Am Kreisverkehr fahren wir links, «Alle Richtungen», das genügt erst einmal, ich suche Katharinas Blick, hoffe auf ein verschwörerisches Zwinkern, ein Augenbrauenheben, ein Lippenbeißen, doch sie schaut konzentriert auf die Straße, den Rücken gerade, die rechte Hand am Steuer, in der linken eine Zigarette, deren Asche bei jedem Versuch, sie aus dem Fensterschlitz zu schnippen, ins Wageninnere fällt. Ich betrachte sie lange, das muss sie aus den Augenwinkeln sehen, sie muss mein Lächeln sehen, das ich nicht unterdrücken kann, nicht unterdrücken will, warum sollte ich auch, es ist schließlich gut, wieder unterwegs zu sein, gut, so unverhofft wieder unterwegs zu sein, gut, mit den Beinen zu wippen, gut ist das Kribbeln im Nacken, die unruhigen Finger, gut ist, dass Katharina sich jetzt doch zu mir umdreht, «Warum schaust du so?» fragt, aber keine Antwort erwartet, sie weiß es auch so.

Wir durchqueren die Städte, die ich von der Hinfahrt kenne, die Kirchen liegen jetzt auf der anderen Seite, vereinzelt schon erste Weihnachtsdekoration, bunte Kugeln, Lichterketten, blinkende Sterne.

«Wo fahren wir eigentlich hin?», frage ich, nachdem wir die Autobahn erreicht haben, und Katharina zögert ein paar Sekunden. «Vielleicht erst einmal nach Hause», sagt sie dann. «Ich muss ein, zwei Dinge erledigen.»

Während unserer ersten Rast beginnt es zu dämmern. Wir trinken im Tankstellenshop einen Kaffee, er ist stark und süß, der Zucker hinterlässt auf dem Boden des Plastikbechers eine klebrige Masse, die ich in kleinen Portionen mit dem Umrührstäbchen herauskratze. Durch die große Scheibe, vor der wir an einer Theke lehnen, schaue ich auf die Zapfsäulen im heller werdenden Grau. Katharina raucht, auch wenn ich nicht weiß, ob sie das hier darf, und lässt die Asche in ihren Kaffeebecher fallen, es zischt leise.

«Willst du noch einen?», frage ich, und sie nickt, ich gehe zum Automaten. Dass ich auch ein, zwei Dinge erledigen sollte, denke ich, während der Kaffee in die Becher schießt, und ich überlege, welche das wohl sind.

Als ich zur Theke zurückkehre, ist Katharina nicht mehr allein. «Das ging aber schnell», sage ich, und Konrad sieht mich mit verquollenen Augen an, dann nimmt er mir einen der beiden Kaffeebecher ab, trinkt ein paar Schlucke, nimmt dann den zweiten und dreht sich zum Fenster. «Schon Belgien?», fragt er, und ich sage: «Nein, noch nicht.»

In der Scheibe spiegeln wir uns noch schwach, auch da steht Konrad ganz links, Katharina in der Mitte und ich rechts von ihr, dahinter die Zapfsäulen, die Straße, ein Feld, das Auge reicht weiter.

Kirsten Fuchs

Die Titanic und Herr Berg

Roman

288 Seiten, Taschenbuch

€ 8,90 / sFr 16,50

ISBN 978-3-499-24084-3

Die Angst des Eisbergs vor dem Untergang

Eine junge Frau – Sozialhilfeempfängerin – verliebt sich in einen nicht mehr jungen Mann, ihren Sachbearbeiter. Daraus folgt, heftige Funken sprühend, die Kollision zweier Welten und Wahrnehmungen, wie sie unterschiedlicher nicht sein könnten. Natürlich droht ein Unglück, denn sie ist die Titanic, und er heißt: Herr Berg …

Norbert Zähringer

So

Roman

400 Seiten, Taschenbuch

€ 8,90 / sFr 16,50

ISBN 978-3-499-24290-8

Cordt Gummer wird zum Leiter einer Bankfiliale im Osten Berlins ernannt. Die Zweigstelle entpuppt sich als Baucontainer auf dem Gelände einer abgewickelten Glühlampenfabrik. Die Kunden bleiben aus, seine einzige Angestellte meldet sich krank, und ihm wird die Wohnung gekündigt. Bald haust er im Container. Während er seinen Chefs «blühende Landschaften» vorgaukelt, muss er sich gegen zudringliche Kleinsparerinnen, eifersüchtige Berufsboxer und einen Bankräuber wehren, der unbemerkt einen Tunnel zu ihm gräbt. Eine Großstadt-Robinsonade, die uns die Gegenwart zeigt, wie sie ist: so.

«Als hätten die Marx Brothers einen Roman geschrieben.» (Süddeutsche Zeitung)